Als Jan van Dijk das seltsame Objekt in seinem Amsterdamer Antiquitätenladen entdeckt, ahnt er noch nicht, welche Welle er damit lostreten würde. Gemeinsam mit Wissenschaftlern aus verschiedenen Ländern, die es staunend untersuchen, geraten immer mehr Gewissheiten ins Wanken und das naturwissenschaftliche Weltbild wird nachhaltig erschüttert. Van Dijk beteiligt sich an Forschungsexpeditionen rund um den Globus und erlebt hautnah, wie das Fundament vermeintlichen Wissens immer brüchiger wird, die Menschheit verstörenden Zweifeln ausgesetzt ist und sich schließlich in einer neuen Realität zurecht finden muss. Am Ende machen Forscher eine Entdeckung, die möglicherweise das ganze Sonnensystem bedrohen könnte.

Frank Wanning

Underwood 5

Roman

Bibliografische Information der Deutschen Nationalbibliothek: Die Deutsche Nationalbibliothek verzeichnet diese Publikation in der Deutschen Nationalbibliografie; detaillierte bibliografische Daten sind im Internet über dnb.dnb.de abrufbar.

© Frank Wanning
Herstellung und Verlag: BoD · Books on Demand GmbH, In de Tarpen 42, 22848 Norderstedt, bod@bod.de

ISBN: 9783769340143

Inhalt

Kapitel 1: Der irisierende Kegel

Als er das abgegriffene Leinenband nach unten zog, schepperte und quietschte die Metalljalousie wie gewöhnlich. Er musste mehrfach nachgreifen und konnte sie stets nur etwas mehr als eine Handbreit nach oben bewegen. Wie oft hatte er sich schon vorgenommen, die Scharniere und Laufschienen zu fetten? Für Jan van Dijk waren diese Handgriffe im Laufe der Jahre zu einem festen Ritual geworden: Drei bis vier Mal musste er von oben ansetzen, bis die Lamellen an den Gelenken schmale Schlitze freigaben, durch die sich das Sonnenlicht den Weg in den Laden bahnte. Scharf konturiert zeichneten sich die Lichtstreifen auf den zahllosen Gegenständen ab, die scheinbar wahllos im vorderen Bereich des Amsterdamer Antiquitätengeschäfts herumstanden und den Kunden nur schmale Wege ließen, um sich einen Überblick über die Vielzahl von großen und kleinen Habseligkeiten zu verschaffen. Auf ihrem Weg zu den dunkelgrau bis schwarzen Oberflächen zeichneten die harten Kontraste der Lichtstrahlen lange Geraden in die staubige Luft, die wie schwerelose Gitter im Raum zu schweben schienen. Mit jedem weiteren Zug glitten die Lichtgitter weiter nach oben und gaben den Blick auf immer neue Objekte und Kunstgegenstände frei. Von der Unterseite der großen Scheiben her erschien schließlich ein heller Lichtbalken, der mit jedem Zug am Seil wuchs und in grellem Lichtschein den vorderen Bereich des Geschäfts vom hinteren trennte.

Jan van Dijk musste blinzeln als er aus dem Schatten trat und ihm das gleißende Tageslicht unvermittelt in die Augen fiel. Draußen hatte sich die Sonne bereits zwischen den gegenüberliegenden Giebeln hindurchgezwängt und warf ihre Strahlen direkt auf den um diese frühe Stunde noch ruhigen Wasserspiegel der Gracht, von wo sie durch die inzwischen vollständig freigelegten Schaufensterscheiben direkt in sein Gesicht gelenkt wurden. Hätte er die Scheiben öfter geputzt, wäre der Effekt sicher noch unangenehmer gewesen. Zum ersten Mal in diesem Jahr spürte er trotz der frühen Morgenstunde die Wärme der Märzsonne auf seinen Wangen. Wie an jedem Werktag genoss er die Ruhe und Friedfertigkeit des Tagesanbruchs und lauschte für einen Moment den Sperlingen, die den Baum schräg vor seiner Ladentür als Domizil auserkoren hatten. Die schmalen Geh- und Radwege waren noch fast menschenleer, was sich in der nächsten halben Stunde rasch ändern würde. Der Staub kitzelte in seiner Nase als er die Ladentüre aufschloss und sie mit einem kleinen Ruck öffnete. Die vier Glöckchen, die am oberen Rahmen mit einem kleinen Galgen befestigt waren, klingelten ihren vertrauten Vierklang, der neue Kunden ankündigte und Jan van Dijk spürte die kühle Morgenluft, die sich durch die Türspalt hereinschob. Ganz unwillkürlich atmete er tief durch, ließ die Tür dann zufallen und bahnte sich den Weg in seine Kammer, einen kleinen Nebenraum, der sich durch einen dichten Vorhang vom Verkaufsraum abtrennen ließ und in dem er alle buchhalterischen Aufgaben und kleine Reparaturen erledigte. Außer dieser Kammer gab es noch einen weiteren fensterlosen Raum, den er als Lager verwendete, in dem er Dinge verwahrte, die noch repariert oder gesäubert werden mussten, bevor sie in den Verkaufsraum wechseln durften. Von seinem Schreibtisch aus gewährten ihm mehrere geschickt angebrachte Spiegel einen Blick in die meisten Ecken des ansonsten eher unübersichtlichen Geschäfts. Das war zum einen wichtig, um Ladendieben auf die Schliche zu kommen, deren Zahl langsam aber stetig anwuchs, aber auch, um Kunden im passenden Moment ansprechen und bei ihrer Kaufentscheidung beraten zu können.

Jan van Dijk genoss diese Augenblicke am Morgen, in denen ihm der Laden noch ganz allein gehörte. Vor zwölf Jahren hatte er das Geschäft vom Vorbesitzer zu relativ günstigen Konditionen übernommen. Damit hatte er sich einen schon länger in ihm schwelenden Wunsch erfüllt. Bereits vor seinem Geschichtsdiplom an der Pariser Sorbonne hatte er beschlossen, sich dem Handel mit Antiquitäten zu verschreiben. Er musste nicht lange suchen, bis ihm die Zeitungsannonce zur Geschäftsübernahme in die Hände fiel. Unter den beiden gebürtigen Amsterdamern wurde man sich schnell handelseinig. Der Handel mit Antiquitäten war ihm eine Herzensangelegenheit und bot zahlreiche Anknüpfungspunkte zu seinem historischen Wissen. Und viele Stammkunden, die seinen Laden regelmäßig aufsuchten, hatten fraglos eine intensivere Beziehung zur Vergangenheit als die meisten seiner Kommilitonen und akademischen Lehrer, deren Buchgelehrsamkeit ihm immer schon befremdlich gewesen war. Das Geschäft lief gut und van Dijk hatte keinen Grund, sich zu beklagen, abgesehen vielleicht von vereinzelten Migräneattacken, die ihn seit einigen Tagen plagten. Sein Hausarzt konnte keine spezifische Ursache finden und hatte ihm ein mittelstarkes Schmerzmedikament verschrieben. Besonders heftig waren diese stechenden Schmerzen im Laden und kündigten sich auch an diesem Morgen wieder an. Van Dijk nahm vorsorglich eine Tablette mit einem Glas Wasser ein und beschloss, nicht weiter über das Thema Migräne zu grübeln.

Der Vierklang der Türglöckchen unterbrach seine Gedanken. Als er zur Tür sah erblickte er ein älteres Ehepaar, das sich durch die Art der Kleidung und die umgehängte Digitalkamera als Touristen zu erkennen gab. Jan van Dijk schnappte ein paar englische Sprachbrocken auf und rief seinen Besuchern ein fröhliches ‚Good Morning' entgegen. Sie grüßten lächelnd zurück und bewegten sich mit forschenden Blicken im Zickzack durch den Laden. Aus Erfahrung wusste van Dijk, dass ältere Touristen häufig spontane Kaufentscheidungen trafen, die sie dann oft auch in die Tat umsetzten, insbesondere wenn sie etwas besser betucht waren, wie offensichtlich diese hier. Er beschloss, die beiden zunächst ungestört mit dem Angebot der kleinen Leuchtenabteilung allein zu lassen. Die mit den besonders markanten Lampenschirmen hatte er bereits beim Betreten des Ladens eingeschaltet. Sie erwiesen sich häufig als erster Anziehungspunkt für potentielle Käufer. Die Glocke klingelte erneut und eine Schar von sechs oder sieben Schülern betrat kichernd den Laden. Hier war weder mit spontanen noch mit zielsicheren Kaufabsichten zu rechnen, und er beschloss, die Gruppe im Auge zu behalten, was mit den gewölbten Spiegeln, die an verschiedenen Stellen unter der Ladendecke hingen, kein Problem war. Im Falle einer Rangelei oder übermäßigem Lärm würde er die Gruppe sofort zur Ordnung rufen. Doch während sich die Gruppe Richtung ‚Technikabteilung' mit allerlei mechanischen Küchen- und Büromaschinen bewegte, verblieb der Geräuschpegel auf dem Niveau eines leisen Kicherns, und auch von Rempeleien oder ähnlichem war nichts zu bemerken. So richtete er seine Aufmerksamkeit erneut auf das ältere Ehepaar, das sich nun schon eine kleine Weile diskutierend vor einer kleineren Tiffanyleuchte aufhielt, die sicher keine Transporthindernisse in den Heimatort, wo immer der sein mochte, in den Weg legen würde. Auf Englisch sprach er die beiden an: »Ein wirklich schönes Stück. Wurde um die Jahrhundertwende in der Werkstatt von Louis Tiffany persönlich hergestellt, wie Sie an der Prägung an der Unterseite erkennen können.« Er deutete auf das kleine Siegel an der Schirmunterseite. »Ich habe es bei einer Haushaltsauflösung in Delft erstanden...« Eine individuelle Geschichte erhöhte nicht selten das Kundeninteresse und trug oft zur Kaufentscheidung bei. Bevor van Dijk allerdings richtig mit seiner Rede ansetzen konnte, fiel ihm auf, dass das Kichern der Schüler verstummte und etwas lauteres Rufen an seine Stelle trat: »Was soll das denn sein?«, »Das ist doch wohl ein Witz, oder?« Mit einem knappen »Entschuldigen Sie mich bitte« wandte er sich vom älteren Ehepaar ab und der Schülergruppe zu. Nach ein paar Schritten hatte er sie in der Abteilung für mechanische Geräte erreicht. »Kann ich Euch irgendwie helfen?« fragte er freundlich und blickte in leicht errötende Gesichter. Die Rufe der Kinder verstummten. Schließlich wagte sich eines der größeren Mädchen nach vorn: »Naja, wir fragen uns nur, wozu dieses blaue Teil an der alten Schreibmaschine hier gut sein soll…« Es trat einen Schritt zu Seite und zeigte auf eine massive schwarze Schreibmaschine, die leicht zugestaubt in der zweiten Reihe des Auslagetischs stand. »Ah, Ihr meint die Underwood 5. Das war mal ein echtes Erfolgsmodell, die bis in die dreißiger Jahre des letzten Jahrhunderts hergestellt …« Dabei ließ er seinen Blick über das Metallgehäuse der Maschine schweifen und hielt plötzlich inne. Er blickte über den Rand seiner Brille und ging mit dem Gesicht näher an die Seitenverkleidung heran. Auf der rechten Seite, gleich neben der Halterung des beweglichen Wagens sah er einen kegelförmigen Fortsatz von etwa 12 Zentimeter Länge, der in einem Winkel von etwa 30 Grad nach schräg hinten emporragte. Es erinnerte entfernt an einen Kegel mit verdicktem Kopf, dessen Fuß schräg abgesägt und an der Schreibmaschine befestigt war. Das metallisch irisierende Blau setzte sich deutlich vom ansonsten schwarzen Lack der Maschine ab. »Da hat sich wohl jemand eine Scherz erlaubt« war sein erster Gedanke, während er sich über den Tisch beugte, um den Fortsatz ganz aus der Nähe zu betrachten. Dabei durchfuhr ihn erneut ein kräftiger stechender Schmerz, mit dem sich seine Migräne auf äußerst unangenehme Weise zurückmeldete. Er zuckte kurz mit den Augenlidern und wandte sich dann wieder der Maschine zu: Im Unterschied zu den fünf Reihen von Tasten war der bläulich schimmernde Fortsatz vollkommen staubfrei. Es war jedoch nicht zu erkennen, wie der ‚Fremdkörper' mit dem Rahmen der

Maschine verbunden war. Jeder Ansatz fehlte. Unter den Blicken der mittlerweile schweigenden Schüler führte er vorsichtig seinen Zeigefinger zur Oberfläche und strich am Kopf beginnend von vorne zum Metallrahmen herab. Er war warm, glatt und es ließ sich kein Ansatzpunkt zur Underwood erkennen. Vielmehr schienen die beiden Oberflächen vollkommen nahtlos ineinander überzugehen. Verblüfft betrachtete van Dijk die ihm so vertraute wie nunmehr doch fremde Maschine. Er hatte sie vor rund zwei Monaten auf einem Flohmarkt in Amsterdam gefunden und war sofort von dem sehr gut erhaltenen Zustand begeistert gewesen. Offensichtlich stammte sie aus Privatbesitz und war nie besonders intensiv in einem Büro oder einer Verwaltung eingesetzt worden. Ohne längere Verhandlungen hatte er sie zu einem günstigen Preis erstanden und war sich sicher, dass es sich bei seiner Neuerwerbung um keinen Ladenhüter handeln würde. Auf ihrem Platz in der zweiten Reihe stand sie seit dieser Zeit neben mechanischen Waagen, Uhren und Küchengeräten. Er war in den vergangenen Wochen oft direkt an ihr vorbeigegangen und hatte sie kurz aus den Augenwinkeln angeschaut. Dabei war ihm niemals ein Fremdkörper aufgefallen. Verwundert rieb er sich den Hinterkopf und sagte: »Das gehört da definitiv nicht hin.« Erst jetzt bemerkte er, dass sowohl das ältere Ehepaar als auch die Schüler den Laden verlassen hatten.

Nun war seine Neugierde geweckt. Kurzentschlossen wollte er die Maschine anheben und in sein Hinterzimmer tragen, um den Fremdkörper irgendwie zu entfernen. Sehr bald stellte er jedoch fest, dass das Objekt enorm schwer war und das ursprüngliche Gewicht der Schreibmaschine mehr als verdoppelte. Mit großem Kraftaufwand gelang es ihm, Maschine und Objekt auf seinen Schreibtisch zu wuchten. Er wischte sich ein paar Schweißtropfen von der Stirn und betrachtete nachdenklich das unbekannte Ding. Lange konnte es ja noch nicht dort sein, wie der fehlende Staub bewies. Mit dem Ellenbogen schob er ein paar Dokumente und einen Karton beiseite, um Platz auf der Tischmitte zu schaffen. Er setzte sich direkt an den Tisch, schob den Schreibtischstuhl so nah wie möglich an die Tischplatte heran und drehte die Underwood langsam von einer Seite auf die andere. Auch im Licht seiner Schreibtischlampe und unter Einsatz seiner stärksten Lupe konnte er keinen Ansatz zwischen der Maschine und dem Fremdkörper erkennen. Die Oberflächen schienen einfach ineinander überzugehen. Von Kleberesten oder sonstiges Verbindungsstellen fehlte jede Spur. Auch wenn es etwas schräg nach hinten aus der Maschine herausragte hatte es sehr ebenmäßige Oberflächen und eine perfekte Kegelform. Van Dijk zweifelte keinen Augenblick daran, dass es sich um einen bearbeiteten Gegenstand handelte. Das Material des Fremdkörpers wirkte metallisch, nur seine bläulich-irisierende Farbe ließ die Grenze zum schwarzen Metall der Maschine klar hervortreten. Wenn er den Kopf bewegte veränderte sich der Lichteinfall auf dem Objekt und ließ ihn schimmern. Einmal hatte er den Eindruck, dass ein kleiner Lichtblitz über seine Oberfläche zuckte, doch als er das Licht löschte und seinen Platz mit dem Vorhang verdunkelte, bestätigte sich der Eindruck nicht.

Warum sollte jemand dieses Teil ausgerechnet an einer alten Schreibmaschine befestigt haben? Und vor allem, wie? Mit der linken Hand hielt er die Underwood fest und umfasste den Fremdkörper mit der rechten. Seltsam: Trotz des metallischen Eindrucks fühlte sich der Fremdkörper wärmer an als das Metall der Maschine selbst. Oder handelte es sich hier um eine Täuschung? In einem 90 Grad Winkel setzte er einen Hebelgriff an und wandte etwas Kraft auf, um den Fremdkörper zu entfernen. Ohne Erfolg. Er stand vom Schreibtischstuhl auf, um einen besseren Griffwinkel zu bekommen. Mit deutlich mehr Kraft stemmte er sich erneut gegen den Fremdkörper, aber dadurch hob sich nur die metallische Abdeckung der Typenhebel etwas an. Wäre die Maschine nicht so solide verarbeitet, hätte er die

Abdeckung wahrscheinlich verbogen. »Das bringt nichts«, sagte er zu sich selbst und suchte in seiner überschaubaren Werkstatt nach einer Zange und einer kleinen Eisensäge. Er fixierte den Fremdkörper mit der Zange und setzte die Säge wenige Millimeter dahinter an, um das unbekannte Material so wenig wie möglich zu beschädigen. Mit einem kurzen Ruck zog die Säge zu sich heran. Das kreischende Geräusch war unangenehm. Bei der Rückwärtsbewegung tanzte das Sägeblatt hin und her, weil es ihm nicht gelang, die Oberfläche auch nur anzukratzen. Nach zwei weiteren Versuchen gab er auf. Das Material war offensichtlich so hart, dass man mit der Eisensäge hier nicht voran kam. Nachdenklich betrachtete er die völlig unversehrte Oberfläche des Fremdkörpers unter der Lupe. Der irisierende Effekt erschien in der Vergrößerung umso deutlicher und seine Migräne ließ ihn heftig zusammenzucken.

»Das Teil muss wohl doch schon längere Zeit mit der Underwood verbunden sein. Komisch, dass mir das bislang noch nicht aufgefallen war.« Nachdenklich blickte er auf die dickere Stirnseite des Fremdkörpers, wo der bläulich irisierende Effekt besonders ausgeprägt war. Als er mit den Fingern über die Oberfläche strich, fühlte sich der Fortsatz im Vergleich zum Metall der Schreibmaschine leicht aber deutlich erwärmt an. Zu diesem Zeitpunkt führte er dies noch auf seinen rüden Umgang mit Zange und Säge zurück. Seltsam war vor allem, dass der Übergang von Maschine und Fortsatz selbst bei stark vergrößerter Betrachtung vollkommen glatt erschien. Dort, wo das schwarze Metall der Maschine endete, ging es praktisch übergangslos in den Fortsatz über. Es gab keinerlei Zeichen von Klebstellen oder sonstigen Fixierpunkten, wie beispielsweise einem Spalt. Die Oberfläche schien vollkommen plan und ohne Auffälligkeiten. Lediglich die blaue Farbe zeigte präzise an, wo die Maschine endete und der Fremdkörper begann.

Wie lange mochte der Fremdkörper sich hier bereits befunden haben? Sicher war, dass er beim Ankauf noch nicht dort war. Damals hatte er die Maschine mit Sicherheit wirklich ausführlich gemustert, um vor dem Kauf eventuell preismindernde Beschädigungen zu entdecken. Auch das Gewicht wäre ihm aufgefallen. Van Dijk kramte in seinen alten Rechnungsbüchern und fand schließlich das genaue Kaufdatum. Vor etwas mehr als eineinhalb Jahren hatte er sie auf einem Flohmarkt in einem südlichen Amsterdamer Vorort erworben. Entgegen seiner Erwartung, die Underwood schon bald mit Gewinn weiter verkaufen zu können, hatte sie sich trotz ihres exzellenten Zustands als Ladenhüter entpuppt, der zwar zahlreiche potentielle Käufer anzog, jedoch niemanden zum Kauf motivierte. Zusätzlich hatte er seinerzeit noch einen Porzellanwaschtisch und einen Fußhocker für ein vergleichsweise kleines Geld erstanden, die er schon länger nicht mehr besaß. »Bei nur drei Gegenständen wäre mir dieses Objekt doch sofort ins Auge gesprungen. Damals war es also noch nicht vorhanden. Aber vor wie langer Zeit konnte sich jemand an der Underwood zu schaffen gemacht haben, ohne dass es ihm auffiel? – Halt! Der Fotograf. Mitte der vergangenen Woche hatte ihn ein Fotoreporter vom *Allgemeen Dagblad* besucht, der einen Hintergrundbericht über den Wandel des Antiquitätengeschäfts in der letzten zwanzig Jahren schreiben wollte.« Das Interview hatte ihn mehr Zeit gekostet als erwartet und anschließend hatte er noch eine Vielzahl von Aufnahmen aus unterschiedlichen Blickwinkeln und mit verschiedenen Brennweiten gemacht, von denen er van Dijk eine stattliche Auswahl von Abzügen am Freitag der letzten Woche dankenswerterweise im Laden vorbeigebracht hatte. Damit hatte van Dijk gar nicht gerechnet und hatte die Fotos etwas achtlos in einen leeren Karton oberhalb seines Schreibtisches verstaut. Jetzt suchte er den Karton. Mit etwas Glück gab eines der Fotos ja näheren Aufschluss, wie lange sich dieser Kegel hier schon befand. Nach kurzer Suche hatte er ihn gefunden und öffnete eilig den Deckel. Rasch ließ er seinen Blick über die ersten Bilder schweifen bevor er sie kopfüber auf der

Tischplatte ablegte. Es waren Panoramaaufnahmen, die das Geschäft als Ganzes zeigten. Durch das verwendete Weitwinkelobjektiv erschien der Laden viel größer und die einzelnen Objekte viel kleiner, als sie in Wirklichkeit waren. Besonders ausführlich hatte der Fotograf die Schmuck- und Porzellanabteilung dokumentiert, die sich in Nahaufnahmen als besonders dankbare Objekte zeigten. Besonders gelungen fand er das Bild eines großen Aquamarinanhängers, der das künstliche Licht sehr ansprechend brach. Auf den nächsten Bildern hatte er sich zwar der Technikabteilung genähert, dabei jedoch mehr Interesse an den Leuchten gezeigt, die allemal dekorativer waren als die weiter unten stehenden Büromaschinen. Da! Endlich ein Foto, das die Underwood deutlich erkennbar abbildete. Mit seiner starken Lupe glitt sein Blick über das zentrale Motiv. Leider war die Perspektive so gewählt, dass ihre rechte Seite, an der sich das Objekt befand, nicht zu erkennen war. Nun waren nur noch wenige Fotos in der Schachtel. Als eines der letzten Bilder fand er eine weitere Gesamtansicht des Geschäfts, das vom rückwärtigen Teil aus aufgenommen wurde. Im Vordergrund fand sich leicht unscharf die rechte Abdeckung der Underwood mit einem teilweise lesbaren Schriftzug ‚... wood'. Trotz der mangelnden Schärfe war klar zu erkennen, dass sich hier kein Kegel befand. Also gut, überlegte van Dijk, am Mittwochnachmittag war es also noch nicht da. Am Donnerstag hatte er den Laden wegen einer heftigen Erkältung nicht geöffnet. Bliebe also nur der Freitag. Er versuchte sich zu erinnern, welche Kunden ihn am Freitag aufgesucht hatten: Da waren ein paar Stammkunden, die sich jedoch nur für Militaria und historische Postkarten interessierten. Von denen würde aber keiner einen solchen Schabernack mit ihm treiben. Außerdem hatte er die ganze Zeit nah bei ihnen gestanden und sie hatten über dieses und jenes Thema aus ihrem Stadtteil gesprochen. Nein, von denen konnte es keiner gewesen sein. Ansonsten war es ein sehr ruhiger Tag mit wenig Publikumsverkehr gewesen. Es blieb rätselhaft. Sollte sich jemand an der Türglocke vorbeigeschlichen und das seltsame Objekt irgendwie an der Underwood befestigt haben. Er ging zur Tür und überprüfte die Glocke. Sie funktionierte einwandfrei. Nein. An der kam keiner vorbei und das Läuten hätte er in jedem Fall gehört. Es blieb einfach rätselhaft.

Kapitel 2: Mutmaßungen

Bei seinen Grübeleien hatte van Dijk gar nicht bemerkt, wie viel Zeit inzwischen verstrichen war. Ein paar Mal hatte er unterbewusst die Türglocke gehört, die potentiellen Kunden schauten jedoch nur nach bestimmten Objekten, die sie zuvor im Schaufenster erspäht hatten und verließen das Geschäft nach einem Blick auf die Preisschilder gleich wieder. Sein Blick verweilte auf der bläulich irisierenden Oberfläche des Kegels, in dem das Licht der Schreibtischlampe in immer wieder neuen Farbstellungen gebrochen wurde. Hin und wieder strich er mit der rechten Hand behutsam über das Material und ließ die metallisch schimmernde Oberfläche auf sich wirken. Obwohl das rätselhafte Objekt nun schon geraume Zeit in seiner dunklen Büroecke stand, fühlte es sich noch immer deutlich wärmer als die Umgebungstemperatur und erst recht als die Schreibmaschine selbst an. Wie konnte das sein? Woher bezog das Objekt seine Energie?

Eines war klar: In diesem Zustand war die Underwood unverkäuflich. Aber zuerst mussten ohnehin die Rätsel um den Kegel gelöst werden: Aus welchem Material bestand er? Hatte er eine Funktion? Woher stammte der bläulich irisierende Effekt? Wie war er an der Underwood befestigt? Seit wann befand er sich hier? Warum war er wärmer als die Umgebung? – Je länger van Dijk grübelte, desto größer wurde sein Interesse an dem fremdartigen Ding. Aber wie konnte er mit seinen Fragen vorankommen? Er fertigte mit seinem Smartphone eine seitliche Aufnahme des Objekts im Dreiviertelprofil und füttert damit eine Bildsuchmaschine im Internet. Nachdem er ein paar Sekunden gewartet hatte, erschienen eine Reihe von Text- und Bildergebnissen auf seinem Display. Unter den Bildern waren Aufnahmen von Schmuckstücken, gestrudelten Eiscremekugeln und dunklen Glasmurmeln. Unter den Textdateien fand er Hinweise auf expressionistische Malerei und psychedelische Delirien. Hmm, das alles brachte ihn nicht weiter.

Er brauchte Hilfe. Van Dijk überlegte, an wen er sich wenden konnte. Aus den Tiefen seiner Schädellappen schälte sich allmählich der Name Elodie Tellier hervor. Jahrelang hatte er nicht mehr an sie gedacht. Van Dijk kannte Tellier aus gemeinsamen Studienzeiten an der Pariser Sorbonne. Obwohl sie ganz unterschiedliche Fächer studiert hatten – van Dijk mittlere und moderne Geschichte und Tellier Oberflächenbehandlung und Werkstoffkunde – waren sie einander im höheren Studiensemester häufig als studentische Vertreter in beratenden Studienreformkommissionen begegnet. Schon beim ersten Zusammentreffen entwickelte sich zwischen beiden eine erhebliche Spannung und Antipathie. Van Dijk empfand ihre Art zu sprechen arrogant und anbiedernd. Ihre Argumente zur Studienreform fand er oft schlecht durchdacht, und es war mehr als einmal vorgekommen, dass sie eine gemeinsam verabredete Position spontan zugunsten einer alternativen Auffassung aufgab. Insgesamt empfand er sie als hektisch, flatterhaft und sah gemeinsam mit ihr kaum eine Möglichkeit, die studentischen Belange effektiv zu vertreten. Dennoch zeigte sie in Diskussionen auch immer wieder eine gedankliche Brillanz, von der er beeindruckt war. Tellier selbst schien ihn in keiner Weise ernst zu nehmen und hielt ihn offenbar für ein akademisches Leichtgewicht. Ihre offen zutage getragene Arroganz bezog sich sowohl auf sein geisteswissenschaftliches Studienfach als auch auf seine Person selbst. Nach dem Ende der Kommissionsarbeit verloren sie einander dann schnell aus den Augen. Allerdings verfolgte van Dijk die berufliche Karriere Telliers von Zeit zu Zeit in den Medien, wenn er auf den Wissenschafts- und Feuilletonseiten der Presse oder manchmal sogar in Fernsehinterviews Neuigkeiten über sie erfuhr. Auch sie hatte den universitären Berufsfeldern alsbald den Rücken gekehrt, war dann jedoch über eine Reihe von Verwaltungsämtern schließlich als stellvertretende Direktorin am Pariser Musée des Arts et Métiers die Karriereleiter empor geklettert. Keine unbedeutende Position, die sie mit Sicherheit nicht nur ihren Netzwerken, sondern auch ihrer fachlichen Kompetenz verdankte. Ja, Elodie Tellier war diejenige, deren Unterstützung er jetzt brauchte. Sie verfügte sowohl über die Kenntnisse als auch die technische Ausstattung und den personellen Apparat, um Licht in diese geheimnisvolle Angelegenheit bringen zu können.

Bevor er im Internet nach ihr und ihrer Telefonnummer suchte, verschloss er die Tür zu seinem Laden. Die Mittagszeit war allmählich auch schon vorüber und er rechnete in den nächsten Stunden mit wenig Kundschaft. Auf seine Anfrage nach Elodie Tellier warf die Suchmaschine mehr als 7500 Treffer aus. Über die Namenssuche kam er offenbar nicht zum Ziel. Also versuchte er es über das Musée des Arts et Métiers. Schnell hatte er die Homepage des Museums gefunden und rief die Kontaktseite auf. Hier fand er eine Pariser Telefonnummer und zog sein Smartphone hervor. Beim Wählen stutzte er jedoch. Die Durchwahl endete mit den Ziffern ,00'. Das war bestimmt ein Telefon am Empfang oder der Besucheradministration. Was sollte er hier sagen? Sein Anliegen klang – wie er sich selbst eingestehen musste – absurd und seine Bitte, die Direktorin zu sprechen, etwas anmaßend. Hier würde man ihn sicher abwimmeln oder unter fadenscheinigen Gründen mit einem Rückruf vertrösten. Nein, über diese Nummer kam er wohl kaum an die stellvertretende Direktorin heran. Er überlegte kurz: Der Direktor galt sicher als Nummer Eins und seine Stellvertreterin als Nummer Zwei. Also wählte er die Nummer mit den Endziffern ,02'. Sehr schnell bekam er ein Freizeichen. Eine halbe Ewigkeit geschah nichts weiter und er wollte gerade auflegen, als am anderen Ende der Leitung abgenommen wurde und sich eine Frauenstimme mit »Hallo?« meldete.

»Hallo. Hier spricht Jan van Dijk aus Amsterdam. Spreche ich mit Elodie Tellier?«

»Woher haben Sie diese Nummer?« fragte die Stimme knapp zurück. Obwohl van Dijk die Stimme seit vielen Jahren nicht mehr gehört hatte, erkannte er doch sofort den stakkatoartigen Rhythmus und die hohe Stimmlage. Es handelte sich ohne Zweifel um Elodie Tellier. Es war sicher besser, ihre Frage zu beantworten, damit sie nicht sofort auflegte.

»Aus dem Internet. Die beiden letzten Nullen habe ich einfach gegen Null Zwei – entsprechend der Hierarchie des Museums – ausgetauscht, um die stellvertretende Direktorin direkt zu erreichen...«

»Das werden wir ändern müssen«, sagte sie mit dem Ausdruck einer gewissen Empörung, fügte dann jedoch etwas verbindlicher hinzu:»Wie sagten Sie, ist Ihr Name?«

»Van Dijk. Jan van Dijk.«

»Hmm. Der Name kommt mir bekannt vor. Das muss allerdings schon sehr lange her sein.«

»Ja. Wir kennen uns aus der gemeinsamen Arbeit in der Studienreformkommission an der Sorbonne.«

»Ich erinnere mich dunkel. Die Arbeit in der Kommission war ja eher unerfreulich und vom Ergebnis her ein völliger Fehlschlag. – Nun ja, darf ich fragen, weshalb Sie anrufen? Ich möchte Sie allerdings bitten, sich kurz zu fassen, da meine Zeit knapp ist.«

Sie hat sich nicht verändert. Noch immer dieselbe arrogante Blasiertheit, die Elodie Tellier schon damals an den Tag gelegt hatte.

Van Dijk überlegte kurz, wie er beginnen sollte. In kurzen Worten berichtete er ihr von dem Objekt an der Schreibmaschinenwand in seinem Geschäft, seiner Form, seiner bläulich irisierenden Farbe und der unerklärlichen Wärmeabstrahlung.

»Sie müssen entschuldigen«, fiel sie van Dijk ins Wort, »mir fehlt die Zeit, um mich um seltsame Fundstücke, die Gott weiß wo auftauchen, zu kümmern. Aber ich mache Ihnen einen Vorschlag. Bitte senden Sie mir ein Foto an die allgemeine Mailadresse des Museums. Ich werde mich darum kümmern, dass einer meiner Mitarbeiter sich Ihren Fund einmal anschaut. – Ich muss unser Gespräch an dieser Stelle leider abbrechen, weil ich noch einen wichtigen Termin wahrzunehmen habe.«

Das Freizeichen ertönte, ohne dass van Dijk eine Abschiedsformel hörte, oder sich selbst verabschieden konnte. Verblüfft schaute er auf den Telefonhörer in seiner Hand.

»Du hattest Unrecht« sagte er zu sich selbst, »Sie hat sich verändert. Sie ist noch viel arroganter geworden.«

Zögerlich griff van Dijk nach seinem Smartphone und fixierte das Objekt von der Seite. Aus der Nähe wirkte es plastisch verformt und der irisierende Effekt war überhaupt nicht zu erkennen. Ohne überhaupt den Auslöser zu betätigen, schalte er das Display wieder ab und legte das Gerät beiseite. Hier konnte – wenn überhaupt – nur seine Digitalkamera helfen, für die er vor einiger Zeit ein Makroobjektiv besorgt hatte, dass ihm zum Beispiel Nahaufnahmen von Schmuckstücken in hinreichender Qualität erlaubte. Er richtete die Kamera auf dem Stativ aus und bewegte die Schreibtischlampe in unterschiedliche Positionen. Jedoch brachte keine der Einstellungen die Eigenarten des Objekts wirklich heraus. Er hatte den Eindruck, die Aufnahmen nicht richtig scharfstellen zu können. Auch der irisierende Effekt kam auf den Fotos nicht zur Geltung.

Nach einer Weile und etlichen Versuchen, gab er schließlich auf. Mit einem solchen Foto konnte seine Mail nur in der Verwaltung des Musée des Arts et Métiers versanden. Ohnehin hegte er den Verdacht, dass auch bei besserer Aufnahmequalität sich niemand von Relevanz seinem Anliegen widmen würde. Er war sich nicht einmal sicher, ob er selbst nicht den Absender unter einem fadenscheinigen Vorwand abwimmeln würde.

Es half alles nichts: Ihm wurde immer klarer, dass er sich selbst mit dem Objekt nach Paris begeben musste. Nur so ließ sich der nötige Druck erzeugen, um Antworten auf seine Fragen zu bekommen, die ihn nicht mehr losließen. Mit einem Seufzen suchte er erneut die Eisensäge hervor, die sich auf den hinteren Teil seines Schreibtisches verflüchtigt hatte und setzte sie an der Seitenwand der Underwood an.

»Ein Jammer«, murmelte er zu sich selbst und bewegte die Säge vor und zurück. Die Abtrennung des Objekts aus der Seitenwand gestaltete sich schwieriger als gedacht. Immer wieder musste er die Säge in einem neuen Winkel ansetzen, doch allmählich kam er voran, wie auch die eisernen Späne der Maschinenflanke bewiesen. Mehrfach blies er sie mit dem Mund von der Tischplatte, bis er schließlich ein Stück der Seitenwand mit dem Objekt in der Hand hielt. So konnte das Objekt wesentlich einfacher transportiert werden. Es war zwar noch immer überraschend schwer aber immerhin nicht mehr so sperrig wie zuvor. Gemeinsam hatten sie eine längere Zugfahrt vor sich.

Kapitel 3: Elementare Überraschung

Mit etwas Schwung wuchtete van Dijk den mit solidem Paketband verschnürten Karton zwei Stufen in den Zug hinauf. Zwar hatte er einen austauschbaren Griff an der Kopfseite, doch war er relativ schwer und immer noch so unhandlich, dass er ihm bereits mehrfach gegen Knie und Unterschenkel geschlagen war, über deren Farbe er in diesem Moment lieber nicht nachdachte. Die Seitenwand der Underwood war zu einem nicht unerheblichen Teil aus Gusseisen geformt, das zusammen mit dem Objekt einiges auf die Waage brachte. Außerdem war der ausgiebig mit Styropor und Holzwolle gegen Stöße gepolsterte Karton eigentlich viel zu klobig für das vergleichsweise kleine Objekt. Van Dijk hatte lange suchen müssen, bis er einen passenden Karton gefunden hatte, der die nötige Stabilität für die Bahnfahrt aufwies.

Schnell entdeckte er seinen reservierten Platz in der zweiten Wagenklasse und war froh, dass der Waggon nur schwach besetzt war und er den Karton, der nicht in die Hutablage passte, auf dem Nebensitz abstellen konnte. Seine kleine Reisetasche mit dem Notwendigsten für einen kurzen Aufenthalt fand über seinem Kopf hingegen ausreichend Platz.

Als sich der Zug in Bewegung setzte und er zur Ruhe kam, schweiften seine Gedanken zurück zu den Ereignissen der letzten Tage. Leider meldete sich auch der stechende Migräneschmerz zurück. Er versuchte sich mit Blicken aus dem Fenster abzulenken, was ihm nur unzureichend gelang. Zwei Tage waren mittlerweile vergangen, ohne dass jemand auf seine Mail an das Musée des Arts et Métiers mit der angehängten Bilddatei reagiert hatte. Er hatte sie umgehend nach dem Telefonat mit Elodie Tellier abgeschickt und trotz seiner Skepsis auf eine schnelle Antwort gehofft. Als diese ausblieb, hatte er sich am gestrigen Abend entschlossen, nicht länger zu warten, sondern sich auf den Weg nach Paris zu machen. Das Foto, das er mit seiner Kamera aufgenommen hatte, war ohnehin nicht sehr aussagekräftig gewesen und brachte das bläuliche Farbenspiel des Kegels nicht richtig zur Geltung. Er war sich selbst nicht sicher, ob er auf sein Schreiben reagiert hätte. Jetzt hatte er eine knapp vierstündige Bahnfahrt mit dreißig Minuten Aufenthalt in Brüssel vor sich. Seine Gedanken kreisten um das unbekannte Objekt und die Frage, wie er das Rätsel um dessen Farbspiel und kontinuierliche Wärmeentwicklung anderen Personen in wenigen Worten verdeutlichen konnte. Da er keine plausible Antwort auf diese Frage fand, hatte er kurzerhand beschlossen, sich auf den Weg zu machen und das Objekt für sich selbst sprechen zu lassen. Das grelle Licht außerhalb des Waggons schien seinen Kopfschmerz noch zu verstärken. So entschloss er sich, etwas zu lesen. Für die Fahrt hatte er einen größeren Bildband über Mineralien und Edelsteine mitgenommen und blätterte nun erneut darin. Er staunte über die Vielfalt blauer Mineralien: Lapis Lazuli, Sodalit und Chalkopyrit waren entweder zu transparent oder hatten eine stark glänzende Oberfläche. Azurit kam der Substanz des Kegels noch am nächsten, allerdings hatte es nicht die Brillanz des Materials. Außerdem war nirgends etwas von Wärmeentwicklung vermerkt, die das Objekt kontinuierlich ausstrahlte. Der üppig illustrierte Bildband half ihm nicht weiter und er ließ ihn wieder in der Reisetasche verschwinden. Schließlich schloss er die Augen und dämmerte etwas vor sich hin, freilich nicht ohne die Hand auf dem Päckchen neben ihm abzulegen, damit es nicht unbemerkt von jemandem mitgenommen werden konnte.

Nach einer ereignisarmen Zugfahrt und einem problemlosen Umstieg in Brüssel – wenn man von den zahlreichen Stellen absieht, an denen van Dijk mit seinem großen Karton aneckte – stand er nach einer kürzeren Taxifahrt nun ungefähr um die Mittagszeit vor dem Musée des Arts et Métiers in der

Rue Reaumur. Glücklicherweise hatte sich der stechende Schmerz fast ganz verflüchtigt, wozu sicher auch die für Pariser Verhältnisse klare und kühle Luft beigetragen haben mochte. Vom Haupteingang aus, vor dem sich eine kurze Schlange von Besuchern versammelt hatte, folgte er dem Schild ‚Administration', das ihn bis zu einer unscheinbaren Seitentür ungefähr 50 Meter weiter führte. Obwohl die Schließanlage sowohl über eine Kamera als auch eine Gegensprechanlage verfügte, ertönte der Öffnungssummton praktisch zeitgleich mit dem Tastendruck. Van Dijk lehnte sich gegen die Tür, die nach innen aufsprang und fand sich in einem für das großzügige Gebäude winzigen Treppenhaus wieder. Er fand gerade genug Platz, um seinen kleinen Reisekoffer und den Karton neben sich abzustellen. Als die Türe ins Schloss fiel wurde es sofort sehr still, aber schon nach wenigen Sekunden hörte er Schritte, die sich aus dem ersten Stock näherten. Ein schmächtiger, mit Jeans und Pullover bekleideter junger Mann begrüßte ihn freundlich: »Hallo. Sie kommen sicher vom Ingenieurbüro Lemaître und haben die Bohrproben für mich dabei.«

»Leider nein. Mein Name ist van Dijk und ich habe vor zwei Tagen mit Madame Tellier wegen eines seltsamen Objekts telefoniert, auf das ich mir keinen Reim machen kann.«

»Warten Sie... Sie haben uns das Foto einer Schreibmaschine geschickt, auf dem man leider kaum etwas erkennen kann. Sie müssen entschuldigen. Madame Tellier hatte die Mail an mich weitergeleitet, aber ich bin noch nicht dazu gekommen, Ihnen zu antworten. Sie glauben nicht, was gerade in den letzten Wochen hier los ist. Mein Name ist übrigens Jean und ich bin hier in der Materialprüfungsanstalt beschäftigt.«

»Großartig. Da bin ich bei Ihnen ja wohl genau an der richtigen Adresse. Ich habe einen Teil der Schreibmaschine samt Kegel gleich mal mitgebracht.« Jean hatte seine Mimik nicht so weit im Griff, dass van Dijk nicht den Unwillen erkennen konnte, den diese Ankündigung bei ihm auslöste. Mit einer abwehrenden Geste setzte er zu einer längeren Erklärung an:

»Schon, aber Sie müssen verstehen... Ich habe wenig Zeit ... Die Bohrproben, von denen ich eben sprach ...« Jeans Miene hellte sich ein wenig auf, als sein Blick auf van Dijks Koffer fiel. »Sie sind extra aus Amsterdam angereist?«

Van Dijk nickte hoffnungsvoll.

»Ok«, seufzte Jean, »wenn Sie nun schon mal da sind, kann ich auch wenigstens einen Blick auf das Teil werfen. Das dauert bestimmt nicht lang. Ist es in dem Paket?« Mit einer Geste bat Jean van Dijk, das Paket zu öffnen.

Van Dijk war verblüfft von dieser plötzlichen Bitte. Im spärlich beleuchteten Treppenhaus konnte man kaum etwas erkennen. Mit einiger Mühe folgte er in dem engen Treppenhaus der Aufforderung, entknotete das Paketband, öffnete die beiden Kopflaschen und zog das Styropor und die Holzwolle, die er zum stets zum Auffüllen der Hohlräume verwendete, beiseite und wich zurück, um Jean einen Blick in den Karton zu erleichtern. Nach einem kurzen Blick hatte Jean das Objekt erspäht und befühlte es mit seinem Fingern.

»Was haben wir denn da? Die Oberflächenstruktur scheint metallisch zu sein, das irisierende Schimmern deutet jedoch eher auf ein Mineral hin, und hoppla, das Teil ist ja ganz warm. Haben Sie irgendwelche Wärmequellen in dem Paket?«

»Nein. Die Wärme geht von dem Objekt schon seit Tagen aus.«

Wieder klingelte es an der Tür und sie sprang auf. Ein mittelalter Mann mit einem größeren Paket auf einer Sackkarre gesellte sich zu Ihnen in das ohnehin schon viel zu enge Treppenhaus.

»Lieferung der Firma Lemaître. Wo kann ich bitte das Paket abgeben?«

Jean beachtete den Mann nicht weiter, war offenbar völlig von dem Objekt in den Bann gezogen und wandte sich an van Dijk.

»Ui. Das ist viel schwerer als ich dachte. – Hmm. Mit seiner geometrischen Form sieht es bearbeitet aus. Das möchte ich mir gern näher ansehen. Würden Sie mich in das Labor begleiten?«

»Genau deswegen bin ich hier.«

Van Dijk folgte Jean mit seinem geöffneten Paket und seinem Koffer, während dieser vergleichsweise leichtfüßig mit dem Objekt in Händen bis in den ersten Stock hinaufstieg. Der verblüffte Paketbote blieb allein im Flur zurück.

Van Dijk folgte Jean durch einen langen Gang. Scheinbar mühelos trug er das Objekt mit schnellen Schritten bis zu einer magnetkartengesicherten Tür. Van Dijk hielt kurz inne und las das Türschild: Materialprüfungslabor II – Zutritt nur für Berechtigte. Die Tür sprang auf und gab den Blick auf mehrere durch Glasscheiben getrennte kleinere Räume frei, von denen die meisten menschenleer waren. Überall standen Gerätschaften, die van Dijk an Bohrmaschinen und Reinigungsgeräte erinnerten. In den Wandregalen standen säuberlich aufgereiht zahlreiche Glas- und Metallbehälter, die akribisch beschriftet waren. Van Dijk blieb keine Zeit die Aufschriften näher zu studieren, weil Jean in eine der Parzellen einbog und das Objekt auf einen Tisch mit massiver Arbeitsplatte stellte. Mit geübtem Handgriff richtete er eine starke Arbeitsleuchte auf die Oberfläche aus, die teils aus Metall, teils aus Porzellan bestand. Jean schaltete eine weitere Leuchte direkt über dem Tisch ein, die den Raum in helles Tageslicht tauchte. Von der Wand zog er schweigend eine große Lupe über den Kegel. Er schien völlig in das Objekt versunken zu sein. Dass van Dijk hinter ihm stand, schien er vollkommen vergessen zu haben. Van Dijk ließ ihn gewähren und beobachtete ihn schweigend.

»Erstaunlich«, murmelte er nach einer ganzen Weile. »Dieses Farbenspiel ...« Schließlich wandte er sich wieder van Dijk zu:

»Wann haben Sie das Objekt zum ersten Mal bemerkt?«

»Vor zwei Tagen. Es war plötzlich da und ich habe nicht die leiseste Ahnung, wie es dorthin gekommen ist. Ich habe versucht, es von der Schreibmaschine zu lösen, aber alle meine Sägen haben ihren Geist am Objekt aufgegeben. Schließlich sah ich nur noch die Möglichkeit, die Seitenwand der Maschine auszusägen und sie zusammen mit dem Objekt zu transportieren.«

»Ich habe den Eindruck, dass der Kegel schon längere Zeit an der Maschine haftet. Schauen Sie: Es gibt keinerlei Übergänge oder Kanten. Es deutet nichts auf ein Klebemittel noch eine thermische Verformung hin, die zum Beispiel bei einem Schweißprozess entstünde.«

»So lange kann es noch nicht an der Maschine haften. Sie steht schon seit vielen Wochen bei mir im Laden. Das wäre mir aufgefallen.«

»Ok. Dann schauen wir uns das mal näher an. Wir beginnen mit der zerstörungsfreien Werkstoffprüfung. Wollen mal sehen, ob wir der Sache mit Ultraschall näher kommen können.«

Jean schaltete ein Ultraschallgerät an der Wand ein, worauf dessen Display mit geringer Zeitverzögerung aufflammte. Er führte den Sensor über den Kegel, dessen geschwungene Form sich als massive schwarze Fläche abbildete. Die Form veränderte sich mit seiner Handbewegung, blieb jedoch tiefschwarz.

»Ok. Das Teil scheint massiv zu sein. Entweder es hat keine Hohlräume oder ich kann es mit der Technik nicht durchdringen. Aber ich kann noch immer nicht sagen, woraus es besteht. – Schauen wir mal nach der Temperatur. Es kommt mir immer noch sehr warm vor.«

Jean hängte das Ultraschallgerät in die Halterung zurück und griff nach dem daneben hängenden Infrarot-Thermometer. Er richtete es auf das Objekt und sofort erschien ‚28°C' auf dem Display.

»Oha. Sechs Grad über Raumtemperatur. Die wird hier konstant auf 22 Grad gehalten. – Wenn das Ding tatsächlich massiv ist, kann die Wärme nur chemischen Ursprungs sein. Ich vermute interne Verfallsprozesse. Zur Sicherheit messe ich mal die Strahlung.«

Jean verließ die Parzelle und kam schon nach wenigen Augenblicken mit einem tragbaren Geigerzähler zurück. Nach dem Einschalten war sofort das typische unregelmäßige Knacken zu hören, das die normale Umgebungsstrahlung kennzeichnet. Jean führte den Sensor nah an den Kegel und führte es um die geschwungene Form herum. Van Dijk konnte das Display nicht ablesen, aber das knackende Signal blieb unverändert.

»Jetzt wird es wirklich mysteriös« sagte Jean leise und eher zu sich selbst, als zu van Dijk. »Keine Anzeichen auf Veränderungen des Aggregatzustands, keine mechanische Energieentwicklung, keine chemischen Verfallsprozesse... Warum bist Du so warm?« Er legte das Kinn auf seine Handrücken und betrachtete nachdenklich das Objekt.

Van Dijk wagte nicht, Jean in seinen Denkprozessen zu unterbrechen, obwohl er vor Neugierde fast platzte. »Also gut« sagte Jean nach einer kurzen Pause und deutlich lauter. »Auf diesem Weg kommen wir nicht weiter. Um herauszufinden, worum es sich bei diesem Teil handelt, müssen wir invasiv vorgehen. Darf ich es von der Schreibmaschinenwand abtrennen? Die Seitenwand wird dadurch aber wahrscheinlich beschädigt werden.«

Ohne lange zu überlegen willigte van Dijk ein und Jean begann damit, die gusseiserne Wand der Maschine mit einer kleinen Trennscheibe in wenigen Millimetern Entfernung zum

Kegel abzutrennen. Das kreischende Geräusch, der schnelldrehenden Scheibe tat van Dijk in den Ohren weh. Jean hingegen zeigte keine Reaktion. Kurz bevor er fertig war, hielt er kurz inne und bat van Dijk, das Objekt zu halten, damit es nicht herunterfällt. Wenige Sekunden später hielt er es zusammen mit einem kleinen Stück Gusseisen in den Händen.

»Donnerwetter, stellte er überrascht fest, das Teil ist noch immer viel schwerer als ich dachte.« und reichte es an Jean weiter, der den Kegel mit der Hand auf und ab bewegte und dies kopfnickend bestätigte.

»Genau. Das Gewicht geht gar nicht auf das Gusseisen zurück, sondern der Kegel selbst muss eine erstaunlich hohe Dichte haben. – Dann wollen wir mal sehen, wie es auf Zug und Druck reagiert. Ich möchte zunächst den Härtegrad des Materials bestimmen. Versuchen wir es zunächst mit einem Diamantbohrer.«

Während er auf einem benachbarten Tisch die Spitze einer kolossalen Bohrmaschine wechselte, erläuterte er van Dijk:

»Der Härtegrad wird im Allgemeinen nach Vickers bestimmt. Gips zum Beispiel hat einen Härtegrad von 36 und lässt sich mit dem Fingernagel ritzen. Feldspat hingegen hat einen Härtegrad von 795. Da kommt man dann ohne eine Stahlfeile nicht weiter. Ein reiner Diamant hingegen hat einen Härtegrad von 10.060 und kann nur durch sich selbst geritzt werden. Mal schauen, wie widerstandsfähig unser schwerer Freund hier ist.«

Jean spannte den Kegel in einen kleinen Schraubstock und brachte ihn auf einer Schiene genau unterhalb des Bohrers in Position. Langsam senkte sich die Bohrspitze auf die unter den Tageslichtlampen irisierende Oberfläche herab und der Bohrer begann, sich langsam zu drehen. Ein Effekt blieb jedoch aus. Allmählich erhöhte Jean die Umdrehungsgeschwindigkeit und den Andruck. Nach gefühlten zwei Minuten hatte die Bohrspitze schließlich die volle Geschwindigkeit erreicht. Außer einem leicht roten Glühen der Bohrerspitze war noch immer kein Effekt zu beobachten. Entnervt fuhr Jean den Bohrer zurück, schaute aus der Nähe auf das völlig unversehrte Objekt und griff erneut zum Infrarot-Thermometer. Auch dieses Mal sprang die Anzeige auf 28°C.

»Unglaublich! Das Ding ist noch nicht mal warm geworden.« Zwei weitere Bohrversuche mit Kobaltbohrern und Titanbohrern brachten ebenfalls keine anderen Ergebnisse. Jean war inzwischen deutlich nervös geworden. Van Dijk meinte auf seiner Stirn sogar ein paar Schweißtropfen zu erkennen, wobei er sich nicht sicher war, ob sie auf die Anstrengungen beim Bohren oder auf zunehmende Anspannung zurückzuführen waren.

»Da müssen wir wohl größere Geschütze auffahren. Zum Glück haben wir seit ein paar Wochen ein neues leistungsfähiges optisches Emissionsspektrometer bekommen. Bitte begleiten Sie mich in das Labor 0.30.« Van Dijk nickte obwohl er keine Ahnung hatte, was es mit dem Labor 0.30 auf sich hatte. – Sie gingen schweigend nur wenige Meter über den Gang, den van Dijk bereits kannte, und Jean öffnete mit seiner Magnetkarte eine weitere Tür. In dem dahinterliegenden großzügigen Raum mit niedriger Deckenhöhe sah van Dijk in grellem Neonlicht ein Gerät, das er für einen Fotokopierer hielt. An den Wänden standen mehrere weiße Wandschränke mit schwarzen Aufschriften und in der Ecke ein mittelgroßer Schreibtisch mit ein paar Aktenordnern und einem Telefon.

»Das ist unser Prachtstück! Und es muss noch nicht einmal hochfahren.« sagte Jean, dem ein gewisser Stolz ins Gesicht geschrieben war. Obwohl van Dijk seine Begeisterung nicht nachvollziehen konnte, stülpte er scheinbar beeindruckt die Unterlippe nach vorn. Jean betätigte einen seitlichen Knopf und der Bildschirm flammte mit einem bunten Firmenlogo auf. Schon zwei Sekunden später meldete sich das System mit ‚Ready'.

»Und damit können wir feststellen, woraus der Kegel besteht?« fragte van Dijk ungläubig.

»Mit dem Gerät schaffen wir eine vollständige chemische Analyse der Bestandteile mit extrem niedrigen Nachweisgrenzen. Das heißt wir sollten gleich wissen, woraus es sich zusammensetzt.«

Ehrfurchtsvoll hob Jean eine Klappe an der Oberseite des Geräts und van Dijk konnte in einen etwa schuhkartongroßen metallisch-glänzenden Hohlraum blicken. Sorgfältig platzierte Jean das Objekt in der Mitte des Hohlraums und schloss die Klappe. Über die Tastatur wählte er einen Analysemodus aus, woraufhin das Gerät mit einem Summton wechselnder Frequenz und der Meldung ‚Processing' antwortete.

»Hm«, sagte Jean nach gefühlten zehn Sekunden, »der braucht heute aber lange …« Kaum ausgesprochen brach der Summton ab und auf dem Display erschien eine bildschirmfüllende Liste, eine Kurve und am Schluss eine komplexe Tabelle mit mehreren farbig leuchtenden Feldern.

Jean scrollte mit einem Rad den Bildschirminhalt zurück und überflog die dargestellte Liste: »Ok. Da haben wir 26 Protonen je Atomkern. Das ist der Gusseisenrest von der Schreibmaschine, und hier …« Jean brach mitten im Satz ab und erbleichte. »Das kann nicht sein! Ich muss das Gerät einem Selbsttest unterziehen und die Analyse wiederholen.« Jean tauschte den Kegel gegen einen Testwürfel aus, den er aus einem der Wandschränke herauszog. Dann startete er den Analyseprozess erneut. Schon nach zwei Sekunden brach der Summton ab und der Monitor zeigte eine Anzahl verschiedener Elemente. »Das Gerät ist in Ordnung. Ich kann keinen Fehler feststellen. Wir werden die Analyse am besten noch einmal starten.« Erneut tauschte Jean den Testwürfel gegen den Kegel aus und startete den Vorgang ein weiteres Mal. Beide erwarteten stumm das Ende der Analyse. Nach zehn Sekunden zeigte der Monitor das bereits aus der ersten Analyse bekannte Bild.

»Sehen Sie das? Protonenzahl 126, 184 Neutronen? Das darf es gar nicht geben!« rief Jean in nunmehr heller Aufregung. »Ich muss sofort Madame Tellier informieren!« Er stürmte an van Dijk vorbei zu einem Wandtelefon, nahm den Hörer ab und tippte drei Tasten. Nach wenigen Sekunden sprudelte es aus ihm heraus: »Madame Tellier. Jean hier. Ich habe gerade eine Spektrometeranalyse eines neuen Objekts durchgeführt, das gerade hereingekommen ist. Halten Sie sich fest: Wir haben hier eine Probe von Unbihexium. ... Nein, ich mache keine Scherze. ... Ja, ich habe an die Wiederholungsmessung gedacht. ... Die Probe stammt von einem Herrn van Dijk aus Amsterdam. Er steht hier neben mir im Labor 0.30.« Jean ließ den Hörer auf das Telefon zurückgleiten und sprang in drei Sätzen zum Monitor zurück, der seinen Blick fesselte. Gedankenverloren murmelte er:

»Madame Tellier wird gleich hier sein.«

Sie mussten nicht lange warten. In ihr Schweigen hinein flog die Tür auf und krachte gegen die Wand, an der der Türgriff einen kleinen Krater hinterließ. Herein kam eine in Jeans gekleidete Frau mittleren Alters, modischer Kurzhaarfrisur und geschäftsmäßigem blauen Sakko. »Wo ist das Unbihexium?« fragte sie Jean ohne van Dijk zu beachten, geschweige denn, sich vorzustellen. Das wäre auch nicht nötig gewesen, denn van Dijk erkannte die Gesichtszüge Elodie Telliers sofort wieder, auch wenn sich die Jahre vor allem in der Augenpartie deutlich eingegraben hatten. Nach einem Fingerzeig huschte sie auf das Emissionsspektrometer zu, hob die Klappe und hielt den Kegel in ihren Händen. Langsam und schweigend drehte sie ihn im Neonlicht und wandte sich nach ein paar Sekunden dem Bildschirm zu. Währenddessen redete Jean mit Zahlen und Messwerten auf sie ein, die van Dijk nicht zuordnen konnte. Für einen Moment hatte er den Eindruck, dass sich ihr Mund leicht öffnete. Sie scrollte den Bildschirminhalt mehrfach rauf und runter. Dann wandte sie sich erneut an Jean:

»Und Sie sind sicher, dass keine Fehlfunktion vorliegt?«

»Absolut. Der Testwürfel brachte korrekte Ergebnisse.«

Erneut drehte Elodie Tellier das Objekt in den Händen, wiegte es im hellen Neonlicht und richtete ihren Blick schließlich erstmals auf van Dijk, der sie die ganze Zeit über schweigend beobachtet hatte.

»Sie müssen Jan van Dijk sein. Ich glaube, ich habe vor ein paar Tagen mit Ihnen telefoniert.«

Van Dijk war etwas überrascht über das ‚Sie‘, aber schließlich hatten sie sich über 20 Jahre nicht mehr gesehen. Also beschloss er, aus Höflichkeit auch beim ‚Sie‘ zu bleiben.

»Richtig. Freut mich Sie wiederzusehen nach so langer Zeit.«

Elodie Tellier war sichtlich nicht am Austausch von Höflichkeiten gelegen. Ihr Ton wirkte geschäftsmäßig und wenig verbindlich. Immerhin hatte das Objekt ihr ungeteiltes Interesse erregt, ohne das sie van Dijk wohl kaum ihre Aufmerksamkeit geschenkt hätte. Umstandslos fragte sie weiter:

»Woher haben Sie dieses Ding und wie lange ist es schon in Ihrem Besitz?«

Van Dijk berichtete von der Entdeckung des Objekts in seinem Geschäft und dass es sich erst seit kurzem an der Underwood-Schreibmaschine befinden konnte. Als Beweis zog er das Foto hervor, das der Journalist gemacht hatte und erklärte, dass die Aufnahme erst vor wenigen Tagen entstanden sei.

»An einer Schreibmaschine in Ihrem Geschäft? Kaum zu fassen. Das Gusseisen am unteren Ende stammt dann wahrscheinlich von eben dieser Maschine, richtig?« Van Dijk und Jean nickten mit den Köpfen.

»Sie müssen wissen: Dieses Objekt ist wahrscheinlich die größte wissenschaftliche Sensation der letzten hundert Jahre.«

Ungläubig wiegte van Dijk seinen Kopf. »Und was ist so besonderes daran? « fragte er vorsichtig.

»Das Besondere daran ist, dass es das Ding eigentlich gar nicht geben dürfte. Aber dazu muss ich weiter ausholen. Ich würde vorschlagen, dass wir in meinem Büro weiter sprechen.«

Sie bat Jean, ihr einen Ausdruck sämtlicher vorgenommener Test zu erstellen, und van Dijk, ihr zu folgen. Den Kegel verstaute sie in einer Kunststoffbox mit Deckel und trug ihn behutsam unter dem Arm. Als er hinter ihr durch das Gebäude ging, hatte er den Eindruck, dass sie feierlich und übertrieben vorsichtig einen Fuß vor den anderen setzte.

Kapitel 4: Sternengenerationen

Das Büro Elodie Telliers lag zwei Stockwerke über dem Labor in einem unauffälligen Nebentrakt des Gebäudes. Es war sehr nüchtern aber mit erkennbar kostspieligen Designermöbeln ausgestattet. Durch die Fenster sah man auf einen wenig attraktiven engen Hinterhof, in dem ein Lieferwagen schwerfällig und mit teils aufheulendem Motor rangierte.

»Möchten Sie einen Kaffee?« fragte sie van Dijk während sie um die Ecke ihres großen Schreibtisches bog und ihm den Platz davor zuwies. Van Dijk bejahte und sie bestellte über die Gegensprechanlage zwei Kaffee.

Anschließend holte sie das Objekt aus der Box und drehte es von einer Seite auf die andere. Dabei hielt sie erkennbar den Atem an und wirkte sehr angespannt. Van Dijk hielt es für angebracht, sie gewähren zu lassen und sich mit seinen drängenden Fragen zurück zu halten. Nach einer kurzen Pause richtete sie ihren Blick aus dem Fenster und fragte van Dijk, ohne ihn dabei anzuschauen: »Wie vertraut sind Sie mit dem Periodensystem der chemischen Elemente?«

»Nur wenig. Ich weiß, dass es Ende der 1860er Jahre von Julius Lothar Meyer und Dmitri Mendelejev aufgestellt wurde und die chemischen Elemente als Bausteine unserer Welt entsprechend der Anzahl ihrer Protonen ordnet.«

»Das ist richtig. Neben der reinen Listenfunktion bildet das Periodensystem aber auch viele Eigenschaften der Elemente ab, die sich regelmäßig wiederholen und erlaubt so die Bildung von Gruppen, wie zum Beispiel Edelgase und Halogene.«

Van Dijk nickte zustimmend.

»Zu Lebzeiten von Mendelejev kannte man 63 Elemente. Aktuell sind 118 verschiedene Elemente beschrieben, klassifiziert und vor allem erzeugt worden. Zuletzt hat die zuständige International Union of pure and applied Chemistry das Element Oganesson dem offiziellen Periodensystem hinzugefügt. Dabei müssen Sie wissen, dass in der Natur nur die Elemente mit den Ordnungszahlen 1 bis 94 vorkommen. Und von diesen sind nur 80 stabil. Alle Elemente mit höheren Ordnungszahlen wurden künstlich erzeugt und sie sind allesamt sehr kurzlebig. Zum Beispiel hat Flerovium eine Halbwertzeit von 1,9 Sekunden und das 2003 entdeckte Moskovium sogar nur von 0,65 Sekunden.«

»Da muss man sich beim Hingucken schon ziemlich beeilen.« warf van Dijk ein, um die Situation ein wenig aufzulockern. Sie überhörte seinen Einwurf gänzlich und fuhr mit leiser Stimme fort:

»Das eigentlich Interessante ist nun, dass nicht nur die Existenz vieler Elemente mit zwei- und dreistelligen Ordnungszahlen, sondern auch deren Eigenschaften über die Perioden und Gruppen des Periodensystems weitgehend richtig vorhergesagt werden konnten, ohne dass das Element selbst existierte. Schon Mendelejev sagte die Eigenschaften der bis dahin noch nicht bekannten Elemente Gallium, Scandium und Germanium sehr genau voraus, lange bevor sie tatsächlich gefunden bzw. erzeugt wurden.«

»Okay, Aber wie passt jetzt dieses Unbihexium hier hinein?« drängelte van Dijk, der bei Telliers ausholendem Vortrag allmählich unruhig wurde.

»Unbihexium. – Das ist der Name, den man vor ein paar Jahren einem hypothetischen Element gegeben hat, das über 126 Protonen verfügen soll.«

»Einen Moment«, warf van Dijk ein, »das geht mir jetzt etwas zu schnell. Sagten Sie nicht eben, dass das aktuelle Periodensystem nur 118 Elemente, also bis maximal 118 Protonen kennt?«

Elodie Tellier blickte van Dijk schweigend an. Dann nickte sie mit dem Kopf und sagte: »Das ist genau der Punkt. –

Ihr Artefakt besteht aus einem Material, das es noch nirgends auf der Welt gibt, zumindest ist es noch nie gefunden worden.«

Beide blickten auf das Objekt, das Elodie Tellier inzwischen auf dem Schreibtisch abgelegt hatte. Van Dijk war durchaus aufgefallen, dass sie nicht länger von einem Objekt, sondern von einem Artefakt, also von einem hergestellten Ding sprach.

Es klopfte an der Tür, eine Sekretärin brachte schweigend ein Tablett mit zwei Tassen Kaffee und stellte es auf dem Schreibtisch ab. Offenbar war sie es gewöhnt, die Denkprozesse ihrer Chefin nicht zu unterbrechen. Hinter ihr schob sich Jean durch die Tür und legte schweigend eine Mappe mit Unterlagen auf dem Schreibtisch ab, um sich gleichermaßen schweigend wieder zu verabschieden. Van Dijk nickte beiden freundlich zu, bevor sie die Tür hinter sich schlossen. – Ohne ihren beiden Mitarbeitern die leiseste Beachtung zu schenken setzte Elodie Tellier ihre Überlegungen fort:

»Dabei zeigt es alle Eigenschaften, die es als hypothetisches Element nach den Vorhersagen des Periodensystems haben sollte. Es ist bei Zimmertemperatur ein Festkörper, zeigt eine metallisch-mineralische Oberflächenstruktur. Lediglich die konstante Temperatur von 28°Celsius ist überraschend.«

»Aber sagten Sie nicht auch, dass alle Elemente mit Ordnungszahlen über 80 sehr kurzlebig sind. Dieses Artefakt ist aber schon seit mehreren Tagen in meinem Besitz und es zeigt keine Anzeichen von Verfall. Es hat sich noch nicht einmal verändert.«

»Sie haben recht: Nur 80 Elemente gelten als stabil, bei allen anderen – insbesondere den bislang nur künstlich hergestellten Elementen, ist ein rascher radioaktiver Zerfall zu beobachten.«

»Jeans Geigerzähler hat aber beim Artefakt nicht ausgeschlagen«, wandte van Dijk ein.

»Genau. Und auch das entspricht den Vorhersagen. Die bisher künstlich hergestellten schweren Elemente in der siebten Reihe des Periodensystems zeigen allesamt einen schnellen Zerfall, meist in Sekundenbruchteilen. Das Unbihexium gehört jedoch zur achten Reihe des Systems und hier gehen viele Forscher davon aus, dass die Elemente dieser Reihe deutlich langlebiger sind. Sie sprechen auch von einer ‚Insel der Stabilität‘. Das ist zwar hochspekulativ aber es sieht so aus, als ob sie damit richtig liegen.«

»Aber wenn die Elemente mit mehr als 94 Protonen in der Natur nicht vorkommen, stellt sich doch die Frage: Wer hat es hergestellt?«

»Und vor allem: Wie? – Um neue künstliche Elemente herzustellen, braucht man immer größere Teilchenbeschleuniger, die kurzlebige künstliche Elemente mit extrem beschleunigten Partikeln beschießen. Aber selbst mit dem größten verfügbaren Teilchenbeschleunigern ist man bislang nie über 118 Protonen hinausgekommen. – Und jetzt kommen Sie daher und legen uns ein Artefakt mit 126 Protonen einfach so auf den Tisch.«

»Unbihexium«, murmelte van Dijk, dem allmählich dämmerte, wie außergewöhnlich das Artefakt war, das scheinbar harmlos vor ihnen auf dem Tisch lag und im Licht der Schreibtischlampe seinen irisierenden Glanz zeigte. »Dann muss man es inzwischen ganz offensichtlich doch geschafft haben.«

»Ausgeschlossen!« wies Elodie Tellier ihn zurück. »An allen großen Teilchenbeschleunigern, die es auf der Welt gibt, arbeiten internationale Forschergruppen. Ein solcher Fund ließe sich niemals vor der Öffentlichkeit verbergen.«

»Und wenn man von der Existenz eines geheimen Teilchenbeschleunigers ausgeht.«

»Extrem unwahrscheinlich. Man bräuchte hierzu mindestens einen Teilchenbeschleuniger von der Größe des CERN am Genfer See. Und der hat einen Umfang von 27 Kilometern. Eine

Anlage dieser Größe könnte niemals gebaut werden, ohne von der Öffentlichkeit bemerkt zu werden. Und dann erst die technische Ausstattung. Nein, es wären einfach zu viele Menschen daran beteiligt.«

»Dann ist es vielleicht doch natürlichen Ursprungs.«

»Auch das kann nicht sein. Betrachten Sie nur die Form des Artefakts. Es ist ein vollkommener Kegel. Das spricht ganz klar für eine Bearbeitung. Die kann natürlich auch nachträglich erfolgt sein. Aber es gibt noch einen anderen Grund, weshalb wir einen natürlichen Ursprung ausschließen können.«

»Welchen denn?« fragte van Dijk, dem allmählich der Kopf schwirrte.

»Das hängt mit den Voraussetzungen zusammen, die zur Entstehung der Elemente erforderlich sind. Wenige Minuten nach dem Urknall entstanden zunächst lediglich die leichten Stoffe, Wasserstoff und Helium, dazu Spuren von Lithium und Beryllium. Alle anderen Elemente entstanden erst hunderte Millionen Jahre später durch energiereiche Kernreaktionen in den ersten Sternen. Nur hier gab es ausreichende Temperaturen und extrem hohen Druck. Die meisten dieser Sonnen verschmelzen die Elemente bis hin zum Kohlenstoff, extrem massereiche Sterne erzeugen die Elemente bis hin zu Eisen mit der Ordnungszahl 26. Alle schwereren Elemente entstehen erst am Lebensende massereicher Sterne, wenn diese in einer Supernova verglühen. Sie bilden gleichsam das Baumaterial, aus dem spätere sogenannte Überriesen noch schwerere Elemente erzeugen konnten. Dies geschah im Prozess der sogenannten langsamen Neutronensammlung im Inneren der Sterne, bei dem Elemente bis hin zu Blei und Wismut – mit der Ordnungszahl 83 – gebildet wurden. Nehmen die Protonen mehrere Neutronen gleichzeitig auf, werden explosionsartig ebenfalls diese schweren Elemente gebildet. Dabei sind aber noch viele Fragen offen. Wichtig ist dabei: Eine Sternengeneration nach der anderen schafft immer schwerere Elemente, gleichsam das ‚Baumaterial' für die folgende Generation.«

»Und wo liegt hier das Problem?«

»Das Problem liegt in der Zeit. Das Universum, da ist man sich heute sicher, ist etwa 13,8 Milliarden Jahre alt. In dieser Zeit unterscheiden Astronomen drei Populationen von Sternen: Die älteste bildete sich ungefähr 10 Milliarden Jahre nach dem Urknall. Als ‚Brennmaterial' standen ihr ausschließlich Wasserstoff und Helium zur Verfügung. Sie wird auch als Population III bezeichnet. Alle Sterne dieser Generation waren im universellen Maßstab vergleichsweise kurzlebig und existieren heute nicht mehr. Der ihr nachfolgenden Population II standen schon schwerere Brennstoffe zur Verfügung, und sie ist bis heute im Universum anzutreffen. Zur jüngsten Generation, auch Population I genannt, gehören die meisten Sterne unserer Milchstraße. – Wenn man nun die Zeitfenster seit dem Urknall aufsummiert, hatte das Universum einfach nicht genug Zeit, um schwere Elemente wie Unbihexium zu erzeugen. Dazu wären mindestens ein bis zwei weitere Sternenpopulationen erforderlich. Und die gibt es, aus unserer menschlichen Perspektive gesehen, erst in ferner Zukunft. – Was hier vor uns liegt, darf es eigentlich gar nicht geben.«

Van Dijk schob nachdenklich die Unterlippe vor und sprach in Richtung des Artefakts: »Ich sehe schon, Du gibst uns immer mehr Rätsel auf.«

Kapitel 5: Ende des Tunnels

Elodie Telliers Mimik und Verhalten ließen keinen Zweifel daran, dass sie das Gespräch zum Ende bringen wollte. Dabei hatte van Dijk kaum an seiner Kaffeetasse genippt.

»Bevor wir weitere Schritte unternehmen, müssen wir uns absolut sicher sein, dass wir es wirklich mit Unbihexium zu tun haben. Deshalb ist es unbedingt erforderlich, dass wir zur Absicherung möglichst schnell einen Referenztest durchführen. Am besten mit einem wellenlängendispersiven Röntgenfluoreszenzspektrometer. Mein Freund Steve Fowler vom Natural History Museum in London hat so ein Gerät im Zugriff. Den werde ich jetzt gleich mal anrufen. Bitte lassen Sie Ihre Visitenkarte und Mobilfunknummer bei meiner Sekretärin und richten Sie sich darauf ein, dass wir morgen früh nach London aufbrechen. Wir werden Sie kontaktieren, sobald wir alle Vorbereitungen getroffen haben. – Ich gebe Ihnen die Transportbox für das Artefakt am besten mit. Passen Sie ja gut darauf auf und sprechen Sie mit niemandem darüber.«

Jan van Dijk fühlte sich sehr direkt aus dem Büro hinauskomplimentiert und vom forschen Vorgehen Elodie Telliers etwas überfahren. Sie ging einfach davon aus, dass er die Zeit und die Möglichkeit hatte, ad hoc nach London zu reisen. Dazu müsste er sein Geschäft weiterhin geschlossen halten, was einen durchaus schmerzhaften Einnahmeausfall nach sich zog. Andererseits: Wenn er wirklich einen Sensationsfund wie Unbihexium gemacht haben sollte, konnte er kaum einfach zur Tagesordnung zurückkehren und nach Amsterdam in seinen Alltag zurückkehren. Also verstaute er die Box mit dem Artefakt in seinem Koffer und hinterließ seine Visitenkarte im Sekretariat. Draußen auf der Straße atmete er tief durch und wurde sich bewusst, dass Elodie Tellier noch nicht einmal nach seiner

Zustimmung über das weitere Vorgehen gefragt hatte. Er war sich jedoch auch bewusst, dass er – wie immer sich die Dinge um das Artefakt auch entwickeln würden – sicherlich weiter auf ihre Hilfe angewiesen war. Also würde er ihr Spiel erst einmal weiter mitspielen und ihrem Rat folgen. Seufzend entdeckte er ein kleines Hotel schräg gegenüber vom Musée des Arts et Métiers, in dem er eincheckte. Das Artefakt deponierte er in der hintersten oberen Ecke seines Kleiderschranks, so dass es von unten nicht zu sehen war. Mittlerweile war es bereits später Nachmittag und er spürte deutlich seinen Magen. In einer nahegelegenen Brasserie deutlich touristischen Zuschnitts fand er einen freien Tisch und bestellte eine kleine Mahlzeit, die sich geschmacklich als nicht weiter erwähnenswert erwies.

Als er gerade den letzten Bissen zu sich genommen hatte meldete sich sein Mobiltelefon mit einer Textnachricht:

> Termin mit Steve Fowler morgen um 9:00 Uhr.
> Abfahrt Eurostar an der Gare du Nord um 07:13 Uhr, Gleis 1, Wagen 3, Plätze 35 und 36.
> Tickets sind gekauft und auf Ihren Namen am Schalter hinterlegt.
> Seien Sie eine Stunde vor Abfahrt da.
> Elodie Tellier

»Effizient ist sie ja.« dachte Jan van Dijk bei sich, während er zahlte und sich auf sein Zimmer zurückzog.

Am nächsten Morgen, er hatte sich von seinem Mobiltelefon zeitig wecken lassen und das typisch bescheidene französische Frühstück neben der Hotelrezeption im Stehen zu sich genommen, fand er sich zeitig an der Gare du Nord ein. Schon seit dem Erwachen plagte ihn erneut ein heftiger stechender Kopfschmerz. Aus der Vortasche seines Koffers fingerte er einen schmalen Streifen Schmerztabletten, von denen nur noch wenige übrig waren. Er nahm eine Tablette mit etwas Mineralwasser und rechnete nicht damit, dass sie ihm nennenswerte Erleichterung verschaffen würde.

Wie von Elodie Tellier bereits angekündigt konnte er seine Fahrkarte am Eurostar-Schalter für vorbestellte Fahrkarten umstandslos in Empfang nehmen. Sogar bezahlt war sie schon. Auf den Plattformen der Züge waren bereits sehr viele Geschäftsleute auf den Beinen, wie van Dijk aus der Garderobe der anderen Reisenden schließen konnte. Von Elodie Tellier war jedoch keine Spur zu entdecken. Deshalb stellte er sich bei der überschaubaren Schlange für die Sicherheitskontrollen an. Als er an der Reihe war, fuhr sein Koffer durch ein Durchleuchtungsgerät, während er selbst den hinlänglich bekannten Türrahmen eines Metalldetektors durchschritt. Kein akustisches oder optisches Signal ertönte. Sein Koffer ließ allerdings auf sich warten. Aus den Augenwinkeln sah van Dijk, wie die diensthabende Angestellte einen Kollegen zu sich an den Monitor winkte. Das Artefakt! fiel es ihm plötzlich ein. An mögliche Probleme bei den Sicherheitskontrollen hatte er noch gar nicht gedacht. Wie sollte er die Existenz von Unbihexium erklären, und vor allem, würde man ihn mit dem Artefakt überhaupt in den Zug steigen lassen? Van Dijk begann zu schwitzen und rang nach plausiblen Erklärungen, als die Angestellte ihren Platz am Monitor verließ und direkt auf ihn zukam.

»Ich möchte Sie bitten, Ihren Koffer kurz zu öffnen.« wandte sie sich in einem offenen und freundlichen Ton an van Dijk. Seine Nervosität konnte dieser beim Öffnen des Koffers kaum verbergen. Mehrfach rutschte er vom linken Metallverschluss ab. Als der Koffer schließlich offen von ihnen stand, zeigte die Angestellte zielsicher auf die Kunststoffbox mit dem Artefakt. »Darf ich bitte einen Blick hineinwerfen?« Van Dijk schwitzte noch mehr, nahm es aus der Kiste und hielt es der Angestellten mit der gusseisernen Seite nach unten hin. Ohne es zu berühren lächelte die Angestellte und zwinkerte van Dijk zu: »Interessante Skulptur. Die könnte mir auch gefallen.« Sie bedankte sich mit einem leichten Nicken des Kopfes, wünschte eine angenehme Reise und ging erneut an ihren Platz zwischen den Kontrollstraßen zurück. – Verblüfft und erleichtert ließ van Dijk die Arme sinken, verstaute das Artefakt dann hastig in der Transportbox und schloss den Koffer. Immer noch verunsichert strebte er dem Bahnsteig zu und fand rasch den in der SMS beschriebenen Waggon.

Er fand Elodie Tellier bereits auf einem der beschriebenen Plätze. Vor sich hatte sie einen Plastikbecher samt Deckel, in dem er ein heißes Getränk vermutete. In den Händen hielt sie die Mappe mit den Messberichten, die ihr der Assistent tags zuvor auf den Schreibtisch gelegt hatte.

»Sie kommen spät. Haben Sie alles dabei?« fragte Tellier, die ihn nur kurz mit den Augen musterte und erneut auf jede Begrüßung verzichtete.

»Ich bin bei den Sicherheitskontrollen etwas aufgehalten worden« erwiderte van Dijk, während er seinen Koffer in den Leerraum zwischen den Sitzlehnen schob. Tellier lächelte wissend, nippte an ihrem Becher und schaute dem Treiben auf dem Bahnsteig zu. Mit einem Seufzer nahm er den Fensterplatz Tellier gegenüber ein.

»Was tun wir mit dem Artefakt, wenn sich Ihre Analyse in London bestätigt?« fragte van Dijk, um das ihm unangenehme Schweigen zu brechen.

Tellier blickte sich verschwörerisch über die Schulter und beugte sich zu van Dijk herüber: »Wir müssen mit dem Artefakt in jedem Fall sehr vorsichtig sein. Am besten sprechen wir mit niemandem darüber, bevor wir nicht die wissenschaftliche Öffentlichkeit darauf aufmerksam gemacht haben.«

»Ist es irgendwie gefährlich?«

»An sich nicht. Es emittiert keine Strahlung und scheint auch keine toxischen Auswirkungen zu haben. Allerdings ... Ein Element der achten Reihe des Periodensystems ... Wir wissen rein gar nichts über die technischen und wirtschaftlichen Möglichkeiten, die sich mit dem neuen Stoff eröffnen. Denken Sie nur an den unglaublichen Härtegrad, den Jean festgestellt hat, oder die konstante Temperatur, die für nichts anderes als Energieemissionen stehen kann. Vielleicht halten wir hier eine ganz neue Energiequelle in Händen. Von möglichen militärischen Anwendungen ganz zu schweigen.«

Nach einer Pause fügte sie wesentlich leiser hinzu:»Wir können sicher sein, dass wir die volle Aufmerksamkeit von zahlreichen Big Playern aus den unterschiedlichsten gesellschaftlichen Bereichen hätten. Energiewirtschaft, Bauwesen, das Militär und nicht zuletzt diverse Geheimdienste. Und seien Sie ganz sicher, dass einige von denen alles tun werden, um das Unbihexium in ihren Besitz zu bekommen. Wenn wir nicht aufpassen, könnte das für Sie und mich noch sehr unangenehm werden.«

Gedankenverloren blickte sie wieder aus dem Fenster. Van Dijk tat es ihr gleich. Erst jetzt bemerkte er, dass sich der Eurostar-Zug bereits in Bewegung gesetzt und den Bahnsteig hinter sich gelassen hatte.

»Ich hoffe, dieser Steve Fowler sieht das genauso« murmelte van Dijk nachdenklich vor sich hin.

»Hundertprozentig« griff Elodie Tellier den Faden auf, »Steve ist ein Mann der Wissenschaft. Gemeinsam werden wir dafür sorgen, dass das Unbihexium seriösen wissenschaftlichen Testreihen unterzogen wird, damit wir uns ein Bild von seinen Eigenschaften und Qualitäten machen können. Anschließend werden wir die Ergebnisse weltweit dem Fachpublikum und der Öffentlichkeit kundtun, damit niemand einen persönlichen Vorteil daraus schlagen kann, weder Privatpersonen noch einzelne Staaten oder Regierungen.«

Es gefiel van Dijk ganz und gar nicht, wie Tellier ihn bei den weiteren Planungen einfach überging und ihn ungefragt vor vollendete Tatsachen stellte. Aber etwas anderes war ihm in diesem Augenblick viel wichtiger: Allmählich dämmerte ihm, welche Dimensionen sein Fund mit sich brachte, und es leuchtete ihm ein, dass unachtsames Verhalten ihnen sehr rasch die Kontrolle über das Artefakt entreißen konnte. Zudem riskierten sie, dass es in die Hände von Personen oder Organisationen geriet, die die potentiellen wirtschaftlichen und technischen Möglichkeiten, die zum jetzigen Zeitpunkt noch nicht absehbar waren, ausschließlich zu ihrem eigenen Vorteil und nicht zum allgemeinen Nutzen einsetzten. Weiß der Himmel, wozu diese Menschen fähig waren, wenn sie nur in den Besitz des Unbihexiums gelangen konnten.

Mit diesen Gedanken keimten Sorge und Furcht in van Dijk auf. Unauffällig musterte er die übrigen Passagiere ihres Waggons. Ein älteres Ehepaar saß ihnen auf der anderen Seite des Mittelgangs gegenüber. Die Lautstärke ihrer Unterhaltung deutete auf eine gewisse Schwerhörigkeit hin. Alle übrigen Mitreisenden, soweit van Dijk sie von seinem Platz aus sehen konnte, wirkten wie harmlose Geschäftsleute. Aber würden nicht auch Geheimdienstler und Agenten danach trachten, möglichst unauffällig und harmlos zu erscheinen? Ein junges Paar saß ein paar Reihen weiter. Sie schienen jedoch viel zu sehr miteinander beschäftigt zu sein, als dass sie für irgendetwas anderes Augen gehabt hätten.

»Jetzt entwickel bloß keine Paranoia«, sagte van Dijk zu sich selbst. Zur eigenen Ablenkung versuchte er, ein anderes Thema anzuschneiden.

»Fahren Sie diese Strecke öfters?« fragte er Elodie Tellier.

»Fast jede Woche.« antwortete sie. »Unsere Museen stehen in einem regelmäßigen Austausch. – Und darüber hinaus besuchen wir gemeinsam zahlreiche wissenschaftliche Fachkongresse diesseits und jenseits des Ärmelkanals. – Wenn ich das richtig sehe, wird das in naher Zukunft noch stark zunehmen. – Wenn ich daran denke, wird mir ziemlich flau im Magen.«

»Werden Sie schnell reisekrank?« hakte van Dijk durchaus interessiert nach.

»Im Prinzip nicht, ... es ist mir etwas unangenehm darüber zu sprechen ... aber ich leide schon seit meiner Kindheit an einer leichten Form von Klaustrophobie. Normalerweise stört mich das überhaupt nicht, aber in einer engen Flugzeugkabine bekomme ich manchmal leichte Panikattacken. Bei Zugfahrten ist es etwas besser, bis auf die Eurostar-Züge...«

»Was ist am Eurostar denn so schlimm?« fragte van Dijk.

»Der Tunnel« antwortete Elodie Tellier und nach einer kurzen Pause: »Ist Ihnen bewusst, dass wir in Kürze etwa 50 Kilometer im Tunnel fahren und davon rund 38 Kilometer unter dem Meer zurücklegen? Die Tunnelröhren liegen in einer Tiefe von bis zu 75 Metern unter dem Meeresgrund. Haben Sie gar keine Sorge wegen der Sand- und Wassersäule, die da über unseren Köpfen steht?« fragte sie während sie sich zitternd ihrem Heißgetränk zuwandte. »Im Falle eines Unglücks oder eines großen baulichen Mangels würden wir entweder zerquetscht oder jämmerlich ertrinken. – Außerdem können bis zu acht Züge zeitgleich im Tunnel unterwegs sein, was es auch nicht besser macht.«

Van Dijk bemerkte, dass sie bei diesen Ausführungen erbleichte. Nach einer Pause setzte sie hinzu: »Zum Glück dauert die Tunnelfahrt nicht allzu lange: Die Züge, die oberirdisch bis zu 300 Kilometer in der Stunde zurücklegen, dürfen aus Sicherheitsgründen im Tunnel maximal 160 Km/h fahren.« Dabei deutete sie auf das Display unter der Waggondecke, das eine Geschwindigkeit von 300 Km/h anzeigte. »Deshalb ist das Schlimmste nach knapp 19 Minuten überstanden und wir sehen wieder Tageslicht. Den Moment kann ich jedes Mal kaum abwarten.«

Zum ersten Mal sah van Dijk eine Art entschuldigendes Lächeln in Telliers Gesicht, das ihn allerdings mehr an eine erzwungene Grimasse erinnerte, als an Vergnügen oder Freundlichkeit. Er nickte verständnisvoll während sie über das Display ihres Smartphones strich und eine Eingabe machte. Nur rund zwei Minuten später tauchten links und rechts des Zuges Betonwände auf, bevor sie außerhalb des Waggons Dunkelheit umfing, die nur durch das regelmäßige Vorbeihuschen elektrischer Tunnellampen unterbrochen wurde. Tellier quittierte die Einfahrt in den Tunnel mit einem Tippen auf dem Display. Van Dijk konnte erkennen, dass sie den Timer startete, der 19 Minuten herunter zählte. Er blickte auf das Display unter der Waggondecke, das nur noch 160 Km/h anzeigte. Er hatte die Verzögerung gar nicht bemerkt. Schon erstaunlich, wie ruhig und gleichmäßig die Technik den Zug über den Schienenstrang gleiten ließ.

Stumm verfolgte Tellier das Kommen und Gehen der Lampen, die bei der Geschwindigkeit des Zuges als leuchtende Striche erschienen, denen man bei der Geschwindigkeit keine Kontur zuweisen konnte. Dabei fingerte sie nervös an ihrem Becher herum, der nur noch wenig Flüssigkeit enthielt. Auch die Gespräche der übrigen Passagiere brachen entweder ab oder wurden in deutlich geringerer Lautstärke weiter geführt.

Van Dijk hing seinen Gedanken nach, die wiederum dem Takt der Tunnelbeleuchtung zu folgen schienen. Die ganze Situation erschien ihm unwirklich und fremd. Noch vor wenigen Tagen hätte er sich nicht vorstellen können, heute im Eurostar auf der Fahrt von Paris nach London zu sitzen, im Gepäck ein Artefakt aus einem Material, das es eigentlich gar nicht geben dürfte. In steter Regelmäßigkeit sausten die Lampen vorbei. Nur hin und wieder trat ein farbiges Licht an ihre Stelle. Er fragte sich, welche Bedeutung das farbige Licht haben mochte. Noch seltener verdoppelte sich die Dauer des Intervalls, vermutlich, weil eine Lampe defekt war und ersetzt werden musste.

Tellier erriet van Dijks Gedanken: »Die farbigen Lichter kennzeichnen die Tunnelverbindungen mit der Serviceröhre zwischen den beiden Fahrtunneln. Alle 400 Meter hat man einen Übergang zwischen den Röhren konstruiert.«.

Der gleichmäßige Takt der Lampen, das leise Murmeln der Passagiere und die Wärme im Waggon machten van Dijk schläfrig und ließen seine Augenlider kurz sinken. Als er sie wieder öffnete, sah er als erstes Elodie Tellier, die unverändert starr aus dem Fenster blickte und dabei ihre Hände knetete. Der Timer auf ihrem Handydisplay zeigte noch sechs Minuten und fünfunddreißig Sekunden. Er war also nur kurz weggedöst, aber irgendetwas hatte sich verändert. Noch während er zu einem ausgiebigen Gähnen ansetzte, blickte er auf das Waggondisplay, das weiterhin auf 160 Km/h stand. Erst jetzt fiel ihm auf, was sich verändert hatte: Durch die Fenster war nur die Schwärze der Tunnelwand zu sehen. Die Lampen mussten auf einem längeren Teilstück ausgefallen sein.

»Kommt das häufiger vor, dass die Lampen im Tunnel über eine längere Strecke hin ausfallen?« fragte van Dijk, mehr um Tellier aus ihren Gedanken zu reißen, als aus wirklichem Interesse.

»Eigentlich nicht. Ich erlebe das zum ersten Mal. Wahrscheinlich wird beim Eurostar wie sonst auch überall am Personal gespart, so dass sich die Wartungsintervalle verlängern.« Noch während sie sprach, setzte der gleichmäßige Takt der Tunnellampen vor dem Fenster wieder ein. Telliers richtete ihren Blick nun immer häufiger auf das Smartphone, dessen Timer inzwischen bei knapp über einer Minute stand. Sie wurde dabei nur durch den Schaffner abgelenkt, der den Waggon betreten hatte und sehr vernehmlich nach den Fahrkarten fragte. Da van Dijk offenbar nicht der einzige Passagier war, der kurzzeitig eingedämmert war, kam der Schaffner nur langsam voran. Verschlafen suchten die Passagiere nach ihren Fahrkarten, was für eine gewisse Unruhe und Bewegung im Waggon sorgte. Van Dijk fand sein Ticket in seiner Jackentasche, als Telliers Timer begann, sich durch leises Piepen bemerkbar zu machen. Erwartungsvoll richteten sich die Blicke der beiden aus dem Fenster, wo sie nach dem wiederkehrenden Tageslicht Ausschau hielten. Noch war es allerdings nicht soweit, wie ihnen der fortgesetzte Takt der Tunnellampen unzweifelhaft zu verstehen gab. Beide schwiegen, aber Tellier begann, unruhig auf ihrem Platz hin und her zu rutschen. Van Dijk warf erneut einen Blick auf das Waggondisplay, das konstant 160 Km/h anzeigte.

»Nun komm schon …« sagte Tellier mehr zu sich selbst, aber es gab auch weiterhin keinen Hinweis auf das Ende des Tunnels.

»Haben wir zwischenzeitlich verlangsamt?« wollte van Dijk von Tellier wissen. Sie schüttelte den Kopf. Erneut schwiegen beide und blickten ins Dunkel.

»Dann ist vielleicht das Waggondisplay irgendwie ‚eingefroren'?« In diesem Moment beugte sich der Schaffner zu ihnen herab und fragte erneut nach den Fahrkarten.

Van Dijk hielt ihm seine Fahrkarte hin, während Tellier ihn ungeduldig und lauter als nötig mit Fragen bedrängte:

»Ist der Zug irgendwie defekt? Müssten wir den Tunnel nicht schon längst verlassen haben?«

Mit einem professionellen Lächeln quittierte der Schaffner ihre Frage und blickte erst auf seine Armbanduhr, dann auf das Display mit der Geschwindigkeitsanzeige.

»Ich kann Sie beruhigen«, entgegnete er dann in bedächtigem Tonfall, »der Zug ist vollkommen in Ordnung. Aber Sie haben recht. Wir müssten mittlerweile aus dem Tunnel heraus sein. Bestimmt mussten wir wegen Wartungstrupps im Tunnel langsamer fahren. Ihnen ist wahrscheinlich auch die teilweise defekte Beleuchtung in unserer Röhre aufgefallen…«

Er gab van Dijk das Ticket zurück, nahm jedoch Telliers Fahrschein nicht entgegen, sondern begab sich zu einer schmalen Schranktür am Ende des Waggons, hinter der sich ein Telefon verbarg, das er abhob und einige Worte mit einem unbekannten Gesprächspartner wechselte.

»Der erkundigt sich bestimmt beim Lokführer, was da los ist« vermutete van Dijk. Tellier nickte. Sie war mittlerweile sehr bleich geworden. Auch ihre Hände, mit denen sie das Smartphone umklammerte, zitterten leicht. Die Ungewissheit machte ihr sichtlich zu schaffen.

»Inzwischen sind wir schon fast acht Minuten über die Zeit« flüsterte sie tonlos und mit starrem Blick auf die schwarze Tunnelwand gerichtet, die nur wenige Zentimeter vor ihrem Gesicht vorbeiflog.

Nachdem der Schaffner das Telefon wieder eingehängt und den Schrank verschlossen hatte, hielt er kurz inne und blickte seinerseits aus dem Fenster. In diesem Moment kehrte das Tageslicht zurück. Links und rechts erschienen dieselben Betonwände, die sie schon von der Tunneleinfahrt auf französischer Seite her kannten. Der Schaffner atmete einmal tief durch und setzte seinen Weg durch den Zug fort.

Van Dijk blickte zu Tellier herüber, die allmählich ruhiger wurde und das Smartphone wieder in ihrer Aktentasche verschwinden ließ. »Muss wohl doch ein Fehler in der Geschwindigkeitsanzeige gewesen sein. So was kommt schon mal vor.« wandte er sich beruhigend an Tellier, die keine Reaktion zeigte.

Als der Zug um 8:38 Uhr Ortszeit im Londoner Bahnhof St. Pancras einfuhr, wartete bereits eine große Menschenmenge auf dem Bahnsteig. Die achtminütige Verspätung war so ungewöhnlich, dass man es versäumt hatte, die Plattform etwas später für die abfahrenden Passagiere freizugeben. Dementsprechend groß war das Gedränge beim Ein- und Aussteigen. Elodie Tellier und van Dijk hatten Schwierigkeiten, sich in dem Gedränge nicht aus den Augen zu verlieren. Als sie den Triebwagen ihres Zuges am Kopfende des Bahnhofs passierten, bemerkte van Dijk eine kleine Gruppe von uniformierten Eisenbahnern, die wild gestikulierend mit dem Zugführer diskutierten. Wegen der Geräuschkulisse im Bahnhof konnte van Dijk im Vorübergehen nur die Worte »Keine Ahnung, warum wir so spät dran sind...« und »Erzählen Sie keinen Unsinn...« verstehen.

Erst als sie den Bahnhofsvorplatz erreicht hatten, löste sich die Menschenansammlung allmählich auf. Zielsicher steuerte Tellier auf den Taxistand zu, der nur wenige Meter vom Haupteingang entfernt lag. Glücklicherweise war die Warteschlange überraschend kurz. Tellier nannte dem Fahrer das Natural History Museum als Fahrtziel und sofort setzte sich das Fahrzeug in Bewegung, kaum dass van Dijk seinen Koffer mit der kostbaren Fracht vor seinen Knien abgestellt hatte.

Der Verkehr war für Londoner Verhältnisse überschaubar. Der Fahrer wählte die Strecke über Marylebone und Paddington. Tellier widmete sich ganz ihrem Smartphone, das mit leisem Piepen den Eingang mehrerer Textnachrichten verkündete. Wie immer, wenn van Dijk in Großbritannien war, dauerte es einige Minuten, bis er sich mental auf den Linksverkehr eingestellt hatte.

»Ich melde uns kurz bei Steve Fowler an«, meinte sie beiläufig zu van Dijk, während das Taxi über den Carriage Drive quer durch den Hyde Park fuhr.

Nach zwanzigminütiger Fahrt erreichten sie ihr Ziel im Stadtteil Knightsbridge. Das Taxi bog in einen Innenhof ein, der sie stark vom Straßenlärm abschirmte. Ohne zu zögern bezahlte Tellier den Fahrer, was van Dijk erlaubte, sich am Zielort umzusehen. Als eine Mischung aus klassischem Säulenportikus und modernen Architekturelementen in den diversen Anbauten machte das Natural History Museum einen wenig stimmigen Eindruck auf ihn. Aus Richtung des Anbaus rannte ein etwa vierzigjähriger leicht untersetzter Mann auf ihr Taxi zu. Er schien im Gebäude schon auf ihre Ankunft gewartet zu haben.

»Elodie, wie schön Dich zu sehen. – Wo hast Du das Unbihexium?« Mit einem Kopfnicken verwies sie auf van Dijk. Der Unbekannte änderte für einen Mann seines Körpergewichts erstaunlich schnell die Richtung und schüttelte van Dijks Hand. Sein Gesichtsausdruck war von freundlicher Offenheit und sein zurückweichender graubrauner Haaransatz verhieß Seriosität und Verbindlichkeit.

»Dann müssen Sie Jan van Dijk sein. Ich bin Steve Fowler. Sie müssen mir alles berichten? Wie lange haben Sie das Unbihexium schon? Wie sind Sie in seinen Besitz gekommen? ...«

»Am besten klären wir das alles drinnen«, unterbrach ihn Elodie Tellier.

»Selbstverständlich. Du hast vollkommen recht. Das ist kein Thema, das man zwischen Tür und Angel auf offener Straße diskutieren sollte.«

Wenige Minuten später fanden sie sich in Steve Fowlers Büro wieder. Es war ein unaufgeräumter Ort mit großen Aktenstapeln, leeren Pizzakartons, zahlreichen Glasbehältern mit diversen Flüssigkeiten, Granulaten und Festkörpern unterschiedlicher Farben darin.

»Kann ich es sehen?« setzte Fowler sein Fragenstakkato von der Straße fort.

»Aber ja.« antwortete van Dijk und öffnete seinen Koffer. Er stellte die Transportbox direkt vor Fowler auf den Tisch. Dieser zögerte obwohl er mit dem Schließmechanismus der Box durchaus vertraut schien.

»Entschuldigung, aber das ist für mich ein ganz großer Moment.« Er atmete tief durch und ließ den Riegel nach unten gleiten. Dann legte er den Deckel feierlich nach hinten um und hielt das Artefakt andächtig in den Händen. Im Licht seiner Schreibtischlampe drehte er es in verschiedene Richtungen und beobachtete das irisierende Farbenspiel der Oberfläche.

»Es ist ganz warm, erstaunlich schwer und das hier unten ist wohl ein Teil der Schreibmaschine, an der es befestigt war.«

Van Dijk berichtete auf neuerliche Aufforderung Fowlers, wie er in den Besitz des Artefakts gelangt war. Fowlers Blicke pendelten dabei beständig zwischen van Dijk und dem Artefakt hin und her.

»Lasst uns nicht vergessen, weshalb wir hier sind.« unterbrach Elodie Tellier das Gespräch der beiden. »Bevor wir mit unserem Fund an die Öffentlichkeit treten können, brauchen wir unbedingt eine Bestätigung seiner atomaren Zusammensetzung mittels Eures wellenlängendispersiven Röntgenfluoreszenzspektrometers.« Etwas leiser fügte sie hinzu, »Sofern wir es überhaupt wagen wollen, damit an die Öffentlichkeit zu gehen.«

»Du hast wie immer recht«, erwiderte Fowler und schlug aufgeregt mit der Hand auf den Tisch. Dann setzte er in Richtung van Dijk hinzu:»So ist sie. Man kann ihrer Zielstrebigkeit und ihren Argumenten nicht entkommen.«

Fowler ließ es sich nicht nehmen, das Artefakt selbst in das Kellerlabor zu tragen. Also setzte sich die kleine Gruppe durch ein weißgetünchtes Treppenhaus auf den Weg nach unten in Bewegung. Wie schon in Paris stand auch hier ein wahrscheinlich exorbitant kostspieliges Gerät in einem vergleichsweise kleinen fensterlosen Raum von wenigen Quadratmetern. Die drei Personen drängten sich um die Maschine herum. Fowler berührte den Touchscreen und die Maschine erwachte offensichtlich aus dem Standby.

»Ich war so frei, das Spektrometer schon mal hochzufahren, damit wir die Untersuchung schneller abschließen können.« fügte er erläuternd hinzu.

Mit einer Sorgfalt, die van Dijk als maßlos übertrieben empfand, positionierte Fowler das Artefakt hinter einer Klappe, die sich nach einer weiteren Berührung des Touchscreens automatisch schloss.

»Gleich wissen wir mehr« murmelte Fowler ohne seine Augen vom Bildschirm zu wenden. Das Gerät erzeugte einen kaum wahrnehmbaren Summton und war insgesamt sehr viel leiser als sein Pariser Gegenstück. Auf dem Bildschirm erschienen Zahlenkolonnen und eine grüne Balkengraphik. Am unteren Bildschirmrand setzte sich ein Balken von links nach rechts in Bewegung, der offensichtlich den Fortschritt der Untersuchung anzeigte. Bei den ersten vier Fünfteln des Balkens ging es zügig voran, danach jedoch verharrte er auf der Stelle. Die Anspannung von Elodie Tellier und Steve Fowler war mit den Händen zu greifen und übertrug sich inzwischen auch auf van Dijk. Alle schwiegen, als der Balken auf das Ende sprang und der Bildschirminhalt auf eine kleinere Tabelle und eine schematische Standardgraphik eines Atoms wechselte.

»Unbihexium« flüsterte Steve Fowler tonlos. Van Dijk war sich nicht sicher, ob er wegen der klinischen Weißlichtbeleuchtung oder wegen der Aufregung ganz bleich aussah. Unvermittelt lachte er laut auf und deklamierte:

»Meine Damen und Herren, was wir hier erleben ist eine Revolution, ach was, eine Neugeburt der Chemie. Die Geschichte des Universums muss neu geschrieben werden. Wir können nicht einmal erahnen, welche Möglichkeiten sich aus der Existenz des neuen Elements ergeben.« Van Dijk empfand den pathetischen Gestus Fowlers als peinlich und unangemessen. Zum Glück gab es in dem engen Kellerraum keine weiteren Zeugen. Er blickte zu Tellier, die vor sich hin ins Leere starrte.

»Wir müssen unbedingt Schmelz- und Siedepunkte bestimmten... Was ist mit dem Härtegrad... Welche Ursache hat die Wärmeemission...« sprudelte es aus Fowler heraus. »Eines wissen wir schon jetzt: Es emittiert elektrische Wellen, allerdings auf einem extrem niedrigen Frequenzband, etwa von 10 bis 30 Hertz.«

»Ist das gefährlich?« fragte van Dijk besorgt zurück.

»Ach was«, sprudelte es erneut aus Fowler heraus, »das entspricht den Alpha-, Beta- und Gammawellen, die auch das menschliche Gehirn aussendet, je nachdem, ob man müde, entspannt oder konzentriert und wach ist. Ich weiß nicht, was das mit uns macht, aber ganz offensichtlich spüren wir die Wellen nicht, obwohl sie um ein Vielfaches stärker sind, als die, die sich in unserem Gehirn messen lassen.«

»Glauben Sie, dass von den Emissionen eine Gefahr ausgeht?« fragte van Dijk nochmals in besorgtem Ton.

Fowler winkte ab: »Sehr unwahrscheinlich, selbst wenn wir den Wellen längere Zeit ausgesetzt sind, dürften sie keine negativen Auswirkungen auf uns haben. Als Menschen können wir ohnehin mehr als 99 Prozent des elektromagnetischen Spektrums nicht wahrnehmen. Aber von irgendeiner Bedrohung hat man noch nie etwas gehört.«

»Allerdings«, ergänzte Elodie Tellier, »haben wir keine Ahnung, ob und wie sich die Wellen auf unsere Wahrnehmung auswirken können. Alle unsere Sinneseindrücke werden schließlich im Gehirn zusammengefügt und interpretiert. – Sie sind dem Artefakt schon geraume Zeit ausgesetzt gewesen«, wandte sie sich an van Dijk, »Sind Ihnen irgendwelche Veränderungen oder seltsamen Erscheinungen oder Abweichungen vom Vertrauten aufgefallen?«

Van Dijk dachte angestrengt nach, aber ihm fiel nichts ein. Von seiner Migräne, die ihn seit einigen Wochen immer wieder plagte, wollte er hier nicht reden, denn die hatte wohl keinen Einfluss auf seine Wahrnehmungen. Langsam schüttelte er den Kopf.

»Die Frage ist natürlich, wie das Artefakt, das ja nur aus einem einzigen Element zu bestehen scheint, in der Lage ist, ziemlich konstant die Temperatur von 28 Grad Celsius zu halten und dabei die Wellen zu emittieren?« Für einen Augenblick verstummten alle drei und blickten auf das Artefakt, das unter einer weißen Tageslichtlampe vor ihnen auf dem Tisch lag.

Fowler blickte auf seine Uhr. »Meine Güte, die Mittagszeit ist schon fast vorüber. Seid Ihr damit einverstanden, dass ich ein paar Sandwiches besorgen lasse? In der Zwischenzeit könnten wir noch ein paar Experimente durchführen und Dokumentationen erstellen lassen.«

Van Dijk spürte auch bereits seinen Magen und willigte ein. Außer des kargen französischen Frühstücks im Hotel hatte er den ganzen Tag noch nichts zu sich genommen. Elodie Tellier blickte nur vor sich hin und fragte schließlich, wie viel Zeit die Untersuchungen in Anspruch nehmen würden. Und mit gewichtiger Miene stellte sie klar, dass sie bei den Versuchen gerne anwesend bliebe.

»Kein Problem«, erwiderte Fowler, »In zwei bis drei Stunden sollten die wichtigsten Untersuchungen abgeschlossen sein. Die vollständigen Auswertungen werden jedoch erst in ein paar Tagen vorliegen. Schließlich haben wir es hier mit etwas völlig Neuem zu tun.«

»Gut«, entschied Tellier, ohne van Dijk gefragt zu haben, »dann fangt doch am besten gleich an. Vielleicht können wir heute noch nach Paris zurückfahren.« Fowler telefonierte kurz mit seinen Assistenten und anschließend mit seiner Sekretärin. Schon wenige Minuten später klopfte es an der Tür und es wurde ein Tablett mit verschiedenen Sandwichsorten gebracht. Die Kantine des Museums schien nicht weit entfernt zu sein. Fowler bat seine Sekretärin, sich um die Rückfahrtickets für Tellier und van Dijk zu kümmern.

Die Angesprochene zögerte und wiegte bedenklich den Kopf: »Wahrscheinlich haben Sie es noch gar nicht mitgekriegt: Der Bahnverkehr im Eurotunnel ist seit dem Vormittag für mehrere Stunden unterbrochen. Irgendwas stimmt nicht mit der Bordelektronik der Züge. Jedenfalls kam es zu unvorhergesehenen Verspätungen. Inzwischen fahren die ersten Züge wieder, allerdings wurde die Höchstgeschwindigkeit im Tunnel auf 100 Km/h begrenzt. Dadurch ist der gesamte Fahrplan durcheinander geraten.«

Van Dijk hörte der Sekretärin interessiert zu und berichtete, dass auch sie von den Verspätungen betroffen gewesen waren. Elodie Tellier rollte mit den Augen und sagte sichtbar erregt: »Dann haben wir ja noch länger das Vergnügen, im Tunnel ausharren zu dürfen…«

Kapitel 6: Tunnelblick

Die Untersuchungen mit diversen Gerätschaften, die van Dijk allesamt nichts sagten, kamen offenbar gut voran. Er konnte durch eine Glasscheibe beobachten, was in dem geräumigen Labor nebenan vor sich ging. Allerdings war die Schallisolierung so gut, dass er weder Geräusche noch Gespräche wahrnehmen konnte. Elodie Tellier hatte ganz offensichtlich auch hier bereits das Kommando übernommen und dirigierte die Assistenten mit dem Artefakt von einer Maschine zur nächsten. Einmal drückte ihr ein Assistent ein paar Blätter bedrucktes Papier in die Hand. Nachdem sie einen Blick darauf geworfen hatte, zerriss sie die Seiten und gab sie dem ungläubig dreinschauenden Assistenten mit einem ärgerlichen Gesichtsausdruck wieder zurück. Fowler war währenddessen fast die ganze Zeit mit einer Art großem Mikroskop beschäftigt und bekam von dem, was um ihn herum vorging, scheinbar nichts mit. Vielleicht tat er aber auch nur ganz unbeteiligt.

Van Dijk griff derweil zum Tablett mit den Sandwiches und trank eine gelblich leuchtende Limonade, die für seinen Geschmack viel zu süß war. Nachdenklich kauend versuchte er seine Gedanken zu sammeln: Nun wusste er also schon eine Menge mehr über das Artefakt. Zentrale Fragen waren aber weiterhin unbeantwortet: Warum existiert das Unbihexium überhaupt? Wer hat es bearbeitet und ihm seine Form gegeben? Wie gelangte es an die Underwood-Schreibmaschine in seinem Geschäft? Was bedeuten die Temperatur und Wellenemissionen? Alles Fragen, die van Dijk auf der Rückfahrt mit Elodie Tellier besprechen wollte. Zunächst war sie aber noch vollends mit mehreren Untersuchungen beschäftigt. Endlich beobachtete er, wie Tellier und Fowler fast gleichzeitig aufstanden und sich der Tür zum Besprechungsraum näherten, von dem aus er sie fast die ganze Zeit beobachtet hatte.

Gleichzeitig redend kamen beide herein. Van Dijk verstand von dem Fachjargon, den beide benutzten, kaum ein Wort und blickte stumm in ihre erregten Gesichter. Als sie eine kurze Pause einlegten, wagte er eine Zwischenfrage: «Gibt es etwas Neues?«

»Wir sind uns nicht sicher« ergriff Tellier als erste das Wort. »Viele Ergebnisse sind widersprüchlich oder unklar. Immerhin scheint es so, als ob die Wärmeabstrahlung und auch die Intensität der Wellenemissionen langsam zurückgehen. Wir stehen nur noch bei 28,01 Grad, aber wir können uns noch immer keinen Reim darauf machen, was in dem Objekt vor sich geht. Wir haben Probleme, ins Innere des Artefakts zu schauen, aber es macht den Eindruck, dass es vollkommen massiv und chemisch rein ist. Auch bei der Altersbestimmung mit der Radiokarbonmethode bekommen wir keine eindeutigen Ergebnisse.«

»Was ja auch nicht verwunderlich ist, schließlich hat das Artefakt einen fast 100%igen Reinheitsgehalt an Unbihexium. Die messbaren Kohlenstoffatome sind allenfalls in Spuren nachweisbar«, ergänzte Fowler.

»Das ist richtig«, stimmte Tellier zu, »dennoch liegen die Reste oberhalb der Nachweisbarkeitsschwelle und weisen bei durchaus gleichmäßiger Oberflächenverteilung ein Alter von mindestens 400 Jahren auf.«

»Aber wer sollte vor 400 Jahren mit Unbihexium experimentiert haben? Und wer hat ein so altes Artefakt an einer Schreibmaschine vom Anfang des 20. Jahrhunderts befestigt, und warum?«

Wieder kehrte betretenes Schweigen an den Tisch zurück. Van Dijk verschluckte gerade das letzte Stück Sandwich und blickte in die Gesichter der beiden Forscher, die die Ant-

worten auf ihre Fragen vergeblich in den vor ihnen ausgebreiteten Ausdrucken suchten.

Tellier unterbrach die Stille als erste: »Ach ja, Stichwort
Befestigung. Wir haben auch noch keine Antwort auf die Frage,
wie das Artefakt mit dem Gusseisen der Schreibmaschine verbunden ist. Es scheint sich um keine physikalische Verbindung
zu handeln, obwohl sie extrem stabil ist. Die Atome scheinen
einfach nebeneinander zu liegen und es gibt keine Spur von
Magnetismus. Eine chemische Verbindung durch wie auch
immer geartete Klebstoffe ist ebenfalls auszuschließen. Das
Spektrometer hätte in diesem Fall weitere Elemente messen
müssen. Das ist jedoch nicht der Fall. Wir haben nicht die ge-
ringste Ahnung, was das Artefakt an dem Gusseisen festhält.«

»Ich glaube, wir werden heute keine Antwort mehr auf
unsere Fragen finden«, warf Fowler ein, »wollt Ihr noch immer
heute nach Paris zurückkehren?« wandte er sich an Tellier.

Diese bejahte und sagte, dass sie die Ergebnisse mit
ihren Mitarbeitern besprechen wollte. Als die Sekretärin erneut
den Besprechungsraum betrat, war es bereits kurz vor 17 Uhr
Londoner Ortszeit.

»Ich habe zwei Tickets für den Eurostar um 18:01 Uhr
von St. Pancras International buchen können. Die Situation am
Bahnhof normalisiert sich allmählich wieder. Allerdings bestehen die Geschwindigkeitsbeschränkungen auf der Bahnstrecke
fort. Ich habe mir erlaubt, bereits ein Taxi für Sie zu bestellen.
Wenn Sie den Zug noch erreichen wollen, müssen Sie sich
gleich auf den Weg machen.«

Van Dijk bedankte sich freundlich, während Tellier die
ausgedruckten Unterlagen und einen Datenstick rasch in ihre
Aktentasche stopfte. Das Artefakt landete sorgsam in der
Transportbox verpackt wieder in van Dijks Koffer. Sie verab-
schiedeten sich flüchtig von Steve Fowler, der etwas gedankenverloren in die Ferne blickte und beiläufig winkte, und folgten
der Sekretärin nach draußen. Alle waren tief in ihren Überle-

gungen versunken und versuchten, die zahlreichen Puzzlestücke zu einem einheitlichen Bild zusammenzusetzen.

Auch im Taxi wechselten van Dijk und Tellier kein Wort. Erst auf dem Bahnsteig, der übervoll von Reisenden war, fragte Tellier verblüfft: »Was ist denn hier los? So voll habe ich St. Pancras noch nie erlebt. Zum Glück haben wir reservierte Plätze.«

Mühsam tasteten sie sich auf ihren Bahnsteig und schließlich zu ihrem Waggon vor, während eine Lautsprecherdurchsage darauf hinwies, dass trotz anhaltender Betriebsstörungen alle Reisenden mit Ziel Paris zeitnah an ihr Ziel gebracht werden würden, und Eurostar sich für die entstandenen Unannehmlichkeiten entschuldige.

Bei den Sicherheitskontrollen der Koffer und Reisenden, die diesmal deutlich weniger Zeit beanspruchten als bei der Hinfahrt, wurde van Dijk nicht aufgehalten und konnte ungehindert passieren.

Auf den für sie reservierten Plätzen hatten es sich bereits zwei dem äußeren Eindruck nach Geschäftsleute bequem gemacht, die trotz Telliers eindringlicher Aufforderung nicht weichen wollten. Zufällig kam gerade ein Schaffner durch den Gang, der die beiden inzwischen ungehaltenen Geschäftsleute auf ein Gratisgetränk in den Speisewagen einlud, die daraufhin mürrisch ihre Plätze räumten.

»Sie müssen entschuldigen«, wandte sich der Schaffner an Tellier und van Dijk, »aber wir haben den Passagierstau durch die ausgefallenen Nachmittagszüge noch nicht vollständig abbauen können.«

»Was ist denn los?« fragte van Dijk lächelnd, auch um den rüden und kurz angebundenen Ton Telliers zu kompensieren.

»Genaues weiß noch niemand, aber seit heute morgen sind sämtliche Züge, die den Kanaltunnel passieren, verspätet. Es gibt offenbar einen Fehler in der Bordelektronik. Obwohl die

Züge laut Bordtachometern die vorgesehenen Geschwindigkeiten einhalten, kommen sie mit achtminütiger Verspätung an. Sie können sich vorstellen, dass das unsere eng getakteten Fahrpläne ganz schön durcheinander wirft.«

Nach einer kurzen Pause, in der der Schaffner van Dijk noch einmal abschätzend musterte, beugte er sich zu ihm vor und sprach leise:

»Und das Merkwürdigste daran: Nicht nur die Tachos scheinen zu spinnen, auch die Zähler für die Streckenkilometer spielen verrückt: Alle Züge haben nach Bordelektronik etwas über 21 Kilometer zu viel zurückgelegt. Wenn man es nicht besser wüsste, könnte man meinen, die Lokführer hätten im Tunnel eine Schleife gefahren. – Aus Sicherheitsgründen und bis zur endgültigen Prüfung der Bordelektronik ist die Höchstgeschwindigkeit im Tunnel auf 100 Km/h begrenzt worden.«

Der Schaffner nahm wieder eine aufrechte Haltung an und fügte in normaler Lautstärke hinzu:

»Machen Sie es sich also bitte bequem, wir werden mit mehrminütiger Verspätung in Paris eintreffen.«

Der Schaffner folgte den Geschäftsleuten Richtung Speisewagen, und der Zug fuhr pünktlich um 18:01 Uhr vom Bahnhof ab.

Tellier, die die wesentlichen Teile des Gesprächs mit dem Schaffner mit angehört hatte, hatte inzwischen überschlagen und rechnete still bei sich: »Bei einer Geschwindigkeit von 100 Km/h müssten wir die Tunnelstrecke erst nach etwas mehr als 30 Minuten, statt normalerweise 20 Minuten hinter uns gebracht haben. Naja. Betrachten wir es als Sonderservice.«

Van Dijk beobachtete, wie sie den Timer Ihres Smartphones auf 30 Minuten umstellte und es vor sich auf die Ablage legte. Entgegen ihrer Gewohnheit vertiefte sie sich weder in ihr Notebook noch in ihr Smartphone, sondern blickte stumm aus dem Fenster, während ihre Hände nervös mit einem Kugelschreiber spielten. Ihm dämmerte, wie stark ihre klaustrophobischen Angstzustände sein mussten und beschloss, sie erst nach der Tunnelfahrt von sich aus wieder anzusprechen.

Schweigend blickten beide auf das Display unter der Waggondecke, auf dem die aktuelle Geschwindigkeitsanzeige von 300 Km/h allmählich auf 250 Km/h sank und weiter fiel. Van Dijk bemerkte, wie parallel zur angezeigten Geschwindigkeit auch der Geräuschpegel bei den Gesprächen der Fahrgäste zurückging.

Als der Eurostar bis auf 100 Km/h abgebremst hatte dauerte es nur noch wenige Sekunden bis die Betonwände an beiden Seiten des Gleisbettes den Passagieren die Aussicht nahmen und den Tunnel ankündigten. Mit gewohnter Routine startete Tellier den Timer ihres Smartphones. Van Dijk meinte ein leichtes Zittern ihrer Hände bemerkt zu haben. Ihre ansonsten an Überheblichkeit grenzende Souveränität schien in diesem Augenblick von ihr abgefallen zu sein.

»30 Minuten«, murmelte sie. Van Dijk wusste, was sie meinte. Er selbst hatte auch bereits im Kopf überschlagen, wie lange der Zug bei der reduzierten Geschwindigkeit von 100 Km/h durch den Tunnel brauchen würde. Zehn zusätzliche Minuten klaustrophobischer Beklemmung für Tellier. Stumm blickten beide aus dem Fenster ihres Großraumwagens. Die Monotonie der vorbeiziehenden Tunnelwände wurde nur vom regelmäßigen Takt der vorüberhuschenden Lampen unterbrochen. Schließlich blieb auch dieser aus. Offenbar war die ausgefallene Tunnelbeleuchtung in diesem Streckenabschnitt noch immer nicht repariert worden. Wahrscheinlich hatte man im Moment ganz andere Sorgen. Van Dijks Blick schweifte suchend im Großraumwagen umher. Abgesehen vom Display, das konstant 100 Km/h anzeigte, gab es nichts, woran sich seine Aufmerksamkeit klammern konnte. Alle Passagiere blickten seitlich aus den Fenstern, obwohl es dort rein gar nichts zu sehen gab. Ihre Gespräche waren vollständig verstummt. Als der Schaffner nach einigen Minuten ihren Waggon betrat, kehrte das regelmäßige Flackern der Tunnelbeleuchtung zurück. Er blickte auf seine Armbanduhr und machte sich Notizen auf sein Pad, mit dem er normalerweise Auskünfte über Zugverbindungen erteilte. Schweigend schüttelte er kaum merklich den Kopf und ging zügig an der Sitzreihe von Tellier und van Dijk vorbei.

In den folgenden Minuten geschah rein gar nichts, was auch nur im Geringsten zur Abwechslung beigetragen hätte. Quälend langsam verstrichen die Minuten, als plötzlich das surrende Signal von Telliers Timer ertönte. In der Stille des Waggons schienen alle Passagiere auf das erlösende Signal zu lauschen. Aufmerksam richteten sich alle Blicke aus den Fenstern in der Erwartung die Betonwände der Tunneleinfahrt zu erblicken. Tellier schaltete das akustische Signal ab. Van Dijk konnte jedoch erkennen, dass sie den Timer weiterlaufen ließ. Dieser zählte jetzt nicht mehr rückwärts, sondern vorwärts und stand schon bei 45 Sekunden. Zahlreiche Blicke richteten sich erneut auf das Deckendisplay, das unverrückbar auf 100 Km/h festgenagelt schien.

Weitere fünf Minuten später blickte van Dijk zu Tellier herüber und erschrak über ihre auffällige Blässe und die Schweißtropfen, die er auf ihrer Stirn bemerkte.

»Müssten wir den Tunnel nicht schon längst verlassen haben?« fragte er mit gespielter Leichtigkeit in seiner Stimme. Sie blickte ihm direkt ins Gesicht und nickte: »Schon vor fast sechs Minuten. Entweder die Bordelektronik spinnt total oder …«. Sie ließ den Satz offen. »Entschuldigen Sie, aber endlose Tunnel sind für mich eine schlimme angstbesetzte Vorstellung.«

Weitere Minuten saßen sie schweigend nebeneinander und warteten auf die erlösenden Betonwände des Tunnelausgangs. Endlos schien sich die Zeit zu dehnen als endlich die Wände seitlich zurückwichen und die regelmäßige Tunnelbeleuchtung ihren monotonen Takt beendete. Mit einer hektischen Handbewegung stoppte Tellier ihren Timer. Van Dijk konnte erkennen, dass er bei 11 Minuten und 20 Sekunden stehen geblieben war. – Beide blickten sich an.

»Was geschieht hier?« fragte van Dijk leise.

»Für das, was wir hier erleben, sind nur drei verschiedene Erklärungen möglich«, stelle Tellier fest, die ihre Fassung recht schnell zurückgewonnen hatte. »Erstens: Die Geschwindigkeitsmesser der Eurostarzüge sind defekt. Das würde allerdings bedeuten, dass alle Systeme zeitgleich denselben Fehler aufweisen. Sinnvollerweise funktionieren Tachometer natürlich unabhängig voneinander. Dass sie alle gleichzeitig denselben Fehler aufweisen, ist denkbar aber extrem unwahrscheinlich. – Zweitens kann der Timer in meinem Smartphone verlangsamt sein. Der ist allerdings mit der eingebauten Uhr synchronisiert, und die zeigt exakt dieselbe Uhrzeit, wie das Display an der Waggondecke. Auch hier haben wir getrennte Systeme und ein simultaner Defekt ist praktisch ausgeschlossen.« – Hier machte sie eine Pause.

»Und was ist die dritte Erklärung?« fragte van Dijk ungeduldig nach.

»Die dritte Erklärung wäre, dass der Eurotunnel um mehr als zwanzig Kilometer länger geworden ist.«

»Das ist absurd« entgegnete van Dijk mit einer wegwerfenden Geste.

»Sicher ist es das«, erwiderte Tellier, »aber rechnen Sie das mal durch. Wenn der Tunnel etwas mehr als 20 Kilometer länger wäre, würden wir bei einer Geschwindigkeit von 100 Km/h rund 12 Minuten länger für die Durchquerung brauchen. Das ist genau das, was wir beobachten können. Und denken Sie an unsere Hinfahrt, die wir noch mit der regulären Geschwindigkeit von 160 Km/h gemacht haben. Da sind wir mit 8 Minuten Verspätung angekommen. Die Werte passen genau zusammen.«

Van Dijk nutzte die Sprechpause und überschlug Telliers Rechnung im Kopf. Sie hatte recht: Die längere Fahrzeit betraf schließlich alle Eurostarzüge. Ein technischer Defekt der Messgeräte war somit auszuschließen. Die einzig plausible aber absurde Erklärung bestand darin, dass der Eurotunnel seit einigen Stunden um etwas mehr als 20 Kilometer länger geworden war.

Van Dijk fühlte sich, als ob ihm jemand den Boden unter den Füßen wegziehen würde. Sogleich fielen ihm alle möglichen Gründe ein, die gegen diese Erklärung sprachen. Die Länge des Tunnels war schließlich bereits bei den Baumaßnahmen x-mal berechnet und überprüft worden. Schließlich waren die Baumaßnahmen in den Jahren 1988 bis 1994 stets planmäßig vorangegangen und auch bei der offiziellen Inbetriebnahme im Sommer 1994 gab es keinerlei Unregelmäßigkeiten oder Abweichungen, was die Streckenlänge oder die Durchfahrtzeiten betraf. Schließlich gab es seit Jahrzehnten einen unauffälligen Regelzugbetrieb. – Nein. Die Erklärung einer Tunnelverlängerung konnte nur falsch sein. – Andererseits... Gerade als der Schaffner erneut ihren Waggon durchquerte, schoss ihm ein Gedanke durch den Kopf.

»Ach, entschuldigen Sie bitte.« Der Schaffner stoppte. Er machte einen verwirrten Eindruck.

»Mir ist aufgefallen, dass die Tunnelbeleuchtung auf einem längeren Abschnitt ausgefallen ist. Passiert so etwas öfter?«

Der Schaffner schüttelte den Kopf: »Sie haben recht. Das ist mehr als ungewöhnlich. Aus Sicherheitsgründen ist die Tunnelbeleuchtung ein redundantes System mit zwei getrennten Stromkreisen, damit man sich bei einem Nothalt im Tunnel orientieren kann. – Obendrein ist die Beleuchtung in beiden Tunnelröhren gleichermaßen ausgefallen. Das kann eigentlich gar nicht passieren...« sagte er halb zu sich selbst und setzte seinen Weg fort.

Kapitel 7: Neuland

Van Dijk und Tellier hingen jeder für sich ihren Gedanken nach, bis der Eurostar mit insgesamt 15 Minuten Verspätung in die Gare du Nord einfuhr. Schon vor dem Aussteigen konnten sie erkennen, dass auf den Plattformen reger Betrieb und Hektik herrschten. Zunächst gingen beide davon aus, dass dies mit Störungen im Betriebsablauf zusammenhing. Die Szenerie ähnelte der, die sie bereits von London her kannten. Nachdem sie den Zug verlassen hatten, stellten sie allerdings fest, dass sich die Passagiere weniger kreuz und quer durch den Bahnhof bewegten, als vielmehr vor den Monitoren und Zeitschriftenkiosken versammelten und gebannt auf die Bildschirme starrten sowie Zeitungen hin- und herreichten.

Neugierig schoben sich auch Tellier und van Dijk mühsam vor einen der großen Monitore, die über den Köpfen der Reisenden das Programm des amerikanischen Nachrichtensenders CNN zeigten. Zu sehen war eine Nachrichtensprecherin vor dem Hintergrundbild eines grünen Gebirgstales – eingefasst von schneebedeckten Berggipfeln. Darunter lief ein Textband in französischer Sprache. Von rechts nach links wanderte eine Meldung in Dauerschleife:

»+++ Ecuador: Bislang unbekanntes Tal nahe der Ortschaft Sigchos in den Anden entdeckt. Ersten Schätzungen zufolge ist es über 100 Kilometer lang und etwas über 20 Kilometer breit. Geographen stehen vor einem Rätsel. +++«

Van Dijk war zu müde, um die Meldung sofort richtig erfassen zu können. Zwar munterte ihn in die kühle Luft im Bahnhof etwas auf, doch steckten ihm das frühe Aufstehen und der erlebnisreiche Tag spürbar in den Knochen. Elodie Tellier schien es nicht anders zu gehen. Mit deutlich verlangsamten Schritten strich sie an einem der großen Monitore vorbei und konnte ihre Augen kaum abwenden. Die Anschlussmeldung im Textlaufband betraf offenbar ihr Erlebnis während der Zugfahrt:

»+++ Eurotunnel: Wegen technischer Störungen kommt es zu massiven Beeinträchtigungen bei Eurostarzügen von und nach England. Reisende werden um Geduld gebeten. +++«

Tellier und van Dijk sahen sich an.

»Fällt Ihnen etwas auf?« fragte van Dijk und gab die Antwort gleich selbst: »Etwas mehr als 20 Kilometer ist die Breite des neuentdeckten Tals in Ecuador. Das entspricht genau der Distanz, die wir für die potentielle Verlängerung des Kanaltunnels berechnet haben.«

»Sehen Sie hier an einen Zusammenhang?« fragte Tellier verblüfft, die die Parallele erst jetzt bemerkte. In ihrem Kopf überschlugen sich jetzt die Gedanken. Wenn die Meldung stimmte, und in Ecuador ein Tal von 20 Kilometern Breite und mehr als 100 Kilometern Länge einfach so aus dem Nichts auftauchte, konnte dies überall auf der Welt geschehen. An Land würde diese Anomalie natürlich augenblicklich bemerkt werden. Was aber, wenn sich ein vergleichbares Phänomen auf offenem Meer ereignen würde? Es könnte lediglich durch komplexe Vermessungen nachgewiesen werden. Hingegen: Wenn der Kanaltunnel diese Erscheinung durchquerte?

Van Dijk unterbrach ihre Gedanken: »Ich bin mir nicht sicher, aber es passieren gerade lauter merkwürdige Dinge: Erst taucht aus heiterem Himmel ein Artefakt aus Unbihexium auf, dann ergeben sich plötzlich unerklärliche Störungen im europäischen Bahnverkehr und jetzt dieses wie aus dem Nichts erschienene Tal in den ecuadorianischen Anden.«

Tellier wiegte zweifelnd den Kopf, doch der überraschende Zusammenhang, den van Dijk herstellte, ließ sie nicht los: Seine Idee hatte etwas Faszinierendes an sich. Einen Moment lang hatte van Dijk der Eindruck, dass Tellier ihn bewundernd ansah. Aber schon nach wenigen Sekunden trug sie wieder ihre geschäftsmäßig-überhebliche Miene.

Van Dijk schloss mit dem Gedankengang ab und fragte pragmatisch-interessiert:»Wie machen wir jetzt weiter? Wann gehen wir wegen des Unbihexiums an die Öffentlichkeit.«

»Das Beste wird sein, wenn wir zu einer Pressekonferenz einladen, an der nicht nur wir, sondern zusätzlich noch eine Reihe von Koryphäen aus mehreren chemischen und physikalischen Disziplinen teilnehmen, um gemeinsam unsere Ergebnisse zu präsentieren. Dazu brauche ich ein paar Tage Vorlauf. Paris bietet sich als Ort der Pressekonferenz an, da er für die meisten der beteiligten Kollegen leicht erreichbar ist.«

Van Dijk nickte, während Tellier ergänzte:»Wenn wir mit der Entdeckung gleich in großem Stil an die breite Öffentlichkeit herantreten, sind wir selbst auch besser geschützt.«

»Wovor muss man uns den schützen«, fragte van Dijk verblüfft zurück.

»Haben Sie vergessen, was Sie da in Ihrem Koffer umhertragen?« fragte Tellier spitz zurück.»Das ist das einzig bekannte Stück Unbihexium, das auf diesem Planeten existiert. Die technischen Möglichkeiten, die sich dadurch erschließen, können wir noch nicht mal im Ansatz erahnen. Das dürfte die Begehrlichkeit von Regierungen, Großunternehmen und Organisationen wecken, von denen wir uns besser so fern wie möglich halten sollten. Wir müssen uns dringend unter den Schutzschirm der Öffentlichkeit stellen und das Unbihexium für die Wissenschaft retten.«

Das leuchtete van Dijk ein, auch wenn ihm der bestimmende Tonfall Telliers immer stärker missfiel. Aber schließlich hatte er die Frage ja selbst gestellt und ihre Antwort war für ihn nachvollziehbar.

»Mit unseren Untersuchungen im Musée des Arts und unserer Exkursion in das Londoner Labor haben wir schon zu viele Menschen ins Vertrauen gezogen. Bis zur Pressekonferenz bleiben Sie lieber im Museum. Glücklicherweise haben wir zwei Gästezimmer, die im alarmgesicherten und bewachten

Bereich des Museums liegen. Da sind Sie und das Artefakt wohl bis auf Weiteres sicher.«

Van Dijk nickte erneut und folgte Tellier auf den Bahnhofsvorplatz, wo sie zielsicher auf einen gelben Mittelklassewagen zuhielt, der auf sie zu warten schien. Er hatte nicht bemerkt, wann und wie Tellier das Fahrzeug bestellt hatte. Er war jedoch froh, als er in den Polstern auf der Rückbank Platz nehmen konnte. Allmählich spürte er die Aufregungen und die Anstrengungen des vergangenen langen Tages. Den Reisekoffer mit dem Artefakt behielt er auf seinem Schoß und bemerkte überrascht seine weißen Knöchel, mit denen er sich am Griff festklammerte. Telliers warnende Ausführungen über die Gefährdungen durch das Artefakt verfehlten bei ihm offensichtlich nicht ihre Wirkung. Er würde froh sein, wenn er die Tür seines Gästezimmers im Musée des Arts et Métiers hinter sich schließen konnte.

Ohne nennenswerte Verzögerungen erreichten sie das Musée und hielten auf einem Hinterhof. Das Gästezimmer lag im 4. Stock des rückwärtigen Gebäudes und van Dijk musste seinen Koffer mangels Fahrstuhl durch ein relativ enges Treppenhaus hinauf wuchten. Einer der Assistenten Telliers wies ihm den Weg. Das Zimmer war eher klein und spartanisch eingerichtet. Alles Notwendige war jedoch vorhanden. Van Dijk freute sich bereits auf die Dusche, als das Wandtelefon schnarrte.

»Hier Tellier. Morgen früh habe ich um 7 Uhr eine Telefonkonferenz mit Kollegen aus Melbourne, London, Quito und Cambridge eingestellt. Steve wird auch dabei sein. Ich möchte Sie bitten, pünktlich in meinem Büro zu sein, und vergessen Sie das Artefakt nicht.«

Bevor van Dijk etwas entgegnen konnte war die Leitung schon wieder unterbrochen. Die ständige Bevormundung durch Tellier fing an, ihm ernsthaft auf die Nerven zu gehen. Jedoch hatte er auch keine andere Idee, wie mit dem Artefakt anders verfahren werden sollte. – Nachdem er geduscht und sich den Wecker im Smartphone gestellt hatte, lag er gefühlt noch eine lange Weile wach auf dem Bett, weil ihm zu viele Fragen im Kopf umhergingen:

Irgendwie hatte er den Eindruck, dass die Beantwortung jeder ihrer Fragen nur eine immer noch größere Zahl offener Fragen nach sich zog: Wie war es möglich, dass das Artefakt bereits 400 Jahre alt sein soll? Konkret: Wer sollte im 17ten Jahrhundert in der Lage gewesen sein, Unbihexium herzustellen und zu verarbeiten? Wie konnte es sein, dass der scheinbar massive Kegel elektromagnetische Wellen auf niedrigem Frequenzband emittiert? Warum ging die gemessene Temperatur des Artefakts langsam aber stetig nach unten? Bestand eine Verbindung zwischen dem Artefakt und dem unerklärlichen Tunnelphänomen? Und schließlich: Gab es einen Zusammenhang zwischen der Tunnellänge und dem wie aus dem Nichts aufgetauchten Tal in Ecuador? Obwohl ihn schließlich doch der Schlaf übermannte, verbrachte van Dijk eine unruhige Nacht mit wirren Träumen, an die er sich später nicht mehr erinnern konnte.

Kapitel 8: Vervielfachung

Das akustische Schnarren war unbarmherzig und ohne Unterbrechung. Es gelang van Dijk nicht, es in seine Träume einzubinden. Verschlafen fingerte er nach seinem Smartphone, das auf einer einfachen Ablage neben seinem Bett lag, konnte jedoch keine Vibration ertasten. Verwirrt öffnete er ein Auge und suchte nach der Quelle des unangenehmen Geräuschs. Im Halbdunkel des Zimmers erkannte er eine blinkende rote Leuchtdiode: Das Wandtelefon.

»Schläft die denn nie?« fragte er sich selbst, denn er wusste, bei der Anruferin konnte es sich nur um Elodie Tellier handeln. Er hob ab und meldete sich mit »Ja«, heraus kam allerdings nur ein krächzendes »Ah«, das er sogleich mit einem Räuspern entschuldigte. Ohne Vorrede oder Begrüßung hörte er Telliers Stimme, die sehr aufgeregt und auch frustriert klang. Sie sprach noch schneller als üblich:

»Haben Sie das Internet schon gecheckt? Das mit unserer Konferenzschaltung um 7 Uhr können wir erst mal vergessen. Offenbar sind wir nicht die einzigen, die Unbihexium entdeckt haben. Mein Kollege Javier Monteiro von der Universität Quito hat gerade eine kurzfristig anberaumte Pressekonferenz beendet, in der auch er den Fund eines Artefakts aus diesem Material veröffentlicht hat. Zeitgleich hat er eine Reihe wissenschaftlicher Fachartikel freigeschaltet, in denen er sein Artefakt ausführlicher beschreibt. Die Parallelen zu unserem Artefakt sind frappierend. Kommen Sie bitte so schnell wie möglich in mein Büro. Ich habe eine Konferenz mit meinen Mitarbeitern in einer halben Stunde angesetzt.«

Van Dijk hatte nur noch die Möglichkeit, die Einladung mit einem Räuspern zu quittieren. Noch nie war sein Eindruck stärker, von den Ereignissen überrollt und von Tellier überfahren zu werden. Er kam sich vor wie eine unbedeutende Figur in einem gigantischen Spiel, dessen Regeln er nicht einmal ansatzweise verstand.

Nur flüchtig gewaschen und in derselben Garderobe wie am Tag zuvor traf er um 6:30 Uhr in Telliers Büro ein. Hier warteten bereits vier weitere ihrer Mitarbeiter, deren Namen er bei der knappen Vorstellung nicht verstand, aber auch keine Gelegenheit zur Nachfrage erhielt. Lediglich Jean war ihm bereits bekannt. Immerhin hatte jemand frischen Kaffee zubereitet. Einer der unbekannten Assistenten bot van Dijk einen Becher an, den er dankend annahm.

»Wie ich Ihnen ja schon mitgeteilt habe, ist ein weiteres Artefakt aus Unbihexium in Ecuador aufgetaucht. Es ähnelt dem unseren stark in Form und Ausmaßen. Auch die Zusammensetzung aus scheinbar massivem Unbihexium wurde durch spektrographische Analysen inzwischen bestätigt.«

»Wo wurde es gefunden und weist es auch eine erhöhte Temperatur auf?« fragte Jean, der gemeinsam mit van Dijk am vorgestrigen Tag die erste spektrographische Analyse durchgeführt hatte. »Meine Güte«, dachte van Dijk, »waren seitdem schon zwei Tage vergangen?«

»Im Unterschied zu unserem Artefakt, das wir an einer Schreibmaschine befestigt fanden, wurde das kolumbianische Artefakt an einer Dampfmaschine entdeckt, die im städtischen Museum in Quito ausgestellt ist. Und ja, die Temperatur des Artefakts wird in den Beschreibungen Monteiros mit 28 Grad Celsius mit fallender Tendenz angegeben.«

Für einen Augenblick herrschte Schweigen in der Runde. Van Dijk nutzte die Gelegenheit für ein Detail, das ihm plötzlich auffiel:

»Sprachen Sie nicht eben von der Universität Quito? In den gestrigen Nachrichten tauchte doch dieses bislang unentdeckte Tal in Ecuador auf. Das liegt doch nicht allzu weit vom

Fundort des neuen Artefakts entfernt. Wenn ich das mit unserem Fundort Amsterdam und den gestrigen Erfahrungen im Eurotunnel korreliere, würde ich sagen: Die räumliche Nähe zwischen den Fundorten der Artefakte und den räumlichen Anomalien ist zu auffällig, um reiner Zufall zu sein.«

Genau hier begannen alle Teilnehmer der Runde durcheinander zu sprechen. Einige schüttelten wild die Köpfe, andere gestikulierten und riefen aufgeregt durcheinander. Mit lauter Stimme, die nach oben kippte, verschaffte sich Tellier erneut Gehör und warf mit dem Beamer eine Kurznachricht der BBC an die Bürowand:

»Ruhe jetzt! Nicht alle durcheinander. In den britischen Fernsehnachrichten wurde die Verlängerung des Eurotunnels inzwischen bestätigt: Der Tunnel ist etwas mehr als 20 Kilometer länger als er gemäß der offiziellen Pläne sein dürfte.«

»Wie soll denn das gehen?« fragte Jean mit der Selbstsicherheit einer Person zurück, die sich mit einer absurden These konfrontiert sieht:

»Den Tunnel gibt es schon seit 30 Jahren und er wurde von den Zügen tausende von Malen durchquert. Fast immer pünktlich auf die Minute. In all den Jahren soll man sich bei der Tunnellänge getäuscht haben? Und außerdem: Wie sollte es möglich sein, 20 Streckenkilometer von einem Tag auf den anderen zu bauen?«

Van Dijk fuhr sich mit der Hand über den Nacken und er erinnerte sich an die Baufortschritte des Tunnels, die er seinerzeit mit großem Interesse verfolgt hatte: »Das ist richtig: Aber es gab in der Bauphase schon auffällige Verzögerungen, die nur durch den Einsatz zusätzlicher Arbeitskräfte ausgeglichen werden konnten. Obendrein wurde deutlich mehr Material an Beton und Gleisen verbaut, als man ursprünglich geplant hatte. Wo ist das ganze Zeug geblieben? Vor lauter Glück, den Fertigstellungstermin gehalten zu haben, wurde hier meines Wissens nach nie weiter nachgefragt.«

Tellier schloss die plötzliche Tunnelverlängerung über Nacht zwar als unmöglich aus, doch ging ihr das Teilstück mit den ausgefallenen Tunnellampen nicht aus dem Kopf. Was wäre, wenn dort noch niemals Lampen montiert worden waren? Aber warum sollte das 30 Jahre lang niemandem aufgefallen sein? Und schließlich: Wie konnten die Züge 30 Jahre lang pünktlich sein, wenn die Fahrtstrecke doch 20 Kilometer länger als geplant gewesen ist? Je angestrengter sie nachdachte, desto mysteriöser erschien ihr ganze Angelegenheit.

Van Dijk, dessen Augen noch immer auf die Wand mit der BBC-Nachricht blickten, schien in eine ähnliche Richtung zu denken:

»Die offensichtliche Tunnelverlängerung um 20 Kilometer ist inzwischen mehrfach nachgemessen und bestätigt worden. Und es macht den Eindruck, dass der Tunnel schon seit seiner Inbetriebnahme die heutige Länge hatte. Bleibt die Frage, warum das nicht schon sehr viel früher aufgefallen ist.«

Tellier fand van Dijks Frage offensichtlich plausibel und blickte in die Runde, in der es inzwischen ganz still geworden war: »In Ecuador haben wir offenbar ein vergleichbares Phänomen: Hier ist von heute auf morgen ein ganzes Tal aufgetaucht, dessen Existenz ebenso von niemandem bemerkt wurde. Das ist noch viel mysteriöser als die Verlängerung des Unterseetunnels.«

»Gibt es dazu irgendwelche Verlautbarungen von offiziellen Stellen?« fragte einer der Assistenten nach.

»Bisher noch nicht. Die Sache ist wohl zu heikel und man fürchtet, sich mit Stellungnahmen irgendwelcher Art lächerlich zu machen. – Allerdings gibt es weltweit immer mehr Hinweise auf – sagen wir mal – geographische ‚Unstimmigkeiten‘: So berichtet das GPS-System von zahlreichen Unregelmäßigkeiten, die ursächlich in dem hinterlegten Kartenmaterial zu finden sind: Verschiedene Airlines melden geringfügige Verspätungen und Ausfälle im Kartenmaterial. Auch sind vermehrt

Engpässe beim mitgeführten Kerosin gemeldet worden, weil die Flugrouten länger waren als ursprünglich kalkuliert. Das passt sehr gut zu unseren Beobachtungen.«

»Aber eine Verbindung zwischen den geographischen Expansionen und dem Unbihexium kann ich beim besten Willen nicht erkennen«, fügte Jean hinzu.

Tellier setzte ihren entschlossenen Gesichtsausdruck auf, den van Dijk inzwischen schon bei ihr kannte: »Wie dem auch sei: Wir müssen unbedingt nach Quito und uns mit Javier Monteiro abstimmen. Ich habe mein Sekretariat bereits angewiesen, zwei Plätze für die Abendmaschine zu buchen.«

Mit wohlwollendem Blick auf van Dijk fügte sie hinzu: »Ich hoffe, Sie haben Ihren Koffer noch nicht ausgepackt.«

Kapitel 9: Identität

Der Flug nach Quito dauerte 15 Stunden und ging über Amsterdam. Der Aufenthalt reichte allerdings nicht für einen Abstecher in van Dijks Wohnung. Er musste wohl oder übel mit den wenigen Sachen auskommen, die er ursprünglich für einen Kurzaufenthalt in Paris mitgenommen hatte. Er nahm sich jedoch vor, in Ecuador einige neue Sachen zu kaufen. Elodie Tellier hatte einen mittelgroßen Koffer aufgegeben, der genug Kleidung für einige Tage zu enthalten schien.

An Bord der Maschine zum Mariscal Sucre International Airport von Quito nahm sich van Dijk eine Ausgabe der niederländischen Zeitung *De Telegraaf* und die französische *Le Monde* mit auf seinen Platz. Beide Zeitungen berichteten an prominenter Stelle ausführlich über die Zugverspätungen im Kanaltunnel und die Störungen im weltumspannenden GPS-Netz, wodurch insbesondere auch der Flugverkehr global beeinträchtigt zu sein schien. Offenbar wurden die Entfernungen insbesondere auf internationalen Flügen zu gering berechnet. Zwar betrugen die Abweichungen nur 20 bis 40 Kilometer, aber dies reichte in manchen Fällen schon aus, um die manchmal knapp bemessenen Treibstoffreserven bei einigen Airlines bedenklich schrumpfen zu lassen. Zu ernsthaften Zwischenfällen kam es glücklicherweise bisher nicht. Von dem Unbihexiumfund in Ecuador berichtete *De Telegraaf* nur in einer Kurzmeldung auf der Seite ,Vermischtes', in *Le Monde* wurde darüber gar nicht geschrieben. Auch widmeten beide Zeitungen nur wenige Zeilen der Agenturmeldung über ein unlängst in Ecuador entdecktes Tal, das bislang auf keiner Landkarte zu finden war. Ein Zusammenhang zwischen den Verspätungen im Kanaltunnel, den Treibstoffengpässen bei internationalen Flügen und dem Tal in Ecuador wurde nirgendwo hergestellt.

Tellier und van Dijk, die in der Maschine fast nebeneinander saßen und nur durch einen schmalen Servicegang getrennt wurden, sprachen während des gesamten Fluges nur wenig miteinander. Von Zeit zu Zeit beobachtete van Dijk, wie Tellier leicht nervös mit ihren Fingern spielte, doch war ihre klaustrophobische Reaktion deutlich schwächer als im Eurotunnel. Wie auf Langstreckenflügen üblich, ging der Service bei den Mahlzeiten und Getränken nur sehr langsam vonstatten. Schweigend nahmen sie ihre Mahlzeiten ein, und wenn Tellier nicht schlief, verfasste oder las sie Mails auf ihrem Laptop. Einmal drehte sie sich zu van Dijk:

»Javier Monteiro hat sich gemeldet. Er ist sehr an unserem Unbihexium-Artefakt interessiert und erwartet uns morgen Mittag in der Universität. Er hat ein Exposé und eine Beschreibung seines Artefakts mitgeliefert. Die beiden Objekte scheinen viele Gemeinsamkeiten zu haben.«

Sie schwieg sich allerdings darüber aus, welche Gemeinsamkeiten das waren. Van Dijk fühlte sich außerdem zu müde, um nachzufragen. Er hatte nach dem Abendessen einen Rotwein bestellt, der sich nun schwer auf Lider und Zunge legte. Mit einem Blick auf das Gepäckfach über seinem Kopf, in dem das Artefakt in seiner Transportbox ruhte, dämmerte er hinweg.

Van Dijk erwachte von einer mittelschweren Erschütterung. Nach einer kurzen Phase der Desorientierung, gab es einen zweiten, weniger starken Ruck und van Dijk verstand, dass das Flugzeug aufgesetzt hatte. Die Ruhe der übrigen Passagiere signalisierte ihm rasch, dass alles in Ordnung war und die Maschine ordnungsgemäß auf der Landebahn aufgesetzt hatte. Er musste mehrere Stunden durchgeschlafen haben, und wie immer hatte er während des Fluges den Sicherheitsgurt nicht gelöst. Während der Flugkapitän sein obligatorisches Willkommen und die aktuelle Ortszeit in mehreren Sprachen durch die Bordsprechanlage durchgab, beobachtete er

Tellier aus den Augenwinkeln. Sie war erneut mit ihren Mails beschäftigt. Van Dijk fragte sich ein weiteres Mal, ob diese Frau denn niemals eine Pause einlegte oder auch nur mal einen Gang tiefer schaltete. Er empfand ihr gegenüber eine Mischung aus Bewunderung und Abneigung. Es stand jedoch fest, dass er ohne sie keinen Plan hatte, wie es mit dem Artefakt weiter gehen konnte.

Nachdem sie das Flugzeug verlassen und ihr Gepäck wieder in Empfang genommen hatten, trafen sie in der Flughafenhalle auf eine große Menschenmenge, die eine enorme Geräuschkulisse erzeugte. Tellier erblickte als erste das Pappschild mit ihren Namen. Sie stellten sich dem Mann vor, der sie zur Fakultät für Geologie, Minen, Erdöl und Landschaftsbau brachte, an dem Monteiro lehrte. Außerhalb des Flughafens war es bereits vollkommen dunkel. Nach ungefähr dreißig Minuten fuhren sie in einen parkähnlichen Campus hinein, in dem um diese Uhrzeit nur noch wenige Menschen unterwegs waren. Zielsicher steuerte der Fahrer auf einen modernen Betonbau zu, den van Dijk zumindest als gewöhnungsbedürftig empfand und hielt vor einer gläsernen Automatiktür, die angesichts der Größe des Gebäudes zu klein dimensioniert war. Tagsüber, so war sich van Dijk sicher, mussten sich hier innen wie außen kleine Menschenansammlungen bildeten, die durch das Nadelöhr drängten. Um diese späte Stunde stand hier nur ein einzelner Mann, der ihrem Fahrzeug zuwinkte.

Javier Monteiro war ein kleiner, leicht übergewichtiger Mittvierziger mit deutlich zurückgehendem Haaransatz, der van Dijk und Tellier beim Aussteigen und mit dem Gepäck behilflich war. Er begrüßte sie in makellosem Englisch und machte Tellier Komplimente über ihr Aussehen, die sie jedoch an sich abperlen ließ, wie ein Lotosblatt das Wasser. Van Dijk warf er ein strahlendes »Goedenavond« entgegen, das dieser wegen des anstrengenden Fluges jedoch nur mit einem schmalen Lächeln quittierte. Unbeirrt erkundigte sich Monteiro nach ihrem Flug und ihrem Befinden und hatte ein paar Kleinigkeiten zum Essen bereitstellen lassen, die van Dijk dankend annahm, weil er die letzte Mahlzeit im Flugzeug verschlafen hatte und seinen Magen nun deutlich spürte. Mit mühsam unterdrückter Ungeduld beobachtete er van Dijk beim Verzehr des Imbiss und betrieb eine leicht gequälte Konversation. Als van Dijk seine Mahlzeit beendet hatte, wollte er wissen, ob sie sich gleich den Artefakten zuwenden wollten oder ob sie es vorzogen, sich zunächst ein wenig ausruhen. Van Dijk setzte gerade mit einem Räuspern an, dass er sich erst ein wenig frisch machen wollte, doch Tellier kam ihm mit dem Hinweis auf ihre wissenschaftliche Neugierde zuvor, die wie immer keinen Aufschub duldete. Also gingen sie trotz vorgerückter Stunde mit einer kleinen Eskorte von Monteiros Assistenten ins Erdgeschoss. Das Labor erwies sich als ein vergitterter Raum mit allerlei Gerätschaften und Schränken, die allesamt schon in die Jahre gekommen waren. Monteiro trat mit einem größeren Schlüsselbund an einen solide wirkenden Blechschrank heran und öffnete ihn mit den Worten »Sesam öffne Dich! « Übertrieben feierlich zog er eine schwere hölzerne Schublade heraus und stellte sie auf einen der Schreibtische. Sofort versammelten sich alle um den Tisch, um einen Blick in die Schublade zu werfen. Van Dijk erkannte sofort das irisierende blaue Farbenspiel des Unbihexiums, das auch in Form und Größe genau dem Artefakt entsprach, das er in seinem Reisekoffer bei sich trug. Sogar ein abgesägtes Stück Gusseisen, befand sich am unteren abgeplatteten Ende, so dass sie fast zum Verwechseln ähnlich waren. Offensichtlich war es auch Monteiros Team noch nicht gelungen, das Artefakt vom Gusseisen zu trennen. Van Dijk öffnet seinen Koffer und legte sein Artefakt daneben.

»Unglaublich! Form und Größe sind absolut identisch.« sagte Monteiro nach einer Weile. »Auch das Gewicht scheint gleich zu sein. Das lässt sich natürlich nur schätzen, weil es fest mit dem Stück Gusseisen verbunden ist.«

»Sind Sie auch daran gescheitert, es vom Gusseisen zu trennen.« erwiderte Tellier.

»Ja. Wir haben einiges versucht, aber wir wollten das Artefakt auf keinen Fall beschädigen. Wir konnten weder eine chemische noch eine physikalische Verbindung zwischen den Materialien nachweisen. Wir wissen nur, dass es bombenfest sitzt. – Was ist mit der Temperatur Ihres Objekts?«

»Vorgestern haben wir zuletzt gemessen. Da lag die Temperatur bei 28,01 Grad Celsius mit leicht abnehmender Tendenz.«

»Genau wie bei unserem Exemplar. Allerdings liegen wir noch bei 28,9 Grad. Haben Sie sonst noch etwas festgestellt?«

Tellier reichte ihm den Londoner Untersuchungsbericht und fasste kurz zusammen, dass das Alter des Artefakts auf rund 400 Jahre bestimmt werden konnte, und es elektrische Wellen auf einem Frequenzband von 10 bis 30 Hertz emittiert.

»400 Jahre... Das ist interessant.« murmelte Monteiro und strich sich dabei mit der flachen Hand über die hohe Stirn. »Wir haben das Alter noch nicht bestimmt. Wo haben Sie das Artefakt entdeckt?«

Jetzt fühlte sich van Dijk direkt angesprochen: »In meinem Amsterdamer Antiquitätengeschäft, an einer Schreibmaschine. Von der stammt übrigens auch das Gusseisen an der Basis des Artefakts. Diese Schreibmaschine war in den Zehner - und Zwanziger Jahren des vergangenen Jahrhunderts ein weit verbreitetes Modell, allerdings kann es unmöglich älter als 120 Jahre sein. – Das Artefakt war plötzlich da. Ich kann mir nicht vorstellen, dass ich es wochenlang einfach übersehen habe.«

»Genau wie bei uns«, rief Monteiro aufgeregt aus. »Unser Artefakt tauchte nur kurze Zeit nach Ihrem auf. Es erschien praktisch aus dem Nichts an einer historischen Dampfmaschine, die 1909 gebaut worden, und seit mehr als 50 Jahren im städtischen Museum zu besichtigen war. Die Museumsaufseher fingen schon an, an ihrem Verstand zu zweifeln. Mehr als unwahrscheinlich, dass es in all den Jahren niemand gesehen hat.«

»Sehr seltsam, dass sie annähernd zeitgleich auftauchen«, räsonierte Tellier. »Wir müssen wahrscheinlich davon ausgehen, dass es noch weitere Artefakte gibt.«

»Da treffen Sie wohl genau ins Schwarze«, stellte Monteiro fest, »nur wenige Stunden nach unserer Pressekonferenz und der elektronischen Publikation der Fachartikel meldete sich mein Kollege Haschimoto von der Universität Hiroshima per Mail bei mir, der ein ähnliches Artefakt an einem Ford Model T aus dem Jahr 1908 gefunden hat. Auch dieses Exemplar war seit Jahren in einem Museum ausgestellt und niemand hat es bemerkt. – Dieses Foto hat er mitgeschickt.«

Das Foto, das Monteiro auf den Tisch legte, zeigte die Kühlerhaube des Oldtimers von Ford, an dessen Seite an prominenter Stelle ein Artefakt von vergleichbarer Farbe und Größe prangte.

»Das sind zu viele parallele Ereignisse auf einmal als dass es sich um Zufälle handeln kann« fasste Tellier die Worte Monteiros zusammen. »Wir haben es offenbar mit weltweiten Erscheinungen zu tun und müssen wirklich davon ausgehen, dass die Anzahl existierender Artefakte sehr viel höher liegt.«

»Aber wer reist um die ganze Welt und klebt Unbihexium-Artefakte auf historische Maschinen? Und vor allem, warum?«

»Wohl kaum um Öffentlichkeit herzustellen. Dazu sind weder Museen, geschweige denn Ihr Amsterdamer Antiquitätengeschäft der richtige Ort«, schlussfolgerte Monteiro.

»Eine Gemeinsamkeit besteht jedoch darin, dass alle Artefakte an technischen Geräten oder Maschinen befestigt sind, die zu den avanciertesten ihrer Zeit gehörten, ganz gleich ob sie von einer Schreibmaschine, einem Dampfkessel oder einem Automobil ausgehen.«

»Es gibt noch eine Gemeinsamkeit« ergänzte Monteiro, »auch wenn sie nicht auf den ersten Blick ins Auge fällt: An unserer geologischen Fakultät beobachten wir seit einigen Tagen die Probleme, die der weltweite Waren- und Personenverkehr mit der GPS-Satellitennavigation hat. Vielleicht haben sie die Berichterstattung in den Medien verfolgt. Die Entfernungen werden von GPS in bestimmten Bereichen zu kurz bemessen. Die Abweichungen sind nicht riesig aber summieren sich gerade bei längeren Strecken auf. Dabei ist das Phänomen keineswegs gleichmäßig, sondern tritt lokal gebündelt in Erscheinung.«

Monteiro trat an eine Weltkarte, die an der Wand des Labors hing und wies auf verschiedene Orte.

»Zu den besonders betroffenen Gebieten gehören die japanische Insel Honshu entlang einer Linie von Masuda bis Iwakuni, der europäische Kanal zwischen Dover und Calais sowie ein bislang unbekanntes Tal zwischen den Ortschaften Sigchos und San Miguel, nur ungefähr 100 Kilometer von hier. Also praktisch vor unserer Haustür.«

»Ich sehe da keinen Zusammenhang mit unserem Unbihexium« entgegnete Elodie Tellier gelangweilt.

Van Dijk sprang Monteiro zur Seite:

»Ich schon. Mal ganz abgesehen von dem zeitlichen Zusammentreffen des Auftauchens von Unbihexium und den geographischen – na sagen wir mal – Verwerfungen, ist der lokale Bezug augenfällig: Die Linie Matsuda-Iwakuni liegt zwischen dreißig bis fünfzig Kilometer von Hiroshima entfernt. Von Amsterdam bis zum Kanaltunnel sind es geschätzt 270 Kilometer Luftlinie und das neue Tal zwischen Sigchos und San Miguel sind es zwischen 70 und 100 Kilometer, also relativ nah an Quito.«

Tellier starrte ihn unverwandt an: »Das ist doch nicht möglich. Glauben Sie wirklich an eine Verbindung zwischen den Artefakten und den unentdeckten Gegenden?«

»Denken Sie an unser Erlebnis im Eurotunnel. Eine plötzliche Verlängerung des Tunnels um 20 Kilometer liegt außerhalb jeder vernünftigen Erklärung. Dennoch haben wir es beide erlebt.« Telliers Gesicht verriet, wie die Gedanken in ihrem Kopf rasten. Und van Dijk fiel auf, dass er sie zum ersten Mal sprachlos erlebte.

»Wenn Sie möchten, können Sie sich schon bald ein Bild von der Lage vor Ort machen. Ich habe für morgen früh zwei Geländefahrzeuge der Universität bestellt, die uns in das betreffende Tal – es hat noch keinen Namen – bringen werden, damit wir ein paar geodätische Vermessungen und geologische Untersuchungen vornehmen. Wenn Sie möchten, können Sie uns gern begleiten.«

Tellier nickte schweigend. – Monteiro hatte van Dijk und Tellier vorsorglich ein Gästehaus in der Nähe der Universität reserviert und gab einige Essensempfehlungen, die sie jedoch wegen der fortgeschrittenen Zeit nicht wahrnehmen würden. Gegen 7 Uhr in der Frühe sollten die Geländefahrzeuge sie an der Unterkunft abholen.

Kapitel 10: Niemandsland

Beim Frühstück war van Dijk allein. Kaum im Gästehaus eingecheckt hatte sich Elodie Tellier auf ihr Zimmer zurückgezogen und war nicht mehr aufgetaucht. Auf eine SMS, die van Dijk ihr am Abend zugeschickt hatte, antwortete sie nicht. Die Nacht im Gästehaus würde van Dijk noch lange in schlechter Erinnerung behalten. Nicht nur, dass sich der Jet Lag überdeutlich bemerkbar machte, obendrein meldete sich die Migräne zurück, sobald er sich auf das Bett gelegt hatte: Ein stechender Schmerz, den er nicht näher lokalisieren konnte. Seine Schmerztabletten gingen langsam zur Neige, so dass er mit Blick auf spätere Attacken auf die Einnahme diesmal lieber verzichtete. Das Grübeln und die Spannung auf den kommenden Tag taten ein Übriges, um van Dijk einen denkbar schlechten Start in den Tag zu bescheren. Als er sich zehn Minuten vor 7 Uhr von seinem Frühstücksplatz erhob, sah er Tellier im Foyer vor dem Ausgang stehen. Im Unterschied zu ihrer geschäftsmäßig eleganten Kleidung, die sie üblicherweise wählte, trug sie nunmehr eine wetterfeste Kapuzenjacke und feste Wanderschuhe, dazu einen kleinen Rucksack. Insgesamt war sie auf die anstehende Exkursion viel besser vorbereitet als van Dijk, der in seinem Koffer nur eine kleine Auswahl von Kleidungsstücken bei sich hatte. Er fragte sich, ob er mit seinem Sakko, der Stoffhose und den Straßenschuhen passend angezogen war. Elodie Tellier, die ihn ebenfalls musterte, schien denselben Gedanken zu haben. Aber was nicht mehr zu ändern war, musste man wohl hinnehmen und das Beste daraus machen. Angesichts seiner starken Kopfschmerzen hatte van Dijk ohnehin keine großen Erwartungen an den Tag.

Sie begrüßten sich knapp und traten gemeinsam vor die Hoteltür. Draußen war es noch frisch, aber die Sonne war bereits aufgegangen und beide spürten ihre wärmenden Strahlen durch den Stoff ihrer so unterschiedlichen Jacken. Schweigend blickten sie die Straße auf und ab, die noch weitgehend unbelebt und ruhig vor ihnen lag.

»Das Unbihexium scheint sich zu einem Allerweltsstoff zu entwickeln«, stellte Tellier mit dem Ausdruck deutlicher Enttäuschung fest, »es gibt offenbar neue Funde auf Borneo und im Sudan.«

»Ach«, antwortete van Dijk, der sich seit ihrer Ankunft in Quito noch nicht wieder ins Internet eingeloggt hatte.

»Da können wir uns mit Ihrem Fund nur noch hinten anstellen. Schon blöd, dass wir gerade jetzt in Quito sind und uns die Ausstattung für weitere Untersuchungen fehlt. Aber immerhin brauchen wir uns jetzt auch nicht mehr so sehr vor Geheimdiensten oder irgendwelchen dunklen Mächten zu fürchten.«

Van Dijk nickte, aber angesichts der sich überstürzenden Ereignisse und vielfältigen Eindrücke der vergangenen Tage hatte er den Gedanken an mehr oder weniger ruchlose und böse Mächte, die nach ihrem Artefakt trachteten, ohnehin erfolgreich verdrängt.

Van Dijk verstand allerdings sofort, dass Telliers Pläne, sich mit dem Unbihexiumfund einen Karriereschub zu verschaffen, inzwischen in Luft auflösten, was ihre Frustration und Unlust erklärte. Er versuchte, sie etwas aufzumuntern:

»Aber wenn es tatsächlich einen Zusammenhang zwischen den Artefakten und lokalen Phänomenen geben sollte, haben Sie eine gute Chance, sich mit neuen Erkenntnissen wieder an die Spitze der Debatten zu setzen.«

Bevor Tellier darauf etwas entgegnen konnte, bogen zwei lautstarke Fahrzeuge mit übergroßen Rädern um die Straßenecke. Sie waren hellgrau gestrichen und trugen das Logo der Universität Quito. Aus jeweils zwei großen Auspuffrohren, die vertikal nach oben zeigten, bliesen beide Fahrzeuge schwarze Rauchschwaden in die Luft, die auf einen nicht unerheblichen Kraftstoffverbrauch hindeuteten. Aus dem vorderen Beifahrerfenster sah man eine Hand winken, und als sich das Fahrzeug näherte, erkannten die Wartenden das Gesicht Monteiros und eines seiner Assistenten am Steuer. Mit quietschenden Bremsen hielt das vordere Fahrzeug genau vor van Dijk und Tellier an.

»Taxi gefällig?«, grüßte Monteiro und strahlte über das ganze Gesicht, »heute schreiben wir Geschichte und nehmen das neue Land für Ecuador in Besitz. Ich darf Sie beide bitten, im vorderen Fahrzeug Platz zu nehmen. Das hintere Fahrzeug ist mit geodätischen Vermessungswerkzeugen und allerlei geologischem Werkzeug beladen. Da haben Sie es bei mir bequemer.«

Woher Monteiro nur seine penetrant gute Laune nahm? Für den Geologen war die Entdeckung des neuen Tals, dem er sich widmen konnte, sicher ungleich wichtiger als das Unbihexium-Artefakt. Das allein konnte es aber nicht sein. Mit geschäftsmäßigem Lächeln und ein paar flüchtigen Dankesgesten folgten van Dijk und Tellier seiner Bitte und stiegen zwei Stufen in die Fahrgastkabine hinauf. Auf der hinteren Bank war ausreichend Platz, um bequem zu sitzen, allerdings spürten sie schon beim ersten Anfahren die harte Federung des Fahrzeugs, die auch durch die Polster kaum abgemildert wurde. Die kleine Kolonne folgte gen Süden zunächst der Beschilderung E35 Richtung Ambado. Die spätsommerliche südamerikanische Sonne erhob sich allmählich über die Berge und van Dijk bedauerte, dass er im Unterschied zu allen anderen keine Sonnenbrille dabei hatte.

»Wie weit ist es bis wir zum neu entdeckten Tal kommen?« wollte Tellier wissen.

»Etwas mehr als 100 Straßenkilometer. Allerdings müssen wir schon nach rund 65 Kilometern die Ausbaustrecke verlassen und dann nach Westen abbiegen. Da wird die Fahrbahn schlechter und über weite Strecken einspurig. Das wird uns ganz schön Zeit kosten. Unmittelbar hinter Sigchos wendet sich die Straße nach Süden und führt uns teilweise durch das neue, bisher unentdeckte Tal.« Mit ausgebreiteten Armen zitierte er lachend Star Trek:»Gehen wir also dorthin, wo noch nie zuvor ein Mensch gewesen ist!«

»Die Straße führt uns durch das neuentdeckte Tal?«, fragte van Dijk erstaunt zurück.»Wie ist das möglich?«

»Genau das wollen wir heute herausfinden. Hinter Sigchos ähneln die Straßen eher Feldwegen und verlaufen wegen der Bergketten in nord-südlicher Richtung. Es gibt nur wenige Wege durch das neuendeckte Tal, aber es gibt sie. Auch berichten die Einheimischen, dass die Straße von Sigchos nach Zumbagua mehrere neue kurvige Streckenkilometer aufweisen soll, die die Einheimischen noch nie zuvor gefahren sein wollen. Alles sehr mysteriös. Soweit wir wissen erstreckt sich das Phänomen über mindestens 110 Kilometer, ist wahrscheinlich aber noch länger.«

»Wie wollen Sie vorgehen?« fragte Tellier.

»Nun, ab Sigchos werden wir sehr empfindliche GPS-Empfänger aktivieren, die uns bis auf den Meter genau anzeigen können, ob wir uns auf bereits kartographiertem Land befinden. Diese Präzision steht normalerweise nur dem Militär zur Verfügung. Für uns wurde kurzfristig eine Ausnahme gemacht. Dann wollen wir die Fauna und Flora des neuen Landstrichs in Augenschein nehmen, ob sie Besonderheiten aufweist. Im Übrigen planen wir die Entnahme von Bodenproben zur weiteren geologischen Untersuchung. Ein bisschen komme ich mir schon vor, wie ein Entdecker aus früheren Jahrhunderten.«

»Allerdings mit einer etwas besseren Ausrüstung«, scherzte der Fahrer des Fahrzeugs.

»Ach ja«, ergänzte Monteiro.»Darf ich Ihnen auch gleich meinen Assistenten José vorstellen, der nicht nur am Steuer dieses Fahrzeugs sitzt, sondern darüber hinaus in Sigchos geboren und aufgewachsen ist. Glauben Sie mir, der kennt die Gegend wie seine Westentasche. – Alles Weitere wird sich dann vor Ort ergeben.«

Wegen des enormen Lärmpegels, den die Dieselmotoren der beiden Fahrzeuge und die überdimensionierten Reifen auf der zunehmend unebenen Fahrbahn verursachten, wurde im weiteren Verlauf der Fahrt kaum mehr gesprochen. Man merkte dem Fahrer an, dass er mit der Wegstrecke sehr vertraut war. Sie kamen nicht nur gut voran, sondern mussten sich gerade auf der Rückbank immer wieder an Haltegriffen festklammern, um nicht durch den halben Fahrgastraum geschleudert zu werden. Van Dijk fragte sich, wie viele blaue Flecken er wohl schon davongetragen haben mochte.

Die Ortschaft Sigchos bestand fast ausschließlich aus ein- bis zweigeschossigen Wohnhäusern, deren Gärten von ungestrichenen Betonmauern umrahmt waren. Alle Straßen waren rechtwinklig angelegt. Einen eigentlichen Ortskern gab es nicht, was wohl auch daran lag, dass im Ort keine Kirche zu finden war. Ein paar halb verrostete Wegweiser wiesen zur Stierkampfarena, die sie allerdings links liegen ließen und der Hauptstraße weiter folgten, die innerorts mit sechseckigen Steinen gepflastert war. Van Dijks Freude über die nachlassende Rüttelei wurde sogleich durch die enorme Lautstärke getrübt, die das Pflaster im Fahrzeug verursachte. Sie passierten zwei knallbunt lackierte Fernseh-Übertragungswagen, die am Rand der Hauptstraße ihre Sendeantennen aufgebaut hatten und wie Fremdkörper im schmucklosen Ortsbild wirkten. Dazu gesellten sich mehrere Kamerateams, deren Mikrofone auf die wenigen Einheimischen gerichtet waren, die sich auf die Hauptstraße verirrt hatten und bereitwillig Auskunft gaben. Am Ortsausgang parkten ein Militärtransporter und ein gepanzertes Fahrzeug, dessen Reifen ebenso groß waren, wie die ihrer kleinen Kolonne. Die Soldaten folgten ihnen mit Blicken, aber niemand machte Anstalten, sie zu kontrollieren oder nach ihren Absichten zu fragen.

Die Ortsgrenze wurde durch den erneuten Wechsel hin zur Schotterstrecke markiert. Das Fahrzeug fuhr nun allerdings deutlich langsamer, was van Dijks Gelenke dankbar zur Kenntnis nahmen. Monteiro aktivierte das Spezial-GPS-System und verfolgte aufmerksam das Signal und die angezeigten Koordinaten, deren letzte Nachkommastellen rasch wechselten. Nach circa zweieinhalb Kilometern passierten sie eine kleine Brücke. José hielt das Fahrzeug an und wies mit der Hand nach vorne. Er war sichtlich aufgeregt und sprach einige spanische Worte zu Monteiro. Der übersetzte:

»José erinnert sich gut daran, dass die Straße gleich hinter der Brücke eine scharfe Linkskurve machen müsste, aber schauen Sie selbst.« Tellier und van Dijk blickten nach vorn, wo sich die Schotterpiste nach mehreren Hundert Metern geradeaus hinter einer Bergkuppe verlor. Van Dijk beugte sich über Monteiros Schulter und warf einen Blick auf das GPS-Display.

»Das entspricht doch genau dem, was auch das GPS anzeigt. Ist José sich da ganz sicher?«

»Es stimmt, der Straßenverlauf wird korrekt angezeigt, aber merkwürdig ist die Darstellung trotzdem.« Van Dijk fiel nichts Besonderes auf.

»Achten Sie auf die Höhenlinien. Hinter uns werden sie korrekt angezeigt. Vor uns fehlen sie einfach.«

José hatte das Fahrzeug inzwischen am Straßenrand geparkt. Auch das zweite Fahrzeug hatte sich hinter ihm eingefädelt. Als der Motor stoppte war Tellier die erste, die das Fahrzeug verließ. Mit einem kleinen Schlusssprung stand sie auf der Schotterpiste und folgte langsam dem Straßenverlauf. Van Dijk, Monteiro und José folgten ihr im Abstand von etwa einem Meter. Die Temperatur betrug auf der Höhe von Sigchos angenehme 19° Celsius und der Himmel war stahlblau und mit kleinen Schönwetterwolken gespickt. Van Dijk sog die frische Luft tief ein und lauschte der windstillen Umgebung, in der er außer den Schritten der kleinen Gruppe keine Geräusche ausmachen konnte.

»Wo genau enden die Höhenlinien?«, fragte Tellier Monteiro, der das Spezial-GPS auf seinen Rücken geschnallt und eine höhere Auflösung für den Maßstab eingestellt hatte.

»Sie stehen ungefähr einen halben Meter auf nicht kartographisch erfasstem Gebiet.«

»Das fühlt sich aber ganz normal an. Ich kann nichts Besonderes feststellen. Unser *Niemandsland* fügt sich nahtlos in die bekannte Umgebung ein.«

Monteiro fand, dass ‚Niemandsland' ein sehr passender Begriff für das Phänomen sei und machte ein paar Schritte nach vorn. Dabei überholte er Tellier.

»Merkwürdig. Die Straße ist im GPS offenbar korrekt eingetragen, aber alle anderen Landschaftsmarken fehlen. Ich würde vermuten, dass dies Fehler der Geodäten sind, die ungenau gearbeitet haben, aber etwas anderes macht mir zu schaffen.«

Van Dijk schaute ebenfalls auf das sehr aufgeräumte Display, konnte aber nichts Ungewöhnliches darauf erkennen.«

»Schauen Sie auf die Koordinaten hier oben links. Da müssten die genauen GPS-Koordinaten angegeben werden...«
Van Dijk erinnerte sich: Während der Fahrt veränderten sich die Nachkommastellen in schnellem Wechsel. Jetzt waren hier nur waagerechte Striche zu sehen.

»Kann es sein, dass wir hier keinen Empfang zu den GPS-Satelliten haben?«
Monteiro wechselte die Bildschirmdarstellung.

»Wir empfangen das Signal von sechs Satelliten. Das ist mehr als genug für eine sichere Positionsbestimmung.« Nach kurzem Nachdenken fügte er hinzu:

»Dann kann es keine geodätische Schlamperei sein. Es kann nur bedeuten, dass das Land, auf dem wir stehen, von der

GPS-Triangulation nicht erfasst wird. Mit anderen Worten: Es existiert für GPS einfach nicht.«

»Aber wie kommt es dann, dass die Straße hier auf dem Display korrekt erscheint, quasi im Niemandsland?« fragte Tellier, die genauso verblüfft auf das Display starrte, wie die anderen Umstehenden auch. Der Ausdruck ‚Niemandsland‘, den Tellier ersonnen hatte, gefiel offensichtlich nicht nur van Dijk, denn die anderen Mitglieder der kleinen Expedition benutzten ihn fortan ebenfalls.

»Sehr gute Frage«, entgegnete Monteiro, »auf die ich absolut keine Antwort habe. Die Existenz dieses Niemandslands ist ebenso bizarr wie der Verlauf der Straße, den wir nicht nur direkt vor uns, sondern auch auf dem Display korrekt abgebildet finden.«

»Hier ist so ziemlich gar nichts korrekt«, warf Monteiros Assistent José ein, der bislang geschwiegen hatte und ziemlich blass aussah. »In dieser Gegend habe ich praktisch meine gesamte Jugendzeit verbracht. Erst vor vier Jahren habe ich Sigchos verlassen, um in Quito Geographie zu studieren. An diesem Ort kenne ich jeden Stein. Manchmal komme ich in klaren Nächten hier heraus, um mit meinem tragbaren Teleskop die Sterne zu beobachten. Hier draußen gibt es praktische keine Ortschaften und daher kaum künstliches Licht. Optimale Bedingungen für Hobbyastronomen. In all den Jahren hat sich hier nur wenig verändert. Ich parke meistens dort drüben, aber dieser Straßenverlauf hier ist mir vollkommen fremd. Er müsste hinter der Brücke eine scharfe Linkskurve machen. Stattdessen steht da drüben diese Baumgruppe, die ich noch nie gesehen habe. Die Bäume brauchen doch Jahrzehnte, um so groß zu werden. Allmählich zweifle ich an meinem Verstand …«

»Beruhigen Sie sich doch bitte«, wandte sich van Dijk an den bleichen Assistenten, »Ihre subjektiven Erinnerungslücken werden ja von der GPS-Technik durchaus bestätigt. Diese Gegend, die Ihnen völlig fremd ist, erscheint ja auch im GPS als

Niemandsland. Mit Ihnen ist alles in Ordnung. Dennoch ist die Situation mehr als rätselhaft. Woher kommt plötzlich dieser Landstrich, den Einheimische ebenso wenig kennen wie die moderne Navigationstechnik, und weshalb läuft die Straße quer durch das Niemandsland?«

In das Schweigen der Umstehenden mischten sich leise Motorengeräusche, die allmählich anschwollen. Sie kamen aus der Richtung der Bergkuppe, hinter der die Straße verschwand. Alle blickten gebannt in Richtung des Geräuschs. An der Kuppe wurde ein weißes Autodach sichtbar, das sich nur wenige Augenblicke später als Teil eines weißen Lieferwagens entpuppte. Laut Werbeschriftzug an der Fahrzeugseite gehörte es zu einem Klempnerei- und Installateurservice aus Zumbagua, einem Ort der ungefähr auf halber Strecke zwischen Sigchos und San Miguel lag. Der Fahrer grüßte mit einem Handzeichen als er die Gruppe am Straßenrand passierte.

»Das ist in gewisser Weise die Antwort«, murmelte Tellier leise aber doch hörbar vor sich hin, »dieses Niemandsland existiert ganz offensichtlich schon seit langer Zeit. Betrachten Sie bitte die Vegetation, die sich nicht von der jenseits der Brücke unterscheidet. Dennoch haben die Einheimischen keine Notiz von ihm genommen. Und obendrein ist die Straße gebaut und genutzt worden, um Sigchos mit San Miguel zu verbinden.«

Und zu van Dijk gewandt setzte sie hinzu: »Denken Sie doch nur an den Eurotunnel. Der ist auch 20 Kilometer zu lang, ohne dass es über Jahrzehnte irgendjemandem aufgefallen wäre. Allerdings liegt er viele Meter unter dem Meeresgrund. Auch er dient der Verbindung von A nach B, allerdings fällt die überbrückte Entfernung wegen der Gleichförmigkeit des Meeresbodens bzw. der Tunnelröhren hier niemandem auf. In dieser immerhin schwach bewohnten Gegend liegt der Fall anders.«

Van Dijk erkannte sofort die Plausibilität der von Tellier festgestellten Analogie. Monteiro schüttelte jedoch vehement den Kopf und gab zu bedenken:

»Soll das heißen, dass die Fahrzeuge schon seit vielen Jahren auf dieser Straße durch das Niemandsland gekurvt sind, und die Fahrer sie nicht wahrgenommen haben, also quasi bewusstlos waren? Das ist doch lächerlich.«

»Es würde zumindest erklären, weshalb sie die Straße als rote Linie auf ihrem Display erkennen, während alle übrigen Landschaftsmarken fehlen. Soweit ich weiß, werden die Fahrzeugbewegungen von GPS systematisch erfasst. Und bei den zahlreichen Navigationssignalen, die normalerweise zwischen San Miguel und Sigchos erfasst werden, fügt ein automatischer Algorithmus den potentiellen Straßenverlauf hinzu. Ich frage mich nur, wieso das bei den regelmäßigen Qualitätskontrollen durch GPS-Mitarbeiter niemandem aufgefallen ist.«

Monteiro wurde langsam ungehalten: »Das setzt aber voraus, dass die Straße schon seit etlichen Jahren vorhanden ist und von den Einwohnern nicht bemerkt wurde, obwohl sie auf ihr fröhlich von Stadt zu Stadt geeilt sind. Wollen Sie das sagen?«

Van Dijk kam Tellier zu Hilfe: »Mit der Straße verhält es sich so ähnlich wie mit der Baumgruppe dort drüben. Auch die sieht José ja heute zum ersten Mal, obwohl die Bäume dort mindestens dreißig wenn nicht vierzig Jahre alt sind. Wie wollen Sie das denn erklären?«

Monteiro schwieg nachdenklich und blickte zu der Baumgruppe herüber. Schließlich lächelte er und meinte versöhnlich: »Solange wir hier Wurzeln schlagen, kommen wir den Geheimnissen des Niemandslands sicher nicht auf die Spur. Ich würde vorschlagen, dass wir uns die Baumgruppe einmal näher ansehen. Aber seien Sie alle vorsichtig. Wir wissen nicht, welche Überraschungen es noch für uns bereit hält. Gehen Sie langsam und halten Sie Augen und Ohren offen. Sobald jemand etwas Ungewöhnliches bemerkt, informiert er die anderen.«

Die Mitarbeiter im zweiten Fahrzeug luden derweil ein Bohrgestänge aus dem Fahrzeug und bauten es ca. 200 Meter hinter der Brücke auf. Ein weiterer Assistent trug ein Vermessungsinstrument und eine rot-weiße Bake zurück zur Brücke und begann damit, die Grenze zum Niemandsland und die dahinter liegende Gegend zu kartographieren.

Die Gruppe um van Dijk, Tellier und Monteiro setzte sich in Bewegung und ging zunächst ein Stück die Straße hinab Richtung Bergkuppe. Erst in rund 200 Metern würde man sie verlassen, um dann querfeldein direkt auf die Baumgruppe zuzugehen. Niemandem entging, dass der Zustand der Straße im Niemandsland deutlich schlechter war als vor der Brücke. Es machte den Eindruck, dass sie schon seit sehr langer Zeit nicht mehr ausgebessert worden war. Van Dijk trat in ein mit Wasser gefülltes Schlagloch, das tiefer war als er erwartet hatte. Er spürte wie das Wasser über den Rand seiner Straßenschuhe lief und bekam einen nassen Fuß. Leise fluchend ging er weiter. Etwas weiter schwenkte die Gruppe dann nach links und ging einer nach dem anderen im Abstand von ca. einem Meter auf die Baumgruppe zu.

Abseits der Straße gab es keine erkennbaren Wege oder Trampelpfade, und die kleine Gruppe musste sich ihren Weg durch unterschiedlich hohe Büsche bahnen, die teilweise mit großen Dornen bewehrt waren. Prompt zog sich van Dijk einen kleinen Riss in seiner Straßenhose zu.

»Auch das noch«, hörte Tellier ihn leise zischen. Ihr Blick ruhte derweil auf den Baumkronen: »Was ist das dort oben in der Krone? Sieht aus wie ein Korb oder eine Tasche.« Sie deutete mit dem Finger auf einen Baum etwas abseits der Baumgruppe. Es war grau-braun und hatte ein Loch, das in ihre Richtung wies.

José entdeckte es ebenfalls: »Das ist das Nest eines weißfüßigen Horneros. Diese Vögel bauen ihre Nester aus Matsch und kleinen Zweigen. Es hat eine Höhlenform, die das Gelege vor den teilweise heftigen Regengüssen in dieser Gegend schützt.«

»Ganz schön aufwändig.« erwiderte van Dijk.

»Stimmt schon«, ergänzte José, »dafür nutzen die Vögel es aber auch über viele Jahre hinweg und bessern es immer wieder aus. Das Nest da oben ist relativ groß. Es wird schon ein paar Jahre in Benutzung sein.«

Tellier stutzte: »Moment mal. – Wenn die Horneros, oder wie diese Vögel heißen, sich hier quasi häuslich niedergelassen haben, heißt das, dass sie das Niemandsland nicht nur wahrgenommen, sondern auch für ihre Brutzwecke benutzt haben. – Da haben sie uns Menschen offenbar einiges voraus.«

»Korrekt«, pflichtete van Dijk bei, »die Fauna und Flora zeigen ganz klar, dass das Niemandsland nicht plötzlich aus dem Nichts entstanden ist, sondern schon seit langer Zeit an dieser Stelle existiert. Wahrscheinlich ebenso lange, wie die Umgebung, durch die wir angereist sind.«

Und Monteiro fügte hinzu: »Dann ist das alles hier der menschlichen Wahrnehmung entzogen worden, und zwar ausschließlich der menschlichen... Aber wie können Generationen von Einheimischen das alles übersehen haben? Und darüber hinaus: Warum können wir es plötzlich doch sehen?«

»Das sind im Moment die zentralen Fragen« bestätigte Tellier und folgte mit ihren soliden Wanderschuhen Monteiro, der die kleine Gruppe anführte. Van Dijk tat sich in seinen nassen Straßenschuhen deutlich schwerer und fiel etwas zurück. Alle lauschten auf die Umgebungsgeräusche, in die sich neben dem intensiven Zwitschern zahlreicher Vögel auch das Surren vieler Insekten und dem Knacken von Zweigen in mittlerer und weiterer Entfernung mischte, ohne dass allerdings die zugehörigen Tiere zu sehen waren. Am Rande der Baumgruppe angekommen wurde deutlich, dass es sich eher um einen mittleren Wald handelte, der sich aus unterschiedlichen Baumarten zusammensetzte.

»Hier hat sich seit mindestens hundert Jahren kein Forstwirt mehr blicken lassen«, warf Monteiro ein, der sich mit einem aufgesammelten Knüppel einen Weg in das Gestrüpp und Unterholz bahnte. Die anderen hielten sich in der von ihm gebahnten Spur. Nach ein paar Metern stoppte er unvermittelt und blickte angestrengt schräg nach rechts.

»So ganz menschenleer scheint es hier doch nicht zu sein«, stellte er überrascht fest und wies mit der Hand in seine Blickrichtung. Van Dijk beschleunigte seine Schritte und wäre dabei fast über eine Baumwurzel gestolpert, als er rund 30 Meter voraus eine Tür erblickte, die vor langer Zeit einmal blau gestrichen gewesen sein musste. Vorsichtig und wortlos näherte sich die Gruppe der Tür und versuchte dabei, so wenig Geräusche wie möglich zu machen. Erst als sie unmittelbar vor der Tür standen, konnten sie erkennen, dass es sich um eine kleine Holzhütte handelte, die von vielen Pflanzen umrankt und von dichtem Blattwerk verdeckt war. Auf ungefähr halber Höhe der Tür baumelte ein altmodisches Vorhängeschloss offen an einem halb verwitterten und stark verrosteten Schließbügel. Die kleinen Scheiben des scheinbar einzigen Fensters waren von kleineren Ästen eingedrückt und zersplittert, die Rahmen verwittert. Das Dach bestand aus dünnem Blech und schien an mehreren Stellen durchgerostet zu sein. Durch das marode Dach fiel nur wenig Licht ins Innere, so dass man durch das Fenster kaum etwas erkennen konnte.

»Da war offenbar schon länger keiner mehr zuhause«, sagte José als er gemeinsam mit den anderen Assistenten versuchte, die Tür zu öffnen. Herabhängende Teile des Dachblechs und dicht gewucherte Sträucher erschwerten es der kleinen Gruppe, sich durch die Tür, die nach außen zu öffnen war, den Weg ins Innere zu bahnen. Schließlich gaben die

Scharniere, die im morschen Holzrahmen steckten, nach, und sie hielten die Tür in ihren Händen. Gemeinsam warfen die Männer sie unsanft neben die Hütte auf den Boden. Tellier und Monteiro blickten in die Dunkelheit. Durch die kleinen Löcher im Dach fiel zu wenig Licht und der Helligkeitskontrast zwischen Innen und Außen war zu hart, um irgendetwas erkennen zu können. Monteiro zog seine Taschenlampe aus dem Gürtelhalter und richtete den gebündelten Lichtstrahl auf die der Tür gegenüberliegende Wand. Hier hoben sich ein Regal voll mit Töpfen und Pfannen und anderen Kochgerätschaften ab. Daneben stand ein eiserner Holzofen, der offenbar einem kleineren Säugetier als Behausung gedient hatte. Ein Tisch, ein Stuhl, eine hölzerne Pritsche und eine relativ gut erhaltene Truhe aus hartem Tropenholz vervollständigten die spärliche Einrichtung. Alles war sehr schlicht und stand auf einem Boden aus festgetretenem Lehm, der durch unterschiedlich große Pfützen aufgeweicht war.

»Wie lange die Hütte wohl schon leer steht?« fragte van Dijk in die Runde.

»Angesichts der Vegetation und des Verfalls würde ich auf rund 100 Jahre tippen«, antwortete José.

»Viel wichtiger als das Alter ist die Tatsache, dass es die Hütte überhaupt gibt«, fiel ihm Tellier ins Wort. »Das bedeutet, dass das Niemandsland keineswegs immer der menschlichen Wahrnehmung entzogen war. Irgendjemand muss das schließlich gebaut und genutzt haben.«

Monteiro machte sich inzwischen an der Truhe zu schaffen, während José ihm mit der Taschenlampe leuchtete. Sie war nicht verschlossen, hatte aber einen komplizierten Schließmechanismus, mit dem er nicht vertraut war. Schließlich gelang es ihm, den Deckel der schweren Truhe anzuheben, der dies mit einem grauenvollen Quietschen quittierte. Mit einem zufriedenen Lächeln blickte er hinein. Sie war angefüllt mit Leinentüchern und Kleidungsstücken aus Naturfasern, die in teilweise sehr schlechtem Zustand waren. Der Stoff war löcherig und die Farben verblasst, obwohl sie keinem direkten Licht ausgesetzt waren. Dazwischen lag eine zylindrische Flasche aus dunkelbraunem Glas mit kurzem Hals, deren Etikett kaum mehr lesbar war. Monteiro öffnete den Wachsverschluss und führte die Flasche zur Nase.

»Schwarzpulver«, stellte er ohne zu zögern fest und reichte die Flasche an Tellier weiter.

»Also ist das wahrscheinlich eine Jagdhütte gewesen«, schlussfolgerte Tellier: »Gibt es Hinweise auf den Besitzer?«

»Bisher leider nicht«, antwortete Monteiro und durchwühlte den unteren Teil der Truhe. »Moment, hier ist ein Stück Papier«, stellte er fest, förderte eine alte Zeitung nach oben und hielt sie in den Lichtstrahl der Taschenlampe.

»Oh. Eine mächtig alte Ausgabe von ‚El Comercio‘. Das ist eine der ältesten Zeitungen in Ecuador. Die müsste ungefähr um 1906 gegründet worden sein und erscheint auch heute noch. Das Datum dieser Ausgabe ist stark vergilbt. José, kannst Du mal auf den Zeitungkopf leuchten. Ah ja, 19. Juni 1908. Donnerwetter. Das ist wirklich alt. Diese Ausgabe gehört in ein Museum.«

»Das passt genau zu den Sachen, die wir hier gefunden haben«, fügte José hinzu. »Sieht so aus, dass seit mehr als 100 Jahren niemand mehr hier war.«

»Das kann zwei Dinge bedeuten«, fasste Tellier zusammen. »Entweder, dass die Gegend hier im Jahr 1908 noch kein Niemandsland war und irgendwann später ‚verschwand‘, oder dass es Menschen gab, für die das Niemandsland zu keiner Zeit unsichtbar war, und die es zum Beispiel zur ungestörten Jagd nutzten.«

Van Dijk schüttelte den Kopf: »Gegen die zweite Möglichkeit spricht der Umstand, dass die Hütte offenbar mit einem Schloss gesichert war. Außerdem ist dann unklar, weshalb wir keine Anzeichen für eine Nutzung der Hütte nach 1908 finden können. – Gegen die erste Möglichkeit spricht die Konsequenz, dass es dann so etwas wie eine kollektive Amnesie gegeben haben müsste: Alle Einheimischen müssten die Existenz dieser Gegend und auch der Hütte schlicht vergessen haben. Beides ist nicht plausibel.«

Tellier griff seinen Gedanken auf: »Sicher ist nur, dass das Niemandsland real ist und sich bislang nicht von der Umgebung unterscheidet. Wie uns José bestätigt, war es der menschlichen Wahrnehmung zumindest viele Jahre entzogen und ist erst seit kurzem wieder zugänglich. Die Frage ist doch vor allem, was hat das Verschwinden und Vergessen ausgelöst und wieso ist es für uns so plötzlich wieder sichtbar? «

Schnell war man sich einig, dass man tiefer in das Niemandsland vordringen müsse. Angesichts der schon fortgeschrittenen Zeit, wollte man hierzu die Fahrzeuge benutzen. Monteiros Assistenten verstauten einige Stoffreste, die Flasche mit dem Schwarzpulver und die Zeitung in ihren Rucksäcken und man machte sich auf den Rückweg zur Straße. Dort angekommen deponierte man die Rucksäcke neben einigen Bodenproben, die von Monteiros Mitarbeitern inzwischen in dafür vorgesehenen Behältern gesammelt worden waren, und setzte die Fahrt fort.

Tellier und van Dijk wurden vom schlechten Zustand der Straße unsanft an die zahlreichen blauen Flecken erinnert, die sie sich bis dahin bereits zugezogen hatten. Wie gebannt blickten sie nach vorn und folgten dem Verlauf der Schotterpiste, die sich bis zur Hügelkuppe vor ihnen verjüngte. Als sie die Kuppe erreichten erblickten sie eine ausgedehnte Hochebene, über die sich der Straßenverlauf in leichten Windungen fortsetzte. Links und rechts erstreckte sich eine seit langem unberührte Wildnis und es gab keinerlei Zeichen für menschliche Zivilisation. Weder zeigten sich Bauwerke, irgendwelche Schilder oder sonstige Anzeichen landschaftlicher Kultivierung. Mehrere kleinere Bachläufe bildeten Furten, die sie mit den geländegängigen Fahrzeugen leicht durchqueren konnten. Die Vegetation setzte sich aus Pflanzen unterschiedlichen Alters zusammen: Alte Baumriesen waren ebenso zu finden wie frisches Grün, das sich offenbar erst seit vergleichsweise kurzer Zeit hier angesiedelt hatte. Nach wie vor zeigte das Navigationsgerät zwar den Verlauf der Straße sehr präzise an, doch es fehlten auch weiterhin alle Landschaftsmarkierungen wie Höhenlinien oder Bachläufe, die die Straße kreuzten. Auch die digitale Positionsanzeige blieb einfach auf Null. Nur selten kamen ihnen vereinzelte Fahrzeuge entgegen, deren Fahrer sich – genau wie sie – neugierig in der Landschaft umsahen.

»Wie weit sind wir jetzt schon ins Niemandsland hineingefahren«, fragte van Dijk nach einer Weile.

»Laut Tacho 18 Kilometer«, antwortete ihm José nach einem kurzen Blick auf die Armaturen. »Die Luftlinie lässt sich wegen der kurvigen Strecke aber nur schätzen.«

Einige Minuten später zuckte van Dijk zusammen, als Monteiro lauter als nötig unvermittelt »Da!« rief und mit dem Finger auf den oberen Rand des Navigationsdisplay zeigte: »Vor uns werden wieder Landschaftsmarken angezeigt!« Tatsächlich erschienen dort wieder ein Bachlauf und einzelne Höhenlinien. Als sie den Punkt erreichten und den Bachlauf durchquert hatten, stoppte José das Fahrzeug erneut und schaltete den Motor ab.

»Ab hier erkenne ich die Landschaft wieder: Die Straße windet sich nach links und umfährt einen alten Baum, auf dem ich als Jugendlicher mal ein Baumhaus entdeckt hatte.« Behände schnallte er sich ab, sprang vom Fahrzeug herunter und lief auf den Baum zu. Die anderen folgten ihm und blickten in die Krone, wo sie auf einer Astgabelung mehrere morsche Bretter erkennen konnten, die vor einigen Jahren sicher zu einem recht passablen Baumhaus gehört hatten.

»Von hier aus sind es nur noch wenige Kilometer bis Zumbagua«, seufzte der immer noch deutlich angespannte José, der sich nunmehr wieder auf bekanntem Terrain bewegte.

»Worüber ich mir wirklich Sorgen mache: Ich bin die Strecke in meinem Leben schon x-mal gefahren und trotzdem kenne ich die letzten 20 Kilometer überhaupt nicht. In meiner Erinnerung schließt sich diese Linkskurve direkt an die Brücke über den Bach an, hinter der wir gestoppt haben. Gab es das Niemandsland damals noch nicht, oder sind wir einfach alle – wie soll ich sagen – schlafgewandelt?«

Nach einer längeren Pause reagierte Van Dijk als erster: »Der Umstand, dass der Straßenverlauf im Navigationssystem recht genau verzeichnet ist, spricht dafür, dass die Einheimischen das Niemandsland entweder vergessen oder gar nicht wahrgenommen haben. Das Problem dabei ist allerdings die Zeit und die Kilometerzähler in den Fahrzeugen. Wenn das Niemandsland immer schon da war, musste der Zeitversatz durch die verlängerte Fahrtzeit doch registriert werden. Und auch die Kilometerzähler in den Fahrzeugen müssten doch zu viel angezeigt haben. Warum ist das niemandem aufgefallen?«

»Jetzt ist die Strecke von Sigchos nach Zumbagua jedenfalls 20 Kilometer länger als früher.« stellte José nach einem Blick auf den Kilometerzähler des Geländefahrzeugs fest.

Monteiro hatte bislang geschwiegen, meldete sich jetzt jedoch mit einem Resümee zurück: »Wenn das Niemandsland tatsächlich immer schon existierte, muss die menschliche Wahrnehmung kollektiv manipuliert worden sein. Und dies betrifft nicht nur die unmittelbare Sinneswahrnehmung, sondern auch die Erinnerung, sonst hätte man ja sein Verschwinden bemerkt. Obendrein müssen auch nachträgliche Parameter und Messungen wie Streckenkilometer oder Zeiträume dauerhaft verändert worden sein, um offensichtliche Diskrepanzen zu verbergen. Und schließlich: Wer hat die Fahrzeuge durch das Niemandsland gesteuert, wenn die Fahrzeugführer es ohne

Bewusstsein durchquerten? – Ich kenne jedenfalls keine Technologie, die zu einer solchen Fülle abgestimmter Manipulationen in der Lage wäre.«

Van Dijk knüpfte an Monteiros Überlegungen an:»Und wieso brechen diese Manipulationen plötzlich ab? Schließlich: Warum wurde das Niemandsland vor uns verborgen und von wem? Die offensichtlich koordinierten Manipulationen deuten immerhin auf ein absichtsvolles Handeln hin.«

Niemand widersprach. Bevor man Zumbagua erreichte, beschloss man zu wenden und sich auf den Rückweg nach Quito zu machen. Der Rückweg verlief ohne besondere Vorkommnisse. Sie passierten die Stelle, an der sie zuvor gehalten und die Hütte entdeckt hatten. Als sie wenig später die Brücke überquerten, beschleunigte José das Fahrzeug. Einerseits, weil die Schlaglöcher der Straße wieder gefüllt waren, andererseits, weil er sich auf bekanntem Terrain wieder sicherer fühlte.

Kapitel 11: Kugelkeile

Die kleine Kolonne traf in der Abenddämmerung wieder in Quito ein. Der Berufsverkehr verzögerte die Ankunft vor dem Gästehaus. In den Fahrzeugen wurden nur wenige Worte gewechselt. Erst nach dem Passieren der Stadtgrenze schlug Monteiro vor, sich am nächsten Morgen gegen 9 Uhr in seinem Büro zu treffen, um den Stand der Erkenntnisse zusammenzufassen. Noch in der Nacht sollten die eingesammelten Pflanzen und Steine sowie die Bohrproben im Labor untersucht werden, so dass sie mit einem vollständigeren Bild rechnen durften. Tellier und van Dijk waren einverstanden und froh, als sie das laute und schlecht gefederte Fahrzeug am Gästehaus endlich verlassen konnten. Wie üblich war Tellier rasch und ohne nennenswerte Verabschiedung auf ihrem Zimmer verschwunden. Van Dijk hingegen spürte seinen Magen und nahm im Restaurant noch einen Tapasteller zu sich.

Am nächsten Morgen weckte ihn der Smartphonewecker aus einem unruhigen und mehrfach unterbrochenen Schlaf. Das Pochen in seinem Schädel war ebenfalls zurückgekehrt, allerdings fiel es deutlich schwächer aus, als in den Nächten zuvor. Er führte es darauf zurück, dass sein Gehirn unablässig damit beschäftigt war, die vielen verschiedenen Puzzleteile zu einem Gesamtbild zusammenzufügen, was ihm partout nicht gelingen wollte. Noch bevor er unter die Dusche ging, schaltete er im Wandfernseher einen englischsprachigen Nachrichtenkanal ein. Eher beiläufig stellte er fest, dass die Meldungen über die Entdeckung von Unbihexium und der weltweit verstreut aufgetauchten Gebiete von militärischen Konfliktmeldungen in den Hintergrund gedrängt wurden. Das Programm zeigte massive Truppenbewegungen an verschiedenen Orten auf der ganzen Welt. Besonders brenzlig schien die Lage im Grenzgebiet von Iran und Irak zu sein. Aber auch an der Grenze von Nord- und Südkorea drohte die Lage zu eskalieren. Als Ursache für die politischen Spannungen wurden unklare Grenzverläufe infolge unvermittelt aufgetauchter Gebietsstreifen genannt, auf die beide Seiten Anspruch erhoben.

Kopfschüttelnd dachte van Dijk: Typisch! Da steht die Menschheit vor den vielleicht größten Rätseln und – wer weiß – Herausforderungen ihrer Geschichte und hat nichts Besseres zu tun, als über Eigentumsrechte zu streiten.

Als er wenige Minuten später aus dem Fahrstuhl des Gästehauses trat, fand er Tellier bereits bei einer Tasse Kaffee im Foyer arbeitend an ihrem Notebook. Er setzte sich ihr gegenüber und nickte kurz mit dem Kopf. Dabei glaubte er wahrzunehmen, dass sie das Nicken erwiderte.

»Haben Sie die Nachrichten verfolgt?« fragte van Dijk halb aus Interesse, halb um sich bemerkbar zu machen.

»Was meinen Sie?«, fragte Tellier zurück, ohne dabei von ihrem Notebook aufzublicken.

»Die drohenden militärischen Konflikte in Afrika und Asien.«

»Ich denke«, entgegnete sie nach kurzem Nachdenken, »wenn es uns nicht bald gelingt, plausible Antworten auf eine Reihe von Fragen zu finden, werden wir ganz andere Probleme haben.« Tellier ließ offen, was sie damit meinte, und van Dijk beschloss, erst gar nicht nachzufragen. Der heiße Kaffee linderte spürbar die Migräne und van Dijk konnte auf seine Schmerztablette verzichten.

Auf dem Weg in Richtung Geologisches Institut steuerte van Dijk bei strahlendem Sonnenschein auf ein Bekleidungsgeschäft zu, das ihm tags zuvor bereits von Monteiro empfohlen worden war. Er hatte praktisch keine saubere Wechselgarderobe mehr und beschloss, sich einen neuen Anzug, zwei Hemden und etwas frische Unterwäsche zu kaufen. Im Geschäft selbst gelangte er zunächst durch die Outdoor-Abteilung und überlegte kurz, ob er sich nicht auch ein paar solide Expeditionssachen kaufen sollte. Dann kam er jedoch zu dem Ergebnis, dass die Zeit der Expeditionen für ihn nun wohl vorüber sei und er keine Verwendung dafür mehr haben würde. Also kaufte er einen Anzug, der nach seinem Geschmack etwas zu schmal geschnitten, zwei Hemden, die zu bunt gemustert waren, und ein paar Garnituren Unterwäsche altmodischen Zuschnitts.

Nachdem er die Sachen in seinem Zimmer verstaut hatte, machte er sich erneut auf den kurzen Weg zum Geologischen Institut und begrüßte Monteiro freundlich in seinem Büro, wo bereits ein Beamer aufgebaut war. Auf dem kleinen Konferenztisch lagen mehrere Kunststoffhefter mit einem Dossier der ersten Untersuchungsergebnisse bezüglich der Bohrkerne und Steinproben. Van Dijk war vom vorliegenden Material beeindruckt: Monteiros Mitarbeiter mussten die ganze Nacht durchgearbeitet haben, um die Berichte so schnell vorlegen zu können. – Außer ihnen waren noch José und zwei ältere Männer anwesend, die sich als Leiter des geodätischen und chemischen Instituts vorstellten.

Monteiro eröffnete die kleine Versammlung mit den Worten: »Liebe Kollegin und Kollegen«, was van Dijk zum Schmunzeln brachte, hatte er sich doch schon vor langer Zeit vom Wissenschaftsbetrieb verabschiedet. »Die letzten Tage haben uns plötzlich und unvermittelt vor große Herausforderungen gestellt. Das unvorhergesehene Auftauchen von Unbihexium, die weltweiten Störungen im GPS-Netzwerk und das Erscheinen unbekannter Territorien stellen uns vor wissenschaftliche und – wie sich immer deutlicher zeigt – politische Probleme, auf die wir schnellstmöglich Antworten finden müssen. Dazu gehört auch die Frage, ob es sich bei den genannten Phänomenen um isolierte Ereignisse handelt oder ob zwischen ihnen ein Zusammenhang besteht. Ich schlage vor, dass wir zunächst mit einer Bestandsaufnahme beginnen, in der wir klären, was wir bislang wissen und welche Fragen offen sind.

Beginnen wir am besten entsprechend der Chronologie der Ereignisse. Frau Tellier, soweit ich sehe, sind Sie als erste auf das Unbihexium-Artefakt gestoßen. Möchten Sie anfangen?«

»Sehr gern. Das Artefakt ist erstmals vor sieben Tagen in einem Amsterdamer Antiquitätengeschäft aufgetaucht. Es war auf bisher nicht eindeutig geklärte Weise mit der Seitenwand einer historischen Schreibmaschine der Marke Underwood aus dem Jahre 1908 verbunden. Es ist bislang weder gelungen, es von der Wand zu trennen, noch konnte es physisch zerteilt werden. Nach den bisherigen Studien scheint es massiv und chemisch rein zu sein. Seltsam ist jedoch seine leicht erhöhte Temperatur, die allmählich zurückzugehen scheint. Außerdem konnten wir feststellen, dass es kontinuierlich elektrische Wellen auf einem niedrigen Frequenzband von 10 bis 30 Hertz emittiert. Die Altersbestimmung mittels der Radiokarbonmethode ergab, dass es seit rund 400 Jahren existiert. Dabei ist unklar, ob es natürlichen oder künstlichen Ursprungs ist, obwohl beides gleichermaßen ausgeschlossen erscheint. Wenn es natürlichen Ursprungs wäre, müsste es als superschweres Element durch mindestens fünf Sternenpopulationen gegangen sein. Das bekannte Universum ist jedoch erst 13,8 Milliarden Jahre alt, was nur für drei Sternengenerationen reicht. Auch ein künstlicher Ursprung ist ausgeschlossen, weil die Menschheit weit davon entfernt ist, die Hitze und den Druck einer Supernovaexplosion zu erzeugen, die hierfür erforderlich wäre. Und erst recht nicht vor 400 Jahren.«

Monteiro gab durch ein Räuspern zu erkennen, dass er etwas hinzufügen wollte: »Gleichwohl deutet die identische Form der bis heute schon fünf aufgefundenen Artefakte, die konkreten Auffindungsorte an mechanischen Maschinen sowie die gleichmäßige Verteilung auf nahezu alle Kontinente auf einen künstlichen Ursprung hin.« Mit dem Beamer warf er eine Weltkarte an die Wand, in der fünf rote Kreise Amsterdam,

Quito, Hiroshima, Montreal und Khartum im Nordsudan als Fundorte von Artefakten auswiesen.

»Und denken Sie an den zeitlichen Zusammenhang des Erscheinens binnen weniger Tage«, ergänzte der Professor für Geologie. »Das sieht nicht nach Zufall aus. Und wer weiß, wie viele Artefakte bislang noch unentdeckt sind.«

Hier zog Tellier das Wort wieder an sich: »Wenn wir der Hypothese folgen und die Unbihexiumfunde als künstliche Artefakte einstufen, müssten wir in der Lage sein, einen Ursprung und einen Zweck zu definieren. Beides scheint uns nicht möglich zu sein. Oder hat jemand von Ihnen eine Idee?«

In der Runde herrschte betretenes Schweigen. Monteiro ergriff als erster wieder das Wort.

»Ok. Kommen wir zum zweiten Punkt. Dem Auftauchen bislang unbekannter Territorien. Wenn Sie erlauben, werde ich selbst den Stand der Erkenntnisse zusammenfassen. Seit ungefähr vier Tagen erleben wir rund um den Planeten das Erscheinen bislang unbekannter Territorien, was nicht nur satellitengestützte Navigationssysteme beeinträchtigt und Flug- und Eisenbahnpläne durcheinander bringt, sondern auch politische Spannungen nach sich zieht. Soweit bisher bekannt ist, haben die Gebiete überall eine langestreckte Form mit einer einheitlichen Breite von ziemlich genau 20 Kilometern. Die Ausdehnungen scheinen Land- ebenso wie Wasserflächen zu betreffen.«

Monteiro öffnete eine der vor ihm liegenden Mappen und ließ seinen Blick über Tabellen, Grafiken und einige Oberflächenquerschnitte gleiten. Van Dijk griff ebenfalls nach einer Mappe, konnte die Legenden und Schaubilder jedoch nicht verstehen, da er das englische Fachvokabular nicht beherrschte. Also konzentrierte er sich wieder auf das, was Monteiro weiter ausführte:

»Nach ersten biologischen und geologischen Untersuchungen fügen sich sowohl die lokale Fauna als auch die Bodenbeschaffenheit in den unbekannten Gebieten perfekt in die

110

bekannte Umgebung ein, so als ob sie schon immer da gewesen wären. Tatsächlich erklären unsere gestrigen Bohrungen sogar einige Phänomene, die wir bislang als abrupte Brüche in Gesteinsablagerungen registriert haben. Mit den neuen Daten werden die geologischen Formationen plötzlich plausibel und erklärbar. Auch die Pflanzen- und Tierwelt scheint sich schon seit vielen Jahren in dem Gebiet heimisch zu fühlen, jedenfalls konnten wir eine große Artenvielfalt feststellen. Einzelne Bäume müssen älter als 100 Jahre sein.«

An dieser Stelle meldete sich José zu Wort und ergänzte:»Was besonders irritierend ist: Obwohl die Gegenden bislang unbekannt waren, werden sie sowohl von Straßen als auch Schienenwegen durchquert, die über automatische Optimierungsprozesse in GPS durchaus abgebildet sind und mithin benutzt wurden. Es kann sich jedoch niemand erinnern, sie je befahren zu haben.«

An dieser Stelle platzte es förmlich aus van Dijk heraus: »Dasselbe haben wir vor ein paar Tagen bei der Fahrt durch den Kanaltunnel erlebt: Wie Sie sicher schon gehört haben, scheint der Eisenbahntunnel rund 20 Kilometer länger geworden zu sein als die Bau- und Konstruktionspläne ausweisen. Das ist eigentlich genauso ausgeschlossen, denn irgendwer muss den Tunnel doch schließlich gebaut haben. Von nennenswerten Bauverzögerungen ist zwar nichts bekannt, doch deutet der nachweislich erhöhte Bedarf an Baumaterialien in der Konstruktionsphase darauf hin, dass der Tunnel seit seiner Einweihung länger als ursprünglich vorgesehen ist.«

»Das wird auch nicht plausibler, wenn Sie es immer aufs Neue wiederholen«, fiel ihm Tellier an dieser Stelle seiner Argumentation erneut ins Wort. »Denken Sie doch nur an die Abertausende von Fahrgästen, die den Tunnel seit seiner Eröffnung 1994 benutzt haben. Sollen die alle geistig umnachtet gewesen sein?«

»Natürlich nicht«, verteidigte sich van Dijk. »Aber bedenken Sie die Parallelität der Phänomene: Erinnern Sie sich an die Strecke, in der es im Tunnel keine Beleuchtung gab? Das entspricht ungefähr dem schlechten Straßenzustand im Niemandsland. Offenbar fand hier wie dort keine Wartung statt. Und warum nicht?« Er machte eine kurze Pause und blickte von einem Teilnehmer zum nächsten. »Weil die Teilstücke kollektiv nicht wahrgenommen wurden.«

»Sie müssen verzeihen«, warf Monteiro nach einer kurzen Pause ein, »aber was Sie da sagen ist ziemlich starker Tobak und schwer zu verdauen. Wenn ich Sie recht verstehe, behaupten Sie eine kollektive Amnesie oder wenigstens eine Wahrnehmungsstörung aller Menschen, die dann ja nicht nur die Fahrt auf den Strecken selbst, sondern auch die Ablesung von technischen Mess- und Navigationsgeräten betreffen müsste. Wie soll das möglich sein?«

»Offenbar sind nicht alle Menschen von der Amnesie betroffen«, schaltete sich José wieder in die Debatte ein, »denken Sie an die verlassene Jagdhütte, die wir im Niemandsland gefunden haben. Die wird wohl kaum von Dachsen oder Bergpumas errichtet und betrieben worden sein.«

»Gutes Argument«, pflichtete ihm van Dijk bei. »Allerdings schien die Hütte schon seit vielen Jahren verlassen zu sein. Denken Sie an den baulichen Zustand und die uralte Zeitung, die wir drinnen gefunden haben.«

José griff den Faden auf: »Ich bin übrigens gestern Abend nochmal in der Institutsbibliothek gewesen und habe dort nach alten Karten gesucht. Insgesamt sind die historischen Karten sehr unpräzise. Sie wurden halt manuell mit wenigen technischen Hilfsmitteln gezeichnet. Auf zwei Karten aus den Jahren 1892 und 1901 sind die Strecken zwischen Sigchos und San Miguel allerdings deutlich länger markiert als auf denen, die kurz vor dem Ersten Weltkrieg erstellt wurden. Man hat das bislang als menschliche Unzulänglichkeit interpretiert…«

Monteiro schüttelte den Kopf und warf lachend ein: »Wenn das richtig ist, hätten die Menschen im 19. Jahrhundert das Niemandsland noch gekannt und es irgendwann Anfang des 20. Jahrhunderts einfach vergessen?«

Van Dijk erwiderte zögerlich: »Ich gebe zu, das klingt nicht besonders plausibel, aber haben Sie eine bessere Erklärung für die verschiedenen Phänomene?«

Monteiro schwieg. Das veranlasste Tellier das Wort zu ergreifen: »Ok. Hier kommen wir offensichtlich im Augenblick nicht weiter. Wenden wir uns also der letzten Frage zu: Gibt es einen Zusammenhang zwischen dem Erscheinen der Unbihexium-Artefakte und dem Auftauchen des Niemandslands?«

Wieder meldete sich José zu Wort, den die Veränderung der Topographie in seiner Heimatregion offensichtlich nicht losließ und seinen Forscherdrang anspornte:

»Da wäre zunächst mal der zeitliche Zusammenhang: Die bisher bekannten Unbihexium-Artefakte sind zeitnah binnen weniger Tage entdeckt und in allen Fällen in relativer Nähe der topographischen Erweiterungen gefunden worden.«

José wandte sich der Präsentation zu und rief eine neue Folie auf. Bislang zeigte sie eine Weltkarte, in die die Fundorte des Unbihexiums als rote Kreise eingetragen waren. Nach einem Mausklick wurde die Karte um einige grüne Linien ergänzt, die allesamt in der Nähe der Fundorte lagen.

»Was Sie hier in grüner Farbe sehen, sind die aufgetauchten ‚Niemandsländer‘, die allesamt die Form länglicher Streifen von rund 20 Kilometern Breite aufweisen. Ich bitte die Ungenauigkeiten in der Darstellung zu entschuldigen, da die geodätische Kartographierung der Gebiete noch nicht überall weit vorangeschritten ist und durch politische Spannungen wie im Sudan oder in Korea erschwert wird. In Korea ist übrigens noch kein Artefakt aufgetaucht, was mit der Abschottung Nordkoreas zusammenhängen kann oder einfach daran liegt, dass das zugehörige Artefakt einfach noch nicht gefunden wurde.«

Nach einer kurzen Pause in der alle die neue Folie betrachteten, fügt er hinzu: »Auffällig ist, dass die neuen Landstriche auf der nördlichen Halbkugel eher in west-östlicher Richtung verlaufen, während sie in der Nähe des Äquators eine nord-südliche Verlaufsrichtung aufweisen. Denken Sie zum Beispiel an den Ärmelkanal oder an das Andental hier in Ecuador. – Insgesamt erscheinen die Fundorte unsystematisch über die ganze Welt ...« Hier unterbrach José plötzlich seine Rede, sprang von seinem Stuhl auf und rannte mit den Worten: »Einen Augenblick. Ich muss kurz was überprüfen« aus dem Raum. Die anderen folgten ihm verblüfft mit ihren Blicken. »Was ist denn in den gefahren?« fragte Tellier überrascht in die Runde, von der sie allerdings nur Achselzucken erntete.

»Tja, die Jugend!« kommentierte Montiero Josés Verhalten.

Man beschloss, eine kleine Pause zu machen, in der sich alle mit Getränken versorgen konnten. Aber auch in den Gesprächen in kleineren Kreisen waren die Unbihexium-Artefakte und die neuen Territorien die alles beherrschenden Themen. Während eine Gruppe um Monteiro und Tellier die Ansicht vertrat, dass das Ganze immer rätselhafter würde, meinten van Dijk und die Geographieprofessoren, dass man der Klärung zahlreicher Fragen wohl doch schon recht nahe wäre.

Nach ungefähr 20 Minuten hörte man schnelle Schritte im Gang und nur wenige Sekunden später sprang die Tür auf und ein sichtlich aufgeregter José stürmte auf seinen Platz am Konferenztisch. In den Händen hielt er einen Globus, auf den er mit bunten Filzschreibern Kreise und Linien gezeichnet hatte. Er murmelte so etwas wie: »Das ich nicht gleich darauf gekommen bin...« Auch die übrigen Mitglieder der Runde nahmen ohne Aufforderung wieder ihre Plätze ein und blickten gespannt von seinem Gesicht zum Globus und wieder zurück.

»Wie ich Ihnen eben schon sagte, erschien mir die Verteilung der Unbihexiumfunde und Niemandsland-Territorien bislang unsystematisch über die ganze Weltkarte verteilt. Das ist aber nur deshalb so, weil wir uns alle durch die Mercator-Projektion täuschen ließen.«

»Die was?« fragte Tellier überrascht. Hier nun konnte van Dijk aushelfen, der in seinem Amsterdamer Geschäft über einen großen Fundus alter Weltkarten verfügte und sie schon oft vergleichend nebeneinander gelegt hatte:

»Es war schon seit dem 16. Jahrhundert ein Problem, die dreidimensionale Oberfläche der Erdkugel auf einer zweidimensionalen Landkarte abzubilden. Die erfolgreichste Lösung fand der Holländer Gerhard Mercator 1569 mit einem neuen Weltkartenentwurf, der uns seither nur zu vertraut ist. Diesem liegt der Gedanke zugrunde, dass man ein Stück Papier wie einen Zylinder maßstabsgerecht um die Weltkugel rollt, so dass beide einander nur am Äquator berühren. Wenn man nun alle Kontinente und Meere auf das Papier überträgt, erhält man ein winkelgetreues Abbild der Welt, das damals die Navigation der Seefahrt revolutionierte. Es entstand die Weltkarte, die uns heute allen geläufig ist und die wir hier an die Wand projiziert sehen. Der große Vorteil der Mercator-Projektion wird allerdings damit bezahlt, dass die Größenverhältnisse von Kontinenten und Meeren völlig verzerrt sind und zwar umso extremer je weiter sie vom Äquator entfernt liegen.«

»Wie soll ich mir das vorstellen?« fragte Tellier, die als Chemikerin den Ausführungen nur begrenzt folgen konnte, José führte die Gedanken van Dijks weiter:

»Genau. Die Mercator-Projektion prägt bis heute maßgeblich das Bild, das sich die Menschen von der Welt machen. Dabei erscheint aber zum Beispiel Grönland fast ebenso groß wie ganz Afrika, ist jedoch in Wirklichkeit kleiner als Algerien. – Bis vorhin habe ich beim Verteilungsbild der Artefakte und Niemandsland-Territorien ganz selbstverständlich die Mercator-Projektion zugrunde gelegt, auf der die Anordnung tatsächlich unsystematisch erscheint. Überträgt man sie jedoch auf ein

115

dreidimensionales Modell wie diesen Globus hier, ergibt sich ein ganz anderes Bild. Schauen Sie nur...«

José stellte den Globus in die Mitte des Konferenztisches und drehte ihn langsam um die schräge Erdachse, die in einem Winkel von 66,56° zur Ekliptik durch die Kugel verlief.

Van Dijk verstand das Prinzip als erster: »Unfassbar! Das gibt's doch gar nicht«, war seine erste Reaktion, als er das System der Punkte und Linien, die eilig und ungenau auf die Oberfläche gezeichnet waren, verstand.

Nur wenig später dämmerte es auch den anderen, die mit einem leisen »Oh mein Gott!« und »Das darf doch nicht wahr sein!« reagierten.

José fuhr mit seinen Erläuterungen fort:

»Wenn man die bislang bekannten Teilstücke der Niemandslandstreifen auf einen Globus überträgt und sie über die Weltmeere hinweg mit geraden Strichen verlängert bekommt man acht Kugelkeile, die sich über den gesamten Planeten erstrecken. Man kann sich das wie eine Orange vorstellen, die aus acht gleich großen Fruchtfleischsegmenten besteht. Die Niemandslandstreifen sind ganz symmetrisch jeweils an den Grenzlinien dieser Kugelkeile erschienen, wodurch unser Planet an Umfang und Masse zugenommen hat. – Natürlich ist das Modell noch unvollständig. Manche Landstriche, an denen ebenfalls Niemandslandstreifen aufgetaucht sein müssten, sind sehr dünn besiedelt, so dass sie vielleicht noch unentdeckt sind. Auch auf den Weltmeeren kann eine Niemandslanderweiterung nur technisch nachgewiesen und nicht durch bloßen Augenschein bestätigt werden.«

»Vorausgesetzt, dass Sie recht haben«, fragte Tellier ungläubig nach, »woher soll diese zusätzliche Masse denn so plötzlich gekommen sein? Und vor allem: Wie kann man die symmetrische Anordnung im globalen Maßstab erklären?«

Monteiro meldete sich zu Wort: »Zu Ihrer ersten Frage möchte ich auf die Ergebnisse unserer geologischen und geodätischen Untersuchungen vor Ort zurückkommen: Im Großen und Ganzen weisen alle Ergebnisse darauf hin, dass das Niemandsland immer schon da gewesen ist. Wir haben es lediglich nicht wahrgenommen. Es war vor uns verborgen. – Auf Ihre zweite Frage habe ich keine plausible Antwort, allerdings ist aus geologischer Sicht außer dem Magnetfeld der Erde keine Struktur bekannt, die eine vergleichbare globale Symmetrie aufweist.«

»Der Vergleich mit dem Magnetfeld ist interessant«, knüpfte van Dijk an Monteiros Ausführungen an. »Soweit ich weiß, läuft das Magnetfeld der Erde mitten durch den Erdkern und tritt an den magnetischen Polen hervor, die aber nicht mit den geographischen Polen identisch sind.«

»Sie meinen die Deklination«, erläuterte José und ergänzte: »Bedingt durch die Wanderung der Pole, die sich gerade in den vergangenen Jahren beschleunigt hat, lässt sich hier kein fester Punkt bestimmen, aber die Achse des geomagnetischen Feldes war 2015 ungefähr 17°zur geographischen Erdachse geneigt. Derzeit wandert der Pol rund 90 Meter am Tag durch Nordkanada und entfernt sich derzeit wieder vom geographischen Nordpol.«

»Können Sie uns das auf dem Globus zeigen?«

»Sehr gern« sagte José höflich und zog den Globus zu sich heran. Nach kurzem Suchen wies er mit dem Zeigefinger auf eine Stelle mitten im Nordpolarmeer. »Der südliche Magnetpol der Erde befindet sich ungefähr hier.« Er wies auf einen Punkt unter dem antarktischen Eispanzer.

Van Dijk bohrte weiter: »Und wenn wir das mit Achse der Niemandsland-Territorien vergleichen? Wo laufen die Segmentlinien der Kugelkeile zusammen?«

»So genau kann ich das wegen der noch ausstehenden Vermessungsarbeiten nicht sagen. Er liegt jedenfalls ganz woanders.«

Van Dijk ließ nicht nach. »Versuchen Sie es uns doch auf dem Globus zu zeigen.«

José drehte den Globus ein Stück zu sich herum und folgte den aufgezeichneten Linien mit dem Finger nach oben.

»Irgendwo in Sibirien. Ungefähr 600 bis 700 Kilometer nördlich von Krasnojarsk. Tut mir Leid, aber genauer kann ich das mit den vorliegenden Daten nicht bestimmen. – Der antipodische Segmentschnittpunkt läge übrigens ungefähr 500 Kilometer vom Kap der guten Hoffnung mitten im Pazifik.«

»Hm«, räusperte sich Tellier, die für ihre Verhältnisse ungewöhnlich lang still geblieben war. »Das liegt ja beides ‚in the Middle of Nowhere‘, wie die Engländer sagen.«

Van Dijk drehte nachdenklich den Globus zurück und fragte in Richtung der Geographen: »Was gibt es denn an landschaftlichen Besonderheiten in der Gegend?«

»Die Gegend hat außer ausgedehnten Wäldern nicht viel zu bieten. Es gibt verstreut nur kleinere Orte, das Naturschutzgebiet Gosudarstvennyy, die steinige Tunguska und dann vielleicht noch …«

Van Dijk horchte auf und unterbrach ihn abrupt: »Moment mal, sagten Sie gerade Tunguska?« Der Professor nickte.

»Ja sagt Ihnen denn das Tunguskaereignis nichts?«

Der Professor blickte van Dijk kopfschüttelnd an. Dieser kramte in seinen Erinnerungen. Es war schon ein paar Jahre her, dass er ein Buch über das Tunguskaereignis gelesen hatte. Schnell tippte er ein paar Buchstaben in sein Notebook und las vor, was er im Internet gefunden hatte:

»Am 30. Juni 1908 ging in der Gegend von Tunguska ein Asteroid nieder – jedenfalls vermutet man das – der in der menschenleeren Gegend rund 2000 Quadratkilometer Wald vernichtete. Das sind geschätzt rund 60 Millionen Bäume. Angesichts der Schäden berechnete man seine Größe auf einen Durchmesser von rund 200 Metern. Die Druckwelle war so gewaltig, dass sie den gesamten Erdball umrundete und von

Messstationen auf der ganzen Welt nachgewiesen wurde. Noch heute wird am 30. Juni weltweit der Asteroid Day begangen, um an das Ereignis zu erinnern. Bemerkenswerterweise hat man rund um Tunguska zwar jede Menge umgelegte Bäume, jedoch keinen Einschlagkrater gefunden. Auch Augenzeugen gab es keine. Das führte zu verschiedenen Spekulationen. Einer Theorie zufolge hat der Asteroid die Erdatmosphäre lediglich in einem stumpfen Winkel gestreift und ist von ihr ins All zurückgeprallt. Andere sehen in dem nahegelegenen Tscheko See den Einschlagkrater, wobei ungeklärt ist, wie er sich so schnell mit Wasser füllen konnte. Wieder andere sehen ein Mikro-Schwarzes Loch als Urheber des Tunguska-Ereignisses. Insgesamt befeuerte das Tunguskaereignis eine Vielzahl von Verschwörungstheorien, die – wie so oft – weder bewiesen noch widerlegt werden konnten.«

Tellier wiegte nachdenklich ihren Kopf.»Und wie kommen Sie darauf, dass es zwischen dem Tunguskaereignis, den weltweit aufgetauchten Niemandslandstreifen und dem Erscheinen von Unbihexium eine Verbindung gibt? Mir kommt das ziemlich spekulativ, um nicht zu sagen, sehr weit hergeholt vor.«

Van Dijk mochte seine Idee so schnell nicht aufgeben und dachte intensiv nach. Irgendetwas war da noch, was ihm bereits aufgefallen, zwischenzeitlich jedoch wieder entfallen war. In diesem Augenblick spürte er deutlich, wie sich die zahlreichen Erlebnisse und Erfahrungen der vergangenen Tage, die ein äußerst komplexes Puzzle bildeten, sein Denkvermögen verlangsamten. Obendrein forderten die vielen durchquerten Zeitzonen ihren Tribut. Plötzlich fiel es ihm wieder ein:

»Es gibt nicht nur räumliche Hinweise auf die Tunguskaregion, in der sich die Linien der Niemandslandstreifen schneiden. Es gibt auch eine zeitliche Konkordanz.«

Überrascht blickten allen Teilnehmer auf van Dijk. Dieser blätterte in seinem Notizbuch und führte weiter aus:

»Wie ich ja bereits erläutert habe, fand das Tunguskaereignis nachweislich am 30. Juni 1908 statt. Wie Sie weiterhin wissen, habe ich einen der frühen Funde von Unbihexium in Gestalt eines Artefakts gemacht, das sich an der Seite einer Schreibmaschine der Marke Underwood Typ 5 befand. Dieses Schreibmaschinenmodell wurde seit dem Jahr 1901 in einer Stückzahl von mehr als 800.000 produziert. Anhand der Seriennummer meines Exemplars, die da lautet 213.824, kann ich den Herstellungszeitpunkt exakt auf das Jahr 1908 datieren.«

Van Dijk war mit seiner Rede noch nicht zu Ende und richtete eine Frage an Monteiro:

»Sagten Sie nicht, dass Ihr Artefakt an einer Dampfmaschine gefunden wurde.«

»Richtig«, bestätige Monteiro, »einer Maschine im städtischen Museum Quito.«

»Was wissen Sie über den Herstellungszeitpunkt dieser Maschine?«

Monteiro ging zu einem Regal im Besprechungsraum und zog einen großformatigen Folianten heraus, der offenbar ein Bestandskatalog des städtischen Museums in Quito war. Er legt ihn vor sich auf den Tisch und blätterte darin.

»So da haben wir's. – Bei dem fraglichen Exponat handelt um eine Dampfhochdruckmaschine der Marke Kemna mit zwei Hochdruckzylindern des Konstrukteurs Julius Kemna aus dem Jahre …« Hier machte er eine kurze Sprechpause und hauchte schließlich mehr als das er sprach:

»1908.« Schließlich setzte er fort: »Die Maschine kam 1910 nach Kolumbien und wird seit Mitte der 50er Jahre im städtischen Museum Quito ausgestellt.« Hier blickte er aus dem Buch auf:

»Und wenn ich mich recht erinnere, stammt auch der japanische Unbihexiumfund aus einem Museum. Hier befand es sich auf der Kühlerhaube eines Ford Model T. Auch das käme zeitlich genau hin.«

An dieser Stelle beschlich van Dijk das Gefühl, dass ihm noch weitere Hinweise entgangen waren. Wie aus heiterem Himmel kam ihm die Idee:

»Aber da ist noch etwas. Als wir die Kiste in der Jagdhütte im Niemandsland öffneten, fanden wir darin doch eine alte Zeitung. Können Sie sich noch an das Erscheinungsdatum erinnern?«

»Einen Moment, sie liegt in meinem Büro. Ich hole sie schnell«, rief José, sprang von seinem Stuhl auf und lief aus dem Besprechungsraum. Die Tür ließ er achtlos hinter sich offen. Es dauerte nicht lang, bis man erneut Schritte im Gang hörte, die sich wieder dem Besprechungsraum näherten. Schließlich tauchte José wieder im Türrahmen auf und rang sichtlich um Fassung.

»Herr van Dijk hat vollkommen recht. Die Zeitung stammt vom 19. Juni 1908, das sind weniger als zwei Wochen vor dem Tunguskaereignis. Und dann müssen wir auch noch bedenken, dass die Zeitung erst noch von ihrem Druckort Quito in das abgelegene Gebirge hinter Sigchos transportiert werden musste. Das passt zeitlich perfekt zusammen.«

»Was passiert hier?« Monteiros Frage richtete sich mehr an ihn selbst als an die anderen Anwesenden. Deutlich spiegelten ihre Gesichter ein Feuerwerk von Gedanken und Schlussfolgerungen, die jeder für sich selbst zog.

»Das alles kann kein Zufall sein«, fasste van Dijk zusammen, »die Überschneidung der Niemandslandstreifen in Tunguska und die Unbihexium-Fundstellen auf den technologisch avanciertesten Produkten des Jahres 1908. Schließlich noch die Zeitung in der Jagdhütte aus demselben Jahr...«

Für einen Augenblick hatte van Dijk das Gefühl, dass Tellier ihm einen bewundernden Blick zuwarf. Als sich ihre Blicke kurz kreuzten, hatte sie jedoch den distanziert-überheblichen Gesichtsausdruck schon wieder hergestellt.

»Meine Herren«, erhob sich Tellier mit bedeutungsschwerer Miene, »in diesem Besprechungsraum kommen wir ganz offensichtlich nicht weiter. Ich schlage deshalb vor, dass Sie, Monteiro, van Dijk und ich uns schnellstmöglich auf den Weg nach Tunguska machen und die Sache aus der Nähe ansehen. Ich glaube nicht, dass der tatsächliche Ort des Tunguskaereignisses, der wahrscheinlich mitten im Kreuzungsbereich der Niemandslandstreifen liegt, mit dem Ort identisch ist, an dem schon so viele Expeditionen erfolglos abgebrochen wurden. Wir wären wahrscheinlich die ersten, die den wirklichen Ort des Ereignisses besuchen.« Und direkt an Monteiro gewandt:

»Bitte überlegen Sie sich, welche Mitarbeiter Sie begleiten sollen und stellen Sie eine Liste der transportablen Geräte zusammen, die Sie vor Ort für geologische Untersuchungen brauchen werden.«

Kapitel 12: Sperrbezirk

Die Reise nach Tunguska war bereits in der Planung schwierig und hinsichtlich der Durchführbarkeit ungewiss. Der nächstgelegene Flughafen von Krasnojarsk war nach dem Ende des Kriegs um die Ukraine für westliche Fluggesellschaften gesperrt, und die wenigen Auslandsflüge russischer Fluggesellschaften waren auf Monate hin ausgebucht. Sowohl van Dijk als auch Tellier war klar, dass die Welt schnelle Antworten auf die vielen Fragen brauchte, die sich seit der Entdeckung der Unbihexium-Artefakte und der Erscheinung der Niemandslandstreifen stellten. Nicht nur in Korea und dem Sudan eskalierten die militärischen Konflikte um die neu aufgetauchten Gebiete immer mehr. Alle Seiten machten Funde alter Gebäude und Siedlungen als Belege für ihren Herrschaftsanspruch geltend. Auch in anderen Gegenden brachten Armeen immer mehr Truppen und Material in Stellung. Für die US Armee galt wie für die Volksarmee Chinas und die russische Armee erhöhte Alarmbereitschaft. Der Ausbruch eines weiteren Konfliktherds war nur eine Frage der Zeit. Eine Reise nach Sibirien auf dem Landweg würde in jedem Fall zu viel Zeit kosten, und die ungezählten Formalitäten, angefangen von der komplizierten Beantragung eines Visums, bis hin zu den unkalkulierbaren Wartezeiten an den Grenzen ließen ein solches Vorhaben aussichtslos erscheinen. Jeder Einreisende, ob einfacher Tourist oder Geschäftsreisender, wurde misstrauisch begutachtet und mit veralteten Kommunikationsmitteln kritisch durchleuchtet. Wie mochte es da erst einem multinationalen Wissenschaftlerteam ergehen, das mit allerlei seltsamen Untersuchungs- und Messgeräten um Einlass in das Hoheitsgebiet bat.

Die Aufmerksamkeit der Medien konzentrierte sich weiterhin auf die drohenden militärischen Konflikte. Über die Bilder feuernder Artillerie und fahrender gepanzerter Fahrzeuge geriet die Entdeckung neuer Landstreifen mehr und mehr ins Hintertreffen, und von der Entdeckung immer weiterer Artefakte aus Unbihexium nahm außerhalb der wissenschaftlichen Fachwelt ohnehin kaum jemand mehr Notiz. Dass es sich bei den Niemandslandstreifen um globale Kugelsegmente handelte, war noch nicht in das öffentliche Bewusstsein vorgedrungen. In den Medien wurde stets nur von einzelnen neu entdeckten Gebieten gesprochen, ohne dass der weltumspannende Zusammenhang bereits ins öffentliche Bewusstsein getreten wäre.

Die Reisevorbereitungen stockten: Selbst die vereinten Bemühungen des Institutssekretariats sowie der französischen und niederländischen Botschaft, bei denen van Dijk und Tellier vorstellig geworden waren, blieben allesamt erfolglos. Auch ein Termin beim russischen Botschafter in Quito, der zur Überraschung aller kurzfristig ermöglicht wurde, brachte sie ihrem Reiseziel keinen Zentimeter näher. Zwar erwies sich der Botschafter als ein freundlicher und – seiner Körperfülle nach zu urteilen – als kulinarisch vielseitig interessierter Mann, doch machte auch er van Dijk und Tellier kaum Hoffnungen, dass das Anliegen in näherer Zukunft ernsthaft von kompetenter Seite in Erwägung gezogen werden würde.

Die Frustrationen bauten sich über mehrere Tage hin auf und alle Mitglieder des Forschungsteams glaubten kaum mehr daran, in absehbarer Zukunft Fuß auf sibirischen Grund setzen zu können. Ungefähr eine Woche nach der Zusammenkunft im geologischen Institut traf ein aufgeregter Monteiro im Foyer des Gästehauses ein, wo er Tellier und van Dijk beim gemeinsamen Frühstück antraf. Ihre Gemeinsamkeit beschränkte sich aber, wie schon in den Tagen zuvor, darauf, dass sie einen der Tische teilten. Tellier war – wie gewöhnlich – an das Display ihres Notebooks gefesselt und sie schien wenig geneigt, mit van Dijk ins Gespräch zu kommen. Nur hin und wieder schüttelte sie ihren Kopf und gab einzelne Laute des Missfallens von sich.

Van Dijk beachtete sie kaum und genoss sein amerikanisches Frühstück aus Rührei, Bohnen und gebratenem Speck. Dabei ließ er seinen Blick unter den anderen anwesenden Gästen umherschweifen und versuchte sie einzuschätzen, ganz so, wie er es oft in seinem Amsterdamer Geschäft tat. Er entdeckte Monteiro, der sich an der Rezeption erkundigte, als erster. Als der Angestellte mit der Hand in ihre Richtung wies, machte Monteiro auf dem Absatz kehrt und stürmte in den Frühstücksraum auf ihren Tisch zu.

»Wir haben eine Möglichkeit, nach Tunguska zu kommen!« rief er Tellier und van Dijk entgegen, als er noch etliche Meter entfernt war. Tellier blickte wie einige andere Gäste überrascht auf und bedeutete ihm, leiser zu sprechen. Monteiro zog einen Stuhl vom Nachbartisch heran, setzte eine verschwörerische Miene auf und sprach in deutlich leiserem Ton:

»Sie glauben nicht, wer mich heute Nacht angerufen hat. Oleg Prijodkin aus Sankt Petersburg.« Erwartungsvoll blickte er in Telliers und van Dijks Gesichter, die ihn allerdings nur verständnislos anstarrten.

»Und wer soll das sein?« fragte Tellier zurück.

»Ein russischer Oligarch, der vor allem in der Stahl- und Elektroindustrie Russlands ein Vermögen erwirtschaftet hat und dem beste Kontakte in hohe Regierungskreise Russlands nachgesagt werden.«

»Und was wollte er von Ihnen?« entgegnete van Dijk.

»Prijodkin verfolgt die weltweiten Entdeckungen der Unbihexium-Artefakte mit großem Interesse und möchte vor allem herausfinden, wozu der neue Stoff in der Lage ist, um mit seiner Hilfe neue wirtschaftliche Anwendungsfelder zu erschließen. Leider verfügt er selbst über kein Artefakt und hat uns gebeten, ihm unser Exemplar zur Verfügung zu stellen. Er hat uns sehr konkret nach unseren Preisvorstellungen gefragt. Ich habe ihm klar gemacht, dass das Exemplar der Universität Quito in öffentlichem Besitz ist und nicht einfach veräußert werden kann. Ich habe aber auch Ihr Exemplar erwähnt, das sich in Ihrem Privatbesitz befindet. Und jetzt kommt's: Er bietet Ihnen 1,5 Millionen US-Dollar und einen Flug mit seinem privaten Düsenjet von Tokio nach Krasnojarsk, an allen Zoll und Einreisebeschränkungen vorbei. Stellen Sie sich vor: Er wusste bereits von unseren Plänen…«

Van Dijk wollte gerade dagegen protestieren, dass über seinen Kopf hinweg mit seinem Artefakt geschachert wurde, Tellier kam ihm jedoch zuvor und meinte:

»Wir sollten nicht vergessen, dass weltweit mittlerweile mehr als 20 Artefakte aufgetaucht sind, und wir die Anzahl der bislang noch unentdeckten Unbihexiumfunde nicht mal annähernd schätzen können. Dadurch fällt der Marktwert natürlich rapide. – Wir sollten auf Prijodkins Angebot eingehen, zumal wir scheinbar nicht die einzigen sind, die auf den Zusammenhang von Artefakten und Niemandslandstreifen gestoßen sind.«

Van Dijks Zweifel waren damit aber keineswegs zerstreut. Entschlossen setzte er nach:

»Woher wissen wir überhaupt, ob wir diesem Prijodkin vertrauen können? Vielleicht setzt er uns irgendwo in Sibirien aus, während er versucht, mit dem Unbihexium Millionen zu scheffeln.«

Monteiro wiegelte ab:

»Ich kenne den Mann schon seit Jahren und habe auch schon mit ihm zu Abend gegessen. Er hat weltweit zahlreiche geologische Forschungsprojekte unterstützt und sich dabei stets an seine Versprechen gehalten. Natürlich ist er immer auch auf seinen Vorteil bedacht, aber ich halte ihn für absolut vertrauenswürdig.«

Van Dijks Körpersprache ließ erkennen, wie seine anfängliche Protesthaltung in sich zusammen fiel. Monteiro fügte hinzu:

»Schließlich verfügen wir noch immer über unser Quito-Artefakt, das weiterhin in den Labors der Universität untersucht wird. Alle Ergebnisse werden auch weiterhin der wissenschaftlichen Öffentlichkeit zugänglich gemacht. – Insofern wäre die Veräußerung Ihres Artefakts kein wirklicher Verlust. Wir hätten allerdings die finanziellen und administrativen Möglichkeiten, unsere Forschungen fortzusetzen.«

Van Dijk zögerte. Er dachte nicht zuletzt an sein immer noch geschlossenes Geschäft in Amsterdam und seine allmählich prekär werdende finanzielle Lage. Schließlich willigte er ein, nicht ohne allerdings den Löwenanteil von einer Million Dollar für sich selbst einzufordern.

Man wurde sich über die Details rasch einig und beauftragte Monteiro, sich alsbald mit Prijodkin in Verbindung zu setzen, um die Umstände der Übergabe des Artefakts und der Reise nach Krasnojarsk auszuloten.

Schon gegen Mittag kehrte Monteiro strahlend ins Hotel zurück und berichtete euphorisch von den Ergebnissen seiner Verhandlungen mit Prijodkin.

»Heureka! Wir sind uns rasch einig geworden. Schon heute Abend können wir von Quito nach Tokio fliegen, wo ein Privatjet Prijodkins für uns bereit steht. In dem Flugzeug werden wir die Kaufsumme von 1,5 Millionen Dollar erhalten, bevor er uns in Krasnojarsk absetzt und dann mit Ihrem Artefakt nach Sankt Petersburg weiterfliegt. In Krasnojarsk wird Prijodkin uns zudem ein schweres Fahrzeug samt Mannschaft und Bohrgestänge überlassen, mit dem wir die restliche Strecke nach Tunguska zurücklegen und vor Ort Bodenproben aus bis zu 300 Metern Tiefe nehmen können. Das ist einfach wunderbar, denn das gehört natürlich nicht zur Expeditionsausrüstung, die wir mal eben im Handgepäck mitnehmen können. Die einzige Gegenleistung, die er für das Fahrzeug verlangt, ist, dass wir ihn zuerst über unsere Erkenntnisse vor Ort informieren. Die Flugtickets nach Tokio sind übrigens schon reserviert. Wir fliegen heute Nacht um kurz vor 1 Uhr.«

Van Dijk hatte inzwischen schon einige Routine darin entwickelt, kurzfristig seine Habseligkeiten in seinem Reisekoffer zusammenzupacken. Auch die verstärkte und gepolsterte Kunststoffschachtel mit dem Artefakt hatte dort bereits einen Stammplatz gefunden. Noch einmal nahm er es aus seiner Hülle und betrachtete es im hellen Licht der Badezimmerlampe. An dem bekannten blau-irisierenden Effekt hatte sich nichts geändert. Einmal mehr überraschte ihn das Gewicht des relativ kleinen Gegenstands. Auch schien es ihm, dass seine Temperatur weiter gefallen war und inzwischen nur noch ganz geringfügig über der klimatisierten Temperatur seines Hotelzimmers lag.

Gegen 21 Uhr saßen Tellier, van Dijk und Monteiro gemeinsam in einem Großraumtaxi auf dem Weg zum Flughafen. José sollte sie ebenfalls begleiten und war bereits vor Ort, um das Verladen von drei Kisten Laborzubehör in die Maschine zu überwachen. Sie trafen erst in der Kabine wieder zusammen, wo sie nebeneinander in einer Reihe saßen. Glücklicherweise war die Maschine nur knapp zur Hälfte ausgebucht, so dass alle Passagiere genug Platz fanden. Nach einer kleinen Mahlzeit versuchten alle etwas zu schlafen, denn der Flug nach Tokio sollte etwas mehr als 23 Stunden mit zwei Zwischenstopps in Houston und San Francisco dauern.

In der ersten Phase ihres Fluges träumte van Dijk von fliegenden Artefakten, die um seinen Kopf kreisten. Er schlug nach ihnen wie nach lästigen Insekten, aber sie wichen seinen Schlägen immer wieder aus und machten Geräusche, die an ein hochfrequentes Kichern erinnerten. Auch ein leichter Kopfschmerz stellte sich ein, der jedoch schon seit einigen Tagen besser erträglich war, als die schweren Migräneanfälle in der Zeit davor. Wie gerädert erwachte er kurz vor der Landung in Houston, als eine Stewardess seinen Sitz in eine aufrechte Position brachte und sich vergewisserte, dass er angeschnallt war. Den anderen erging es sichtlich kaum besser, und dabei hatten sie den größten Teil der Reise noch vor sich.

Den nächsten Reiseabschnitt verbrachte jeder in seine eigenen Gedanken versunken. Dennoch war sich van Dijk sicher, dass alle Überlegungen der Gruppenmitglieder darum kreisten, was sie in Tunguska wohl erwarten würde. Zwar hatte es in der Vergangenheit schon zahlreiche Expeditionen in das Gebiet gegeben, die aber allesamt mit mehr oder weniger leeren Händen zurückgekehrt waren. Nun hatte sich die Situation allerdings entscheidend verändert: Acht schnurgerade und weltumspannende Niemandslandstreifen von jeweils 20 Kilometern Breite trafen in Tunguska zusammen. Es war also sehr sicher, dass sich ihnen hier – wie schon in den Ecuadorianischen Anden bei Sigchos – eine Landschaft bot, die seit 1908 von keinem Menschen mehr wahrgenommen worden war. Die bisherigen Erkenntnisse, denen zufolge es in Tunguska keinen Einschlag gegeben habe, dürften damit überholt sein. Was aber war es, das sich so viele Jahre der menschlichen Wahrnehmung entzogen hatte, und wie verhielt es sich zu den Unbihexium-Artefakten, die seitdem über den ganzen Globus verteilt worden waren. Die Radiokarbonmethode hatte den Artefakten immerhin ein Alter von mindestens 400 Jahren attestiert, was bedeutete, dass sie sehr viel älter als das Tunguskaereignis sein mussten. Wo also war das Unbihexium hergestellt worden? Wie hatte es sich um den Erdball verteilen können? Und vor allem: Warum blieb es über so viele Jahre unbemerkt? Das Grübeln vertrieb allen Reisenden die Zeit, brachte aber keinerlei Antworten, noch nicht einmal neue Spekulationen.

Als sich die Gruppe nach den Zwischenstopps und Kurzaufenthalten in Houston und San Francisco endlich Tokio näherte, waren alle von Muskelverspannungen und Schläfrigkeit gepeinigt, so dass auch das überraschend gute Abendessen, das vor der Landung serviert wurde, niemanden wirklich aufheitern konnte. Tellier hatte während des gesamten Flugs nur wenig gesprochen, was van Dijk auf ihre Klaustrophobie im Flugzeug zurückführte, die er an den Schweißperlen ablesen konnte, die sie von Zeit zu Zeit von ihrer Stirn abwischte.

Die Maschine landete pünktlich um Mitternacht auf dem internationalen Flughafen Tokio Haneda. Nachdem sie ihr Gepäck wieder in Empfang genommen hatten, betraten sie die nur wenig belebte Ankunftshalle. Zuvor hatte sich José bereits von der Gruppe abgesetzt, um sich beim Zoll um die Laborausrüstung zu kümmern. Die übrigen wurden gleich hinter den Sicherheitsschranken von drei kräftigen Männern erwartet, die offensichtlich wussten, wie van Dijk, Tellier und Monteiro aussahen, denn sie gingen zielsicher auf sie zu. Einer begrüßte sie in englischer Sprache mit einem gemäßigten russischen Akzent und stellte sich als Mitarbeiter von Oleg Prijodkin vor. Er bat höflich um die Erlaubnis, sich mit seinen Kollegen des Gepäcks der Gruppe annehmen zu dürfen und wies ihnen den Weg zu einem kleinen Seitenausgang, vor dem eine große schwarze Limousine mit sieben Plätzen auf sie wartete. Monteiro fragte nach seinem Mitarbeiter, der sich andernorts um die Laborausrüstung kümmerte. Der englischsprachige Mann zog ein Mobiltelefon hervor, telefonierte kurz und sagte schließlich, dass sich José bereits am Privatjet befinde und das Verladen der Ausrüstung überwache. Die Limousine passierte anschließend zwei Sicherheitskontrollen. Bei der ersten musste sie kurz anhalten, bei der zweiten wurden sie gleich durchgewunken. Schließlich erreichten sie den Parkbereich für kleinere Maschinen und Privatjets, von denen eine stattliche Anzahl abgestellt war.

Prijodkins Privatjet war eine weiße zweistrahlige Maschine mit russischen Hoheitsabzeichen. Schon aus einiger Entfernung erkannte Monteiro José, der um die drei Kisten der Laborausrüstung herumlief und einem Gabelstaplerfahrer mit ausladender Gestik Anweisungen zum Verladen gab.

Die schwarze Limousine hielt direkt vor der kurzen Gangway, an deren Ende ein uniformierter Flugbegleiter sie freundlich empfing. Tellier, van Dijk und Monteiro sahen sich neugierig in der überraschend großzügigen Kabine um. Schnell entdeckten sie eine gut bestückte Bordbar und sechs bequeme Ledersessel, die allesamt mit den üblichen Sicherheitsgurten bestückt waren. Van Dijk nahm in einem der vorderen Sessel Platz, stellte seine Aktentasche mit den Dokumenten und dem Behälter mit dem Unbihexium neben sich und probierte die elektrische Sitzverstellung aus. Der großzügige Abstand zwischen den Sitzreihen erlaubte eine fast liegende Position, was sich in einem heftigen Müdigkeitsschub bemerkbar machte. Schnell richtete er sich wieder auf und bemerkte den Mitarbeiter Prijodkins, der die Kabine mit einer schwarzen Aktentasche betreten hatte und auf die Gruppe zukam.

»Ihr Gepäck ist bereits verladen und die Maschine kann in wenigen Minuten starten. Jetzt wäre ein guter Zeitpunkt, die Übergabe des Objekts zu vollziehen.«

Er nahm schräg gegenüber von van Dijk Platz und legte den Aktenkoffer auf seinen Oberschenkeln ab. Van Dijk öffnete seine Aktentasche und holte den Behälter mit dem Artefakt heraus. Er war selbst überrascht, dass er so kurz vor der Übergabe zögerte und sich nur mit Mühe von dem Artefakt trennen konnte. Hilfesuchend blickte er zu Tellier herüber, die ihm mit einer Mischung aus Ungeduld und Aufmunterung zunickte. Hatte er denn eine Wahl, wenn er hinter die vielen Geheimnisse kommen wollte, die mit dem Erscheinen des Artefakts verbunden waren. Außerdem konnte er seine Zusage jetzt kaum noch zurückziehen, wenn er nicht Tellier, Monteiro und die anderen brüskieren wollte. Und schließlich wurden weltweit immer neue Artefakte gefunden, was ihren Marktwert stetig weiter schrumpfen ließ. Also übergab er schweigend den Behälter. Der Mitarbeiter Prijodkins öffnete ihn, nahm das Artefakt heraus, wog es in der Hand und betrachtete die bläulich irisierende Oberflächliche mit einer starken Lupe im hellen Leselicht seines Sessels.

»Alles in Ordnung«, sagte er nach einigen kurzen Augenblicken, »und hier haben Sie den vereinbarten Kaufpreis. Wenn Sie nachzählen möchten?«

Van Dijk öffnete den Aktenkoffer und sah viele Bündel Dollarnoten. Er nahm eines heraus und ließ die Scheine durch seine Finger gleiten. Kurz überschlug er die Anzahl der Bündel und kam gedanklich auf die vereinbarte Kaufsumme.

»Das wird nicht nötig sein. Es macht alles einen korrekten Eindruck.«

»Dann möchte ich mich jetzt von Ihnen verabschieden. Ihr Flug nach Krasnojarsk wird ca. 4 Stunden und 30 Minuten dauern. Das Bohrfahrzeug wird Sie am Flughafen erwarten. Viel Glück bei Ihrem Vorhaben.«

Er stand auf und drehte sich um. Van Dijk konnte nicht erkennen, ob er die Maschine verlassen oder vorne im Cockpit Platz genommen hatte. Jetzt waren sie wieder allein in der Kabine. Van Dijk befand sich in einer merkwürdigen Verfassung. Trotz der starken Müdigkeit empfand er den Verlust des Artefakts als schmerzlich, aber was hätte er in seiner aktuellen Situation damit anfangen können. War es nicht viel wichtiger, die vielen Fragen, die mit ihm verbunden waren, zu beantworten. Und dafür hatte er ein kompetentes Team um sich versammelt. Auch wenn er von der Ausrüstung, die José in den Jet verladen ließ, keine Ahnung hatte, war er sich doch sicher, dass sie bei ihrer gemeinsamen Aufgabe gute Dienste leisten würde. Außerdem gehörten sie zu den wenigen privilegierten Fachleuten, die in der aktuellen weltpolitischen Lage Zugang zur Tunguskaregion bekommen sollten. Damit waren sie näher an einer Beantwortung ihrer Fragen als irgendjemand sonst auf der Welt. Zufrieden lehnte er sich zurück, beobachtete wie José die Kabine als letzter betrat und hörte, wie die Einstiegsluke vom Flugbegleiter geschlossen wurde.

Vom Anlassen der Triebwerke über den Weg zur Startbahn und dem Abheben vergingen nur wenige Minuten. In der

Luft reichte ihnen der Flugbegleiter eine kleine, aber außerordentlich schmackhafte Mahlzeit, nach der sich alle in ihren Liegesesseln zurücklehnten und rasch einschliefen.

Sie wurden fast alle von einem Gong geweckt, der die Annäherung an das Ziel ankündigte. Bei ihrer westlichen Flugrichtung war es an ihrer aktuellen Position mitten in der Nacht. Van Dijk begrüßte den Kaffee noch wesentlich mehr als das Frühstück, das aus kleinen Croissants und verschiedenen Konfitüren bestand. Er blickte herüber zu Monteiro, der genau die gleiche Empfindung zu haben schien und mit José ins Gespräch vertieft war. Tellier war bereits wieder in ihr Notebook vertieft, wo sie offensichtlich nach neuen Nachrichten suchte. Obwohl er nur kurz geschlafen hatte, fühlte er sich überraschend erholt und erfrischt. Als er in sich hinein fühlte, bemerkte er, dass er völlig frei von Kopfschmerzen war. Sogar der leichte Druck auf seine Schläfen, den er kaum noch bemerkte, weil er zu einem ständigen Begleiter geworden war, war nicht länger spürbar. Van Dijk zog zufrieden seine Mundwinkel nach oben, griff nach einem weiteren Croissant und beschloss, seinen Mitreisenden nichts von dieser erfreulichen Veränderung zu berichten.

»Gibt es etwas Neues?« wandte sich van Dijk stattdessen an Tellier, mehr um etwas zu sagen als aus aufrichtigem Interesse.

»Der Generalsekretär der Vereinten Nation hat offenbar zu einer Konferenz eingeladen, in der es um eine Bestandsaufnahme der unbekannten Gebiete und anschließende Wege der Gebietsverteilung auf die Anrainerstaaten gehen soll. Offenbar hat man in der Vollversammlung noch immer nicht verstanden, dass die Niemandslandstreifen Segmentlinien von weltumspannenden Kugelkeilen sind. In der Politik ist mal wieder niemand in der Lage, über den Tellerrand der eigenen nationalen Interessen hinauszublicken.«

Van Dijk mochte ihr da nicht widersprechen. Andererseits hatte er auch keine Lust, sich seine gute Laune durch weitere Schimpftiraden verderben zu lassen.

Kurze Zeit später setzte Prijodkins Maschine auf dem Flughafen von Krasnojarsk auf, auf dem so gut wie kein Betrieb herrschte, was sicher nicht nur an der nachtschlafenden Stunde lag. Die Landung kam vergleichsweise überraschend, weil es keine Ansage aus dem Cockpit gab und der Flughafen mitsamt seiner Landebahnen offenbar nur schwach beleuchtet war. Auch beim Ausrollen der Maschine waren durch die kleinen Bullaugen nur wenige Lampen zu erkennen und von einem Flughafengebäude war schon gar nichts zu sehen. Als sie schließlich die Parkposition erreicht hatten begannen Flughafenmitarbeiter sofort damit, das Gepäck zu entladen und neben der Maschine bereitzustellen.

Die ganze Gruppe bereute es, die dickeren Jacken in den Koffern verstaut zu haben, denn auf dem nächtlichen Flugfeld war es empfindlich kalt und ein schneidender Wind trieb die feuchte Luft vor sich her. Aus einiger Entfernung näherte sich ein tiefes Brummen. Van Dijk hielt es zunächst für eine weitere Maschine, die sich im Landeanflug auf Krasnojarsk befand. Als er in die Richtung des Geräuschs blickte, erkannte er jedoch die Lichter eines schweren Fahrzeugs, das sich ihrem Halteplatz näherte und schließlich parallel zu ihrer Maschine zum Stehen kam. Es handelte sich um einen sechsachsigen LKW mit einer mobilen Bohreinheit auf einem langen Ausleger. Dem Bohrgestänge nach, das seitlich vom horizontal gelagerten Bohrer gestapelt war, konnte man mit der Anlage eine respektable Tiefe erreichen. Ein einachsiger Anhänger bildete den Abschluss des Fahrzeugs. Hier fand ihre Laborausrüstung und ihr persönliches Gepäck Platz.

Der Fahrer der mobilen Bohreinheit und seine drei Mitarbeiter begrüßten die Reisegruppe freundlich. Einer von den dreien sprach leidlich Englisch und erkundigte sich nach dem

Ziel der Fahrt. Dabei entfaltete er eine großformatige Gebiets-
karte in detailverliebtem Maßstab, die sich wegen des unangenehmen Winds immer wieder selbständig machte und zu zerrei-
ßen drohte. José wies mit dem Finger auf den Punkt in der
steinigen Tunguska, den sie als Schnittpunkt der Segmentlinien
in der nördlichen Hemisphäre errechnet hatten. An dieser Stelle
waren auf der Karte natürlich keine Landmarken oder Land-
schaftsformationen verzeichnet, weil sie im Niemandsland lagen. Der Fahrer des Fahrzeugs stutzte und sprach auf Rus-
sisch in aufgeregtem Tonfall zu seinem Mitarbeiter. Der übersetzte schließlich:

»In der Gegend geht es nicht mit rechten Dingen zu.
Schon seit meiner Kindheit verschwinden dort immer wieder
Menschen. Und wenn sie Wochen oder Monate später tot gefunden werden, haben sie sich offensichtlich verirrt und sind
jämmerlich gestorben. Die Regierung hat das immer schon als
Aberglauben abgetan, aber seit ein paar Tagen schenken sie
uns offenbar mehr Glauben. Das ganze Gebiet ist großräumig
abgesperrt und militärisch gesichert. Ich habe Zweifel, dass wir
näher als 50 Kilometer an das Ziel herankommen.«

»Wir müssen es einfach versuchen«, erwiderte Monteiro
schulterzuckend. »Machen wir uns einfach so bald wie möglich
auf den Weg.«

Hinter dem Führerhaus des schweren Fahrzeugs befand
sich ein beengtes Steuerungs- und Kontrollzentrum, von dem
aus der Bohrer bedient und kontrolliert werden konnte. Einer
der Mitarbeiter nahm auf dem Beifahrersitz Platz, und die vier-
köpfige Reisegruppe versuchte, sich mit den beiden verbleiben-
den Mitarbeitern so gut es ging in der engen Kabine zu arran-
gieren. Das gelang mehr schlecht als recht. Langsam setzte
sich das Gefährt in Bewegung und verließ den schwach gesi-
cherten Flughafen Richtung Norden.

Die nächtliche Fahrt auf unbeleuchteten Straßen bot nur
wenig Abwechslung. Immer wieder versuchte van Dijk, der auf

seinem Geldkoffer saß, etwas durch die unzureichend gesäuberten Scheiben des Fahrzeugs zu erkennen, aber der wolkenverhangene Himmel und die Reflexionen der schwachen Innenbeleuchtung auf den Scheiben verhinderten, dass er irgendetwas erkennen, geschweige denn, sich irgendwie orientieren konnte. Der Motorenlärm im Fahrzeuginneren lag nur unwesentlich unter dem Lärmpegel außerhalb des Fahrzeugs und auch auf sonstigen Komfort hatte man weitgehend verzichtet. Wenigstens wurde es in der Kabine allmählich wärmer, so dass wohl keiner der Reisenden frieren musste. Van Dijk schätze die Geschwindigkeit des Fahrzeugs auf 60 bis 70 Km/h. Die Entfernung von Krasnojarsk bis Tunguska betrug Luftlinie etwas über 600 Kilometer. Das bedeutete eine Fahrzeit von mindestens 10 Stunden, sofern nichts Unvorhergesehenes geschah und die Pausen nicht allzu zahlreich waren. Entmutigt fügte sich van Dijk in sein Schicksal.

Tatsächlich gab es nur wenige Pausen, die der Fahrer während der Fahrt machte. Bei jedem Halt gab es heißen Tee und Fladenbrot, das mit einer Art Streichkäse bestrichen werden konnte. Van Dijk fand den Geschmack passabel, er blieb jedoch außer den russischen Mitfahrern der einzige, der sich am Käse bediente. – Mittlerweile war es draußen hell geworden. Die Straße, auf der sie gut vorankamen, war an Monotonie jedoch kaum zu überbieten. Im Fahrzeuginneren verhinderte die Lautstärke während der Fahrt längere Gespräche. Nur die russische Fahrzeugbesatzung warf sich von Zeit zu Zeit kurze Sätze zu. Ganz offensichtlich hatte sie kein Verständnis für die ausländische Reisegruppe, deren Reiseziel und Absichten. Während der wenigen Stopps vergewisserte sich José, ob die Laborausrüstung noch richtig verstaut war und sich nicht wegen der starken Vibrationen gelockert hatte.

Am frühen Nachmittag, nach rund neuneinhalbstündiger Fahrt wurde das schwere Bohrfahrzeug schließlich langsamer und kam vor einer Straßensperre zum Stehen. José hatte errechnet, dass man sich kurz vor den sich überkreuzenden Niemandslandstreifen befinden musste. Ein Militär-LKW mit festem Aufbau und einem ca. fünf Meter hohen Sendemast stand quer zur Fahrbahn und wurde von zwei kleineren Geländefahrzeugen flankiert. Im Unterschied zu Ecuador gab es hier keine Medienvertreter und keine Kameras. Ein bewaffneter Soldat kam auf das Führerhaus zu, während ein zweiter sich im Abstand von zwanzig Metern vor dem Fahrzeug aufbaute. Zwischen dem Fahrer und dem Soldaten gab es einen längeren Wortwechsel, wobei van Dijk immer nur den Namen ‚Prijodkin' verstand. Der Fahrer zeigte dem Soldaten einige Papiere, woraufhin er das Führerhaus verließ und dem Soldaten in den Militär-LKW folgte. Einige Minuten geschah gar nichts. Schließlich tauchte der Fahrer wieder auf und sprach mit seinen Kollegen. Der englischsprachige Mitfahrer übersetzte:

»Das ganze Gebiet rund um Tunguska ist militärisches Sperrgebiet, und sie haben die strikte Anweisung, niemanden passieren zu lassen.«

Das galt insbesondere für Ausländer, als die van Dijk, Tellier, Monteiro und José sofort erkannt wurden. Das von Prijodkin persönlich unterzeichnete Beglaubigungsschreiben schien immerhin einigen Eindruck zu machen, so dass sich der Soldat mit seiner vorgesetzten Dienststelle in Verbindung setzen musste.

»Hoffen wir das Beste!«

In den folgenden Stunden tat sich gar nichts. Hinter dem Bohrfahrzeug waren keine weiteren Fahrzeuge nachgekommen, und aus dem Sperrgebiet vor Ihnen konnte ohnehin niemand zu ihnen gelangen. Aus der Fahrzeugecke, in der sich Tellier so gut es ging eingerichtet hatte, hörte man immer wieder leises Fluchen, weil es ihr nicht gelang, eine Verbindung ins Internet aufzubauen, und sie so ohne Mailkontakt und neueste Nachrichten blieb. Monteiro hatte auf dem Beifahrersitz Platz genommen und las in einem voluminösen Buch, das er auf seinen Oberschenkeln abgelegt hatte. Sowohl die Soldaten als auch die Mitfahrenden des Bohrfahrzeugs vertraten sich in gebührendem Abstand voneinander immer wieder die Füße und beäugten sich misstrauisch. Immerhin hatten die Soldaten ihre Waffen mittlerweile abgelegt. Van Dijk war sich allerdings keineswegs sicher, ob er dies als gutes Zeichen werten konnte. Immer wieder konnte er wilde Tiere beim Überqueren der Straße beobachten. Besonders ein Rudel Wölfe schien nur wenig Respekt vor den Menschen zu haben. Das Leittier kam van Dijk so nahe, dass er sich bereits überlegte, zum Fahrzeug zurück zu laufen. Bevor er seinen Plan jedoch umsetzte, zog sich der Wolf in ein nahe gelegenes Wäldchen zurück.

Schließlich kam der Soldat, mit dem der Fahrer des Bohrfahrzeugs vor einer gefühlten Ewigkeit im Militär-LKW verschwunden war, hinter dem Fahrzeug hervor und ging – ein Papier in der Hand haltend – auf die Gruppe zu. Van Dijk beobachtete, wie er erneut mit dem Fahrer ihres Fahrzeugs sprach. Das Mienenspiel der beiden ließ jedoch keine Rückschlüsse darauf zu, ob ihnen die Weiterfahrt nun gestattet oder verwehrt werden würde. Genau so gut hätten sie sich auch über eine mögliche Teilung der Vorräte zum Abendessen sprechen können.

Am frühen Abend schließlich klopfte der des Englischen mächtige Mitarbeiter an die LKW-Tür und kletterte nach hinten ins Bohrfahrzeug. Mit gewichtiger Miene eröffnete er den Insassen, dass sie ihre Fahrt nunmehr fortsetzen könnten, sich allerdings zweimal täglich über Funk bei dem Posten melden müssten. Zur eigenen Sicherheit, wie ihnen versichert wurde, ohne dass jedoch näher darauf eingegangen wurde, welche Gefahren ihnen im Sperrgebiet drohten.

Man kam überein, die Fahrt gleich fortzusetzen, weil man das berechnete Zielgebiet noch vor der fortschreitenden Dämmerung erreichen und keine weitere Zeit verlieren wollte. Nachdem alle ihre mittlerweile angestammten Plätze eingenommen hatten, setzte sich das schwere Bohrfahrzeug wieder in Bewegung, wich dem Militär-LKW über den breiten grünen Seitenstreifen aus und setzte seinen Weg auf der Landstraße fort. Alle Insassen verstummten und blickten aufmerksam nach draußen. Schon nach knapp zwei Kilometern wurde der Straßenbelag deutlich schlechter und es gab auch keine Fahrbahnmarkierungen mehr, weder am Straßenrand noch auf der Fahrbahn selbst. Das Landschaftsbild selbst blieb unverändert.

»Genau wie in Sigchos«, bemerkte José, der seinen mobilen GPS-Empfänger nicht aus den Augen ließ. »Wir befinden uns jetzt wieder im Niemandslandstreifen. Noch rund 15 Kilometer und wir erreichen den Schnittpunkt der Kugelkeile.«

Nur eine halbe Stunde später wies José den Fahrer in Zeichensprache an, die Straße zu verlassen und nach rechts in eine große Senke abzubiegen, die sich schnurgerade vor ihnen erstreckte. In einem Abstand von rund 100 Metern links und rechts vor ihnen türmten sich markante Erdwälle auf, die nach wenigen Kilometern in einem annähernd runden Talkessel mündeten. Der Boden des Kessels war nur von niedriger Vegetation bedeckt. Die einzigen sichtbaren Bäume standen auf der sie umgebenden Böschung rund um den Talkessel. José gab das Signal zum Anhalten und das Bohrfahrzeug stoppte in der Mitte des Talkessels.

»Genau hier befindet sich der Schnittpunkt der Kugelkeile«, erläuterte José nach einem letzten prüfenden Blick auf das GPS. Dabei runzelte er auffällig die Stirn und wandte sich an van Dijk: »GPS hat sein Kartenmaterial und das Koordinatensystem inzwischen an die neuen Gegebenheiten angepasst, aber werfen wir doch mal auf den klassischen Kompass.« An seinem Gürtel trug José einen herkömmlichen Wanderkompass. Er versuchte, ihn möglichst horizontal zu halten, aber es gelang ihm nicht, eine klare Richtungsanzeige nach Norden zu bekommen. Wie benommen torkelte die Kompassnadel umher. Mehrmals machte sie den Eindruck, sich in eine bestimmte

Richtung einzupendeln, um dann wieder seitlich wegzuschwenken.

»Kein Wunder, dass sich hier viele Menschen verirrt haben. Die haben bestimmt zu sehr ihren Kompassnadeln vertraut«, stellte José irritiert fest. »Ich habe für dieses Phänomen jedenfalls keine Erklärung. Der Kompass hat mir sonst seit vielen Jahren gute Dienste geleistet.«

Während der Fahrer des Fahrzeugs die seitlichen Stützpfeiler ausfuhr und den Bohrturm in eine senkrechte Position brachte, kümmerten sich Monteiro und José darum, die Laborausrüstung zu entladen. Van Dijk half dabei, die Zelte aufzubauen, die für unbestimmte Zeit ihre neue Heimstatt sein sollten. Glücklicherweise war es trocken, windstill und die Temperaturen sehr angenehm. Die niedrige Vegetation und der den weiten Kessel umgebende Wall riefen in van Dijk immer wieder den Eindruck eines Campingplatzes hervor. Ein Blick auf das Bohrfahrzeug machte diesen Eindruck allerdings rasch zunichte. Der aufgerichtete Bohrturm ragte rund 15 Meter in der Höhe und wurde von starken seitlichen Verstrebungen stabilisiert. Als man sowohl die kleine Zeltstadt als auch das Bohrfahrzeug ungefähr zur selben Zeit errichtet hatte, war die Sonne hinter dem Horizont verschwunden, und alle waren ziemlich erschöpft. So kam man überein, mit den Bohrungen erst bei Sonnenaufgang zu beginnen.

Rund eine Stunde später und nach einem spärlichen Abendessen hatte sich die russische Bohrmannschaft in ihrem Zelt schlafen gelegt. Van Dijk fühlte sich zwar erschöpft, konnte aber nicht schlafen und ging ein paar Schritte um das Lager herum. So hoch im Norden wurde es bereits im Frühjahr erst spät dunkel. Im Licht der spärlichen Beleuchtung ihres Lagers, die von einem ca. 50 Meter entfernten Aggregat gespeist wurde, konnte er dennoch kaum etwas erkennen. Im Unterschied zur sonstiges Bohrausrüstung und des LKW selbst arbeitete das Aggregat fast geräuschlos. In seinem engen Anzug aus

Ecuador, seinem bunten Hemd und den Lederschuhen, denen inzwischen übel mitgespielt worden war, wurde ihm bewusst, warum die Gegend ‚steinige Tunguska' hieß und welche exotische Rolle er zwischen den anderen Expeditionsteilnehmern einnahm.

Vor dem Hintergrund der kreisrunden Böschung, die annähernd 20 bis 25 Meter hoch sein mochte, sah er jemanden auf dem Erdboden hocken. Als er näher kam erkannte er José, der mit dem Rücken zu ihm saß und in den Himmel starrte. Gerade wollte er ihn ansprechen, um ihn nicht durch seine plötzliche Anwesenheit zu erschrecken, da hörte er ihn sagen:

»Haben Sie bemerkt, dass es im Talkessel vollkommen still ist?«

Van Dijk blieb stehen, schloss die Augen und lauschte. José hatte recht, Hier gab es weder Wind, noch irgendwelche Vögel oder andere tierische Laute. Es war so still, dass er meinte, sein Blut in den Adern rauschen hören zu können. Nach einer kurzen Weile setzte er sich neben ihn auf den Boden und nickte. Majestätisch hob sich das Band der Milchstraße vor dem schwarzen Hintergrund des Himmels ab.

»Hier ist es so abgeschieden und dunkel, dass der Himmel so klar ist, als ob es keine Atmosphäre gäbe, die den Blick auf die Sterne stört. Ein Fest für jeden Hobbyastronomen. – Umso bemerkenswerter, dass der Boden hier leicht zu vibrieren scheint.«

In diesem Moment spürte van Dijk es auch: Der Sand, auf dem sie saßen, schien mit an- und abschwellender Intensität zu vibrieren. Kaum spürbar und vor allem völlig geräuschlos. Van Dijk legte beide Handflächen auf den Boden, um die Vibrationen besser spüren zu können.

»Ein natürliches Phänomen?« fragte er José.

»Sicher nicht, dazu ist das Intervall viel zu gleichmäßig. Im Allgemeinen gilt dieser Teil Sibiriens als tektonisch vollkommen inaktiv. Wenn ich nicht wüsste, dass wir uns hier im Niemandsland befinden, würde ich auf Bohrvibrationen tippen. So jedoch bin ich nur gespannt, was wir morgen mit der seismologischen Ausrüstung der Geologen feststellen werden.«

Sie saßen noch eine Weile schweigend nebeneinander und spürten den Vibrationen und der sie umgebenden Stille nach. Schließlich stand José auf, verabschiedete sich mit einem Kopfnicken und ging in Richtung seines Zeltes. Van Dijk blieb nur wenig länger und gab schließlich der Sehnsucht nach seinem Schlafsack nach. Er zog seinen Geldkoffer dicht zu sich heran und versank rasch in einem tiefen Schlaf.

Kapitel 13: Wiedersehen

Als van Dijk erwachte, sich aus seinem Schlafsack schälte und vor sein Zelt trat, sah er sich von einem bleiernen Grau umgeben. Die Sonne war offenbar bereits über den Erdwall gestiegen, es war jedoch wolkig und ein gleichmäßiger Dunst füllte das Becken. Das ihn umgebende Licht war diffus und schien aus allen Richtungen zu kommen. Die Luft war kühl und frisch. Auch in dieser Nacht hatte er tief und lange geschlafen. Er spürte nicht den leisesten Anflug von Migräne und freute sich auf eine Tasse Kaffee. Seine Sichtweite reichte gerade bis zum Erdwall, der sie an drei Seiten umgab. Genau wie am Abend zuvor, war nicht der leiseste Laut zu hören, und sogar das summende Geräusch des Aggregats wurde vom Nebel vollkommen verschluckt. Auf seinem Weg zum Laborzelt vernahm er nichts als das Knirschen des Sandes unter seinen Füßen. Als er sich weiter näherte hörte er die Stimmen der südamerikanischen Kollegen, die offenbar bereits mit der Arbeit begonnen hatten und sich – soweit van Dijk das beurteilen konnte – Zahlenwerte zuriefen. Vorsichtig öffnete er den Türvorhang und trat zu Monteiro und José, die in braunen Overalls nebeneinander saßen und auf einen schwarz-weißen Monitor starrten. Als sie ihn bemerkten drückten sie ihm den erhofften Kaffeebecher in die Hand, den er dankend annahm.

»Das ist einer der merkwürdigsten Meteoriten, von denen ich je gehört habe«, sagte Monteiro auf Englisch zu van Dijk, ohne den Blick vom Monitor abzuwenden.

»Wir haben heute früh eine Echoortung des Erdreichs durchgeführt und haben sehr verwirrende Messwerte erhalten. Seit der ersten ernst zu nehmenden und gut dokumentierten Expedition nach dem Tunguskaereignis im Jahre 1927 war man davon ausgegangen, dass der kosmische Brocken in der unteren Atmosphäre explodiert ist und deshalb derartig starke Schockwellen rund um den Globus geschickt hat. Zuletzt wurde diese Theorie 1999 durch ein Team der Universität Bologna, nicht zuletzt aufgrund der bekannten Verwüstungen, die er anrichtete, dahingehend präzisiert, dass er einen Durchmesser von 30 bis 100 Meter mit einem Gewicht von 100.000 Tonnen gehabt haben müsste, als er in 5 bis 8 Kilometern Höhe explodierte. Damals kannte man natürlich dieses Niemandsland noch nicht. Wenn wir uns heute vor dem Zelt umschauen, wissen wir durch den uns umgebenden Krater, dass der Asteroid tatsächlich doch eingeschlagen ist. Allerdings passen die Daten einfach nicht zusammen.«

»Genau«, ergriff José das Wort, während Monteiro einige Feineinstellungen vornahm und die Veränderungen der Kurven auf seinem Bildschirm beobachtete. »Die Einschlagscharakteristik eines Meteoriten wird maßgeblich durch vier Faktoren bestimmt: Seine Masse, die Geschwindigkeit, seine Dichte und den Einschlagswinkel. Bei dem, was wir hier haben, passt einfach nichts zusammen. Der Krater, in dem wir stehen, hat einen Durchmesser von nur 400 Metern von Wand zu Wand. Das deutet auf einen Asteroidendurchmesser von nur 10 bis 15 Metern hin. Wenn wir die seit langem bekannte Flugbahn mit den geologischen Strukturen hier im Niemandsland verlängern und das Einschlagsszenario rekonstruieren, muss er ungewöhnlich schwer gewesen sein. Trotz seiner geringen Größe können wir hier durchaus von den 100.000 Tonnen ausgehen, die 1999 von der Uni Bologna berechnet wurden. Dann stellt sich die jedoch, die Frage, aus welchem Material er bestand.«

»Unbihexium vielleicht«, hörte man die Stimme Telliers aus dem Hintergrund. Van Dijk, Monteiro und José wandten sich gleichzeitig nach ihr um. Sie stand anscheinend schon seit ein paar Minuten im Zelteingang und blickte zu den drei Männern herüber. Sie trug ebenfalls einen Overall aus reißfestem Stoff und unter dem Arm einen farblich passenden Schutzhelm.

Damit war sie einmal mehr besser auf die anstehende Expedition vorbereitet als van Dijk, der mit Hemd, Jeans und Straßenschuhen ebenso seinen Laden hätte öffnen können.

»Das könnte hinkommen«, bestätigte José. »Das Material hätte zumindest eine Masse, die groß genug wäre. Allerdings...« zögerte er.

Monteiro führte seinen Gedanken zu Ende: »Wenn ein solch schweres Objekt mit einem vergleichsweise geringen Durchmesser in spitzem Winkel auf die Erde trifft, müsste es einen sehr tiefen Krater mit hohen Aufschüttungen hinterlassen haben. Wie wir jedoch sehen, ist der uns an drei Seiten umgebende Wall nicht höher als 20 Meter. Zu erwarten wären hier 100 Meter und mehr.«

»Wäre es möglich, dass Erosionskräfte den Wall in den letzten 120 Jahren so stark abgeschliffen haben?« fragte van Dijk.

»Ausgeschlossen«, gab ihm Monteiro zurück. »In diesem Fall, wäre der Anschüttungswinkel sehr viel flacher. Dieser Wall ist zwar nicht besonders hoch, aber doch sehr steil.«

»Damit sind wir schon beim nächsten Rätsel. Aus den zahllosen umgeknickten Bäumen in seiner Flugbahn wissen wir, dass der Meteorit extrem schnell durch die Atmosphäre geflogen sein muss. Seine atmosphärische Bugwelle muss von unglaublich hohem Druck gewesen sein. Der niedrige Krater deutet jedoch auf eine weit geringere Aufschlagsgeschwindigkeit hin. Daraus folgt die absurd anmutende Schlussfolgerung, dass der Asteroid vor dem Aufschlag stark abgebremst worden ist.«

»Das ist wirklich Unsinn«, lachte Monteiro. »Wer oder was sollte einen Meteoriten dieser Größe und Geschwindigkeit verlangsamen können?«

Erneut mischte sich Tellier in das Gespräch der beiden Geologen: »Und schließlich – wenn der Brocken im Wesentlichen aus Unbihexium bestand: Wo ist es geblieben?«

»Vielleicht geben uns hier die Bohrungen Aufschluss«, ergänzte Monteiro, der durch die geöffnete Zeltbahn die russischen Bohrleute erspäht hatte, die sich an ihrem LKW zu schaffen machten. José verließ das Zelt und gesellte sich zu ihnen. Van Dijk konnte erkennen, wie er mit Gesten und rudernden Armbewegungen letzte Einweisungen für die bevorstehende Bohrung gab. Der Dieselmotor des russischen Bohr-LKW wurde angelassen und das Bohrgestänge begann, sich langsam um die eigene Achse zu drehen.

Als José ins Zelt zurückkehrte, setzte er sich wieder vor seine Monitore, um den Beginn der Bohrungen zu verfolgen. Er wechselte die Darstellung auf eine Grafik, die an ein Tortenstück erinnerte, das mit der Spitze nach oben zeigte. Zu van Dijk und Tellier gewandt erklärte er:

»Was wir hier sehen, sind die Vibrationen, die von einem Seismometer und einem Ultraschallgerät gemessen werden, die wir in ca. 20 Metern Abstand vom Bohrplatz aufgebaut haben. Die Messungen beider Geräte werden hier im Labor miteinander verrechnet und erlauben uns einen Einblick in die geologischen Formationen rund um den Bohrkern. Wir gehen zunächst bis auf 100 Meter Tiefe. Dann schauen wir uns an, was der Aushub enthält. Das Bohrfahrzeug erlaubt uns aber auch Bohrungen bis 300 Metern Tiefe. Ich weiß aber nicht, ob das überhaupt nötig …« An dieser Stelle verstummte José abrupt und drehte an verschiedenen Reglern. Schließlich rief er nach Monteiro, der sich sofort seinem Assistenten zuwandte. Auch van Dijk und Tellier sahen einander an und signalisierten sich schulterzuckend gegenseitig ihr Unverständnis. Beide wagten jedoch nicht, José und Monteiro mit Rückfragen zu unterbrechen. José drehte immer wieder verschiedene Regler und hielt immer wieder inne, um die Veränderungen auf dem Monitor zu beobachten.

»Das ist doch nicht möglich…« murmelte er mehrfach auf Spanisch und Monteiro erkundigte sich, ob die Geräte richtig kalibriert wurden. José antwortete, dass er alle Testroutinen am frühen Morgen zweimal durchlaufen gelassen hatte und alle Ergebnisse unauffällig gewesen waren. Schließlich lehnte er sich langsam zurück und erklärte in Richtung van Dijks und Telliers:

»Ziemlich genau unter uns wird eine Kaverne in ca. 40 Metern Tiefe angezeigt. Das ist normalerweise nichts Ungewöhnliches und kann verschiedene Ursachen haben. Allerdings befinden wir uns hier mitten in einem Aufschlagkrater. Das Erdreich unter uns wurde vor etwas über 100 Jahren stark erhitzt und sehr hoch verdichtet. Ich kann mir nicht erklären, durch welche Art der Erosion sich in solch erdgeschichtlich kurzer Zeit eine so große Kaverne bilden konnte.« Er machte eine Pause.

»Da gibt es aber noch etwas anderes. Uns werden Bohrgeräusche in eben dieser Tiefe angezeigt, obwohl wir mit unseren Bohrungen noch gar nicht begonnen haben.« Dazu wies er aus der Zelttür in Richtung des LKW, wo der Bohrtrupp damit beschäftigt war, das Bohrgestänge aufzurichten.

»Sind denn noch weitere Bohrtrupps vor Ort?« fragte Tellier.

»Als ich gestern Abend auf den Erdwall geklettert bin, ist mir nichts aufgefallen«, antwortete van Dijk. »Wir sind hier allein.«

In diesem Moment wurde der schwere Bohrdiesel auf dem LKW angeworfen. Auf Josés Monitoren waren die Ausschläge der Vibrationen klar erkennbar. Es dauerte einige Minuten, bis der erste Bohrkern im Erdreich versenkt war und ein weiteres Bohrgestänge als Verlängerung angesetzt werden musste. José nutzte derweil die Gelegenheit, ein Stück des zutage geförderten Gesteins ins Laborzelt zu holen und auf den Untersuchungstisch zu legen. Er betrachtete es mit einer großen Lupe unter einer hellen Lampe.

»Soweit nichts Ungewöhnliches. Der Bohrer arbeitet sich in 10 Metern Tiefe durch eine Schicht geschmolzenen Gesteins, die typisch ist für die Aufschlagstelle von Meteoriten. Die hierfür erforderlichen Temperaturen sprechen für eine vergleichsweise langsame Einschlagsgeschwindigkeit. Wie kann er dann jedoch eine solche Druckwelle hervorrufen, wie die, die historisch gut dokumentiert ist?«

Seine Frage blieb unbeantwortet. – Nach zwei weiteren zusätzlichen Bohrgestängen unterbrach Tellier ungeduldig das gemeinsame Schweigen.

»Wann erreichen wir die angezeigte Kaverne?«

»Wir müssten jeden Augenblick durchbrechen. Das zweite Bohrgeräusch ist übrigens vor wenigen Sekunden verstummt.«

Kaum hatte José aufgehört zu sprechen, veränderte sich das Bohrgeräusch am LKW und der Bohrkern drehte deutlich schneller, ganz so, als ob ihm weniger Widerstand entgegengesetzt wurde. Die russische Bohrmannschaft schaltete den Bohrer ab und der Leiter des Bohrtrupps kam ins Laborzelt, um zu fragen, wie es weitergehen sollte. Monteiro schlug vor, eine Sondenkamera durch den Bohrschacht hinabzulassen, um einen Blick in die Kaverne zu werfen. José und der Bohrtruppleiter entfernten sich mit einer mittelgroßen Kabelrolle und einer Kiste, die die Sondenkamera enthielt. Nach einigen Minuten wechselte die Darstellung auf dem Hauptmonitor im Laborzelt und zeigte Josés Gesicht in Großaufnahme. Wenig später wurde das Kameraobjektiv nach unten gerichtet und verschwand schließlich in dem schwarzen Loch, dessen runder Eingang am aufgehäuften Bohrkegelauswurf von hellem Steinstaub eingefasst war. Der Kamerakopf war über eine Funkfernbedienung steuerbar und konnte in einem Winkel von 180° frei bewegt werden. Zusätzlich war er von hellen Leuchtdioden eingefasst, die abwechselnd die Wände des Bohrlochs sehr deutlich und den vorausliegenden schwarzen Schacht zumindest ein paar

Meter weit ausleuchteten. Van Dijk und Tellier konnten ihren Blick vor Anspannung kaum vom Monitor wenden, obwohl es dort nichts Spannendes zu sehen gab. José war mittlerweile ins Laborzelt zurückgekehrt und verfolgte die Kamerafahrt durch den senkrechten Schacht.

»Da«, rief plötzlich Tellier, »ist das nicht ein Lichtschein am Ende des Schachts?«

Van Dijk war sich nicht sicher, aber auch er hatte etwas bemerkt. Nur wenige Sekunden später trat die Kamera aus dem Schacht aus und baumelte in einer Kaverne mit unklaren Ausmaßen. Es war nicht zu erkennen, ob die Szenerie außerhalb des Scheins der Leuchtdioden noch von anderen Lichtquellen erhellt wurde. Plötzlich ging ein erkennbarer Ruck durch den Kameraschlauch und das Objektiv wurde abrupt nach oben gerissen. Zu sehen war ein Gesicht, das durch die automatische Fokussierung und die sich justierende Helligkeitsanpassung zunächst noch nicht zugeordnet werden konnte. Sekundenbruchteile später war das Bild klar.

»Nein«, hauchte Tellier. »Was macht der denn hier?«

Van Dijk brauchte etwas länger, aber schließlich erkannte auch er das Gesicht von Steve Fowler, den er und Tellier vor einigen Tagen zuletzt in London gesehen hatten. Schnell schüttelten sie ihre Überraschung ab, und klärten Monteiro und José rasch darüber auf, wer dort auf dem Monitor zu sehen war. Fowler befand sich mit mehreren Männern in der Kaverne und redete energisch auf sie ein. Da die Kamera weder mit Mikrofon noch mit Lautsprechern ausgestattet war, war eine verbale Kommunikation nicht möglich. Auch konnte Fowler nicht wissen, wer ihn am Ende am Ende des Kamerakabels auf einem Monitor anblickte. Einer der Männer neben ihm übernahm die Kamera von Fowler, der einen Meter zurücktrat und umständlich ein Stück Papier entfaltete. Zu sehen war eine flüchtig erstellte topographische Karte der Region um den Einschlagkrater, worüber sich alle rasch einig waren. Außerhalb des Erdwalls zeigte er rund 100 Meter in nordöstlicher Richtung auf eine Markierung, die mit dem Symbol für einen Höhleneingang gekennzeichnet war.

»Er zeigt uns einen Treffpunkt«, vermutete Tellier und machte Anstalten, rasch aufzubrechen. Van Dijk und Monteiro folgten ihr zeitgleich und drängten gemeinsam durch die Zelttür. José blieb zurück. Schon nach kurzer Zeit hatte die Dreiergruppe den Erdwall erreicht. Insbesondere Monteiro hatte mit der Steigung zu kämpfen. Er keuchte und fluchte laut vernehmlich. Von ihrer Position auf der Kuppe des Walls war – wie schon am Abend zuvor – kein Höhleneingang oder etwas Außergewöhnliches zu erkennen. Also beschlossen sie einfach, in nordöstlicher Richtung weiter zu gehen und Ausschau zu halten. Nach ziemlich genau 100 Metern erreichten sie einen Absatz, der rund 10 Meter abfiel und von Wildwuchs fast verdeckt war. Hier erkannten sie einen Zugang zur Höhle mit einem Durchmesser von ca. drei Metern, groß genug, dass er ein mittelschweres Fahrzeug aufnehmen konnte. Von ihrem Standort aus, konnten sie nicht weit in den Zugang hineinblicken. In seiner Verlängerung erkannten sie eine kurze Schlucht von vielleicht 50 Metern Länge, die wie eine Art Rampe aus der Höhle heraus auf das Umgebungsniveau führte. Darin waren zwei weiße LKW abgestellt. Zu sehen war jedoch niemand.

Um nicht den weiten Weg über die Rampe zu wählen, kletterten sie gemeinsam die steile Böschung herab, wobei sich Monteiro mehrfach Kratzer an den Dornen des Gebüschs zuzog. Auch van Dijk hatte mit seinen Straßenschuhen massive Probleme beim Abstieg. Unten angekommen standen sie unschlüssig vor den beiden LKW direkt vor dem Höhleneingang. Sie waren japanischer Herkunft und trugen abgesehen von russischen Kennzeichen keinerlei Aufschriften oder Symbole. Tellier klopfte sich ihre Kleidung ab und entließ dabei überraschend große Staubwolken in die Luft. Van Dijk hörte die Stimmen und Schritte aus der Höhle als erster.

Eine kleine Gruppe von fünf Männern in Höhlenforscher-montur mit Seilen und Grubenlampen kam direkt auf sie zu. Van Dijk konnte den leicht untersetzten Mann, der sich an die Spitze der Gruppe drängelte und überraschend flink auf Tellier zuhielt, trotz des ungewohnten Helms sehr schnell als Steve Fowler identifizieren.

»Elodie«, rief er ihr lauter als erforderlich entgegen, »mit Dir hätte ich hier wirklich nicht gerechnet.«

»Das beruht ganz auf Gegenseitigkeit«, entgegnete sie etwas schnippisch, erwiderte dabei jedoch die freundliche Um-armung, die von Fowler ausging. Nachdem sich alle begrüßt und mit Namen vorgestellt hatten, nahm man in dem vorderen der beiden LKW Platz, in dem einer provisorischer Konferenz-raum eingerichtet war, der ihnen trotz aller Enge genug Platz bot.

»Wie seid Ihr auf die Idee gekommen, nach Tunguska zu reisen, und wie habt Ihr es angestellt, bis hierher zu kom-men«, sprudelte es aus Tellier hervor.

»Das ist eine längere Geschichte«, begann Fowler seine Erklärungen. »Erinnerst Du Dich: Als Ihr in London wart, haben wir festgestellt, dass das Unbihexium-Artefakt elektrische Wel-len im Frequenzband von 10 bis 30 Hertz aussendet. Damals hat van Dijk sich besorgt erkundigt, ob das gefährlich sei, und ich habe das damals klar verneint. Die Frage hat mir jedoch keine Ruhe gelassen, und ich habe mich gleich nach Eurer Abreise mit Hirnforschern und MRT Spezialisten zusammenge-setzt und ihnen unsere Messungen vorgestellt. Beide zeigten sich zwar nicht direkt besorgt über die emittierte elektromagne-tische Strahlung, allerdings waren sie sehr überrascht von der Komplexität der Wellen, die sie stark an Gehirnwellenmuster erinnerten. Sie mochten nicht ausschließen, dass es zwischen diesen Wellenmustern und den Gehirnströmen, die für die Ver-arbeitung von Wahrnehmungen zuständig sind, zu Interferen-zen kommen kann.«

»Und was würde das praktisch bedeuten?« fragte Tellier ungeduldig nach.

»Nun«, antwortete Fowler zögernd, »das könnte bedeuten, dass unsere Wahrnehmung verzerrt oder eingetrübt wird. Wir würden bestimmte Wirklichkeitsaspekte zwar noch mit unseren Sinnesorganen wahrnehmen, sie würden jedoch von unserem Hirn nicht mehr verarbeitet werden und für uns praktisch nicht existieren.«

»Ungefähr so wie mit den Niemandslandstreifen«, sprach van Dijk eher zu sich selbst.

»Auf den Gedanken sind wir auch gekommen. Das kann aber aus zwei Gründen nicht sein, denn erstens beeinflusst die Strahlung nur den Transfer der Sinneswahrnehmung zur Interpretationsinstanz im Gehirn. Unser Gedächtnis ist eine ganz andere Geschichte: Wir hätten uns erinnert, wenn in der Landschaft etwas fehlt oder plötzlich verschwindet. Zweitens würde sich der Effekt bei allen Menschen aufgrund der unterschiedlichen Gehirnwellen anders auswirken. Es müsste also zu individuellen Differenzen in der Wahrnehmung kommen. Die Niemandslandstreifen waren jedoch uns allen gleichermaßen verborgen. Die Emissionen der Artefakte können damit nichts zu tun haben. – Allerdings …«, machte er eine längere Sprechpause, »dies gilt nur für den Fall einer ungesteuerten, natürlichen Emission…«

»Was heißt das?« fragte Tellier ungeduldig zurück.

»Soweit ich das verstanden habe«, antwortete Fowler zögernd, »sind unsere Gehirnwellenmuster unglaublich komplex und obendrein hochgradig individuell. Es ist schon überraschend, dass sie überhaupt von den Artefakten emittiert werden. Um so etwas wie eine kollektive Amnesie bei den Niemandslandstreifen hervorzurufen, müssten die Emissionen individuell abgestimmt und permanent neu konfiguriert werden, das heißt, sie müssten auf jedes einzelne Bewusstsein adaptiert und kontinuierlich justiert werden. Die hierzu zu bewegenden Datenmengen wären so gewaltig, dass wir das von vornherein ausschließen können. Keine Technologie könnte so etwas leisten.« Fast alle Anwesenden schüttelten die Köpfe.

»Es kann ja auch niemand Unbihexium herstellen. Und dennoch ist es da« hörte van Dijk sich selbst sagen.

Fowler und die anderen blickten ihn besorgt an. Alle schwiegen. Man hätte eine Stecknadel fallen hören können.

Schließlich fügte Monteiro hinzu: »Aber nehmen wir doch einmal an die Artefakte würden unsere Wahrnehmungen individuell und kontinuierlich manipulieren: Wer könnte ein Interesse an so etwas haben und vor allem: Warum?«

»Naja«, fügte Fowler beschwichtigend hinzu, »glücklicherweise werden die Emissionen der Artefakte ja immer schwächer. Wir hatten ja seinerzeit in London bereits festgestellt, dass die Temperatur des Unbihexiums immer weiter sank. Dieser Rückgang der Temperatur erfolgt offensichtlich synchron zur Abschwächung der Strahlungsmuster. Wie immer die elektromagnetische Strahlung im Inneren der Artefakte auch erzeugt wird, sie lässt nach...«

»... und lässt uns daher Dinge sehen, die unserer Wahrnehmung zuvor verborgen waren«, fügte van Dijk zusammenfassend hinzu.

Nach einer kurzen Phase des Schweigens beschrieb Fowler, wie er nur zwei Tage später in seinem Institut von zwei schwarzgekleideten Herren aufgesucht wurde, die sich überraschend gut in seinem Mailverkehr und auch seinen Telefonaten auskannten. Sie waren durch die Verwendung des Worts ‚Unbihexium‘ auf ihn aufmerksam geworden, das ihnen auch erst seit Kurzem bekannt war. Die Möglichkeiten, menschliche Wahrnehmungen so perfekt und nachhaltig zu manipulieren, erschlossen eine neue Dimension geheimdienstlicher Tätigkeit und bedeuteten zugleich ein enormes Gefahrenpotential in den Händen gegnerischer Mächte. Die Gruppe von Geheimdienstlern, die aus unterschiedlichen Ländern stammten, war mittlerweile selbst darauf gestoßen, dass die Niemandslandstreifen den gesamten Globus umspannten und in Sibirien zusammenliefen. Hier vermuteten sie eine Ursache für das offenbar weltweit existierende Phänomen. Dabei gaben sie Fowler sehr eindringlich zu verstehen, wie sehr sie daran interessiert waren, dass er und sein Team mit ihnen zu einer Expedition nach Tunguska aufbrächen. Sie stellten jedoch die Bedingung, dass er mit niemandem darüber sprechen durfte. Von übermächtiger Neugierde getrieben, brauchten die Männer in den dunklen Anzügen bei Fowler kaum Überzeugungsarbeit zu leisten. Rasch sagte er zu und hatte sein Team in Gedanken im Wesentlichen schon zusammengestellt.

Bis allerdings auch der russische Geheimdienst mit ins Boot geholt werden und die erforderlichen Genehmigungen erteilt werden konnten, vergingen jedoch noch einige Tage.

Die anwesenden Geheimdienstler schwiegen und blickten unbeteiligt in die Runde. Offenbar bestand das Geheimhaltungsgebot nicht mehr, denn sie griffen nicht in das Gespräch ein. Fowler wandte sich an Tellier und entschuldigte sich bei ihr, sie nicht früher informiert zu haben, aber sein Respekt vor dem langen Arm der Geheimdienste hatte ihn zurückgehalten. Umso erleichterter war er jetzt, sie hier getroffen zu haben und wieder frei sprechen zu können. – Mittlerweile war Fowlers Expeditionsteam seit drei Tagen vor Ort und sie hatten sehr rasch den Tunneleingang außerhalb des Erdwalls entdeckt.

»Ok«, warf Monteiro ungeduldig ein, »und jetzt zur Höhle. Ist Ihnen darin etwas Ungewöhnliches aufgefallen. Sie liegt immerhin direkt unterhalb des Tunguska-Einschlagkraters.«

Fowler lächelte verständnisvoll angesichts von Monteiros Ungeduld, die er nur allzu gut nachvollziehen konnte: »Der Tunneleingang hat einen Durchmesser von drei Metern und führt uns direkt in die große Höhle unterhalb der Platte aus geschmolzenem Gestein, die durch den Meteoriteneinschlag entstand. Die Höhle selbst ist bis auf ihre Existenz genau unter der Einschlagstelle und ihrer perfekten ellipsoidischen Form ziemlich unspektakulär, allerdings sind die Wände sehr ebenmäßig geformt, fast so, als ob sie bearbeitet worden wären. Sie muss ursprünglich den Asteroiden aufgenommen haben. Wir wissen aber nicht, woraus er bestand und was aus ihm geworden ist. Weder konnten wir besondere Materialien noch Strahlung oder sonst irgendetwas Auffälliges finden. Der Zustand der Höhle ist altersentsprechend: Es gibt Ansätze von Mineralienablagerungen und Moosbewuchs. Der Tunnel selbst scheint der einzige Zugang zu sein. Er ist interessanterweise erst einige Tage nach dem Einschlag entstanden und ganz sicher nicht natürlichen Ursprungs. Es macht den Eindruck, dass sich hier etwas aus dem Höhleninneren den Weg nach außen gebahnt hat. Ich habe keine Ahnung, wie dies vor sich gegangen sein könnte. Jedenfalls sind auch die Tunnelwände extrem ebenmäßig geformt, und wir nehmen an, dass sie bei sehr hohen Temperaturen verdampft wurden.«

»Seid Ihr sicher, dass der Tunnel von innen nach außen geformt wurde? Das würde ja bedeuten, dass der Tunguska-Meteorit nicht natürlichen Ursprungs war«, fragte Tellier nach.

»Außerdem würde es zu unserer Beobachtung passen, dass der Meteorit vor seinem Einschlag abgebremst worden sein muss, um einen solchen Krater zu formen«, ergänzte Monteiro. – Zwischenzeitlich hatte es auch José nicht mehr im Zelt ausgehalten und war der Gruppe bis zu dem LKW gefolgt. Er stand auf einer der Trittstufen zum Führerhaus und lauschte dem Gespräch durch das offene Seitenfenster.

»Sieht fast so aus, als ob der Tunguska-Meteorit etwas zur Erde transportieren sollte, das dann über den Tunnel an die Erdoberfläche gebracht und verteilt wurde«, schlussfolgerte Tellier.

Hier melde sich José zu Wort und fügte hinzu: »Und dreimal dürfen wir raten, was das gewesen sein könnte. – Ich tippe mal auf die Unbihexium-Artefakte. – Denken Sie bitte an die Altersbestimmung der Artefakte, die wir auf ca. 400 Jahre festlegen konnten. Das würde bedeuten, dass der Tunguska-Meteorit vor eben dieser Zeit mit den Artefakten bestückt worden ist, oder dass die Artefakte während des Fluges produziert worden sind.«

»Wie man es dreht und wendet«, polterte Monteiro dazwischen und unterbrach seinen Mitarbeiter, »angesichts der Unbihexium Nutzlast, der offensichtlichen Bremsmanöver und des mit Sicherheit artifiziellen Tunnels sollten wir nicht länger von einem Meteoriten, sondern von einem Raumflugkörper sprechen, der auf der Erde im Jahr 1908 gelandet ist.«

»Leider können wir überhaupt nicht mit Sicherheit sagen, woher bzw. aus welcher Richtung der Raumflugkörper gekommen ist«, schloss sich Fowler an: »Wir müssen mindestens von rudimentären Manövrierfähigkeiten ausgehen, wahrscheinlich sogar komplexen Navigationsoptionen. Denkbar, dass sich der Flugkörper sogar für längere Zeit im Erdorbit gehalten halt. Das wäre damals noch niemandem aufgefallen.«

José stutzte, legte die Stirn in Falten, widersprach aber nicht.

Nach einer kurzen Pause fügte er hinzu: »Schon kurz nach der Landung, von der wir hier wohl sprechen müssen, verteilten sich die Artefakte irgendwie entlang der Kugelkeil-Linien, die wir auch als Niemandslandstreifen bezeichnen. Aufgrund ihrer elektromagnetischen Wellen, die die menschliche Wahrnehmung blockierten, wurden sie dabei von niemandem bemerkt. Mehr noch: Sie rissen auch die Niemandslandstreifen aus der Wahrnehmung und der Erinnerung letztlich aus dem Bewusstsein aller Menschen. Bei jüngeren Menschen war dies noch einfacher als bei den älteren, denn sie hatten ja noch keine Erinnerung an das Niemandsland, die gelöscht werden musste.«

»Eine erschreckende Vorstellung«, murmelte Monteiro, »eine weltumspannende Manipulation des menschlichen Bewusstseins, von der wir nicht die leiseste Ahnung oder auch nur einen Verdacht hatten. Wir können ja noch nicht einmal mehr jemanden fragen, ob die Erinnerung an das Niemandsland zurückgekehrt ist. Es lebt einfach niemand mehr, dessen Erinnerungen im Jahr 1908 getilgt wurden.«

»Ok«, meldete sich van Dijk zu Wort. »Die Manipulation unseres Bewusstseins ist aber nur die eine Seite des Rätsels. Auf der anderen Seite müssen wir uns aber auch fragen, weshalb wir das Niemandsland plötzlich wieder wahrnehmen können.«

»Das ist ausnahmsweise mal leicht zu beantworten« strahlte Fowler in die Runde, »Wir wissen ja bereits, dass die Unbihexium-Artefakte nach einem ganz spezifischen Verteilungsmuster rund um den ganzen Planeten angeordnet sind. Wir wissen ferner, dass sie elektromagnetische Wellen abgeben, die die menschlichen Gehirnwellen beeinflussen. Schließlich wissen wir, dass die Artefakte aus bislang unbekanntem Grund Wärme absondern, dies allerdings mit kontinuierlich fallender Tendenz. Wenn wir hier eins und eins zusammenzählen, ist für mich klar, dass innerhalb der Artefakte ein energiekonsumierender Prozess abläuft, der bestimmte Wirklichkeitsaspekte vor dem menschlichen Bewusstsein verbirgt. Der Temperaturverlust spricht dafür, dass die wie auch immer geartete Energiequelle der Artefakte allmählich zur Neige geht. Aus diesem Grunde tauchen immer mehr Dinge auf, die unserer Wahrnehmung jahrzehntelang entzogen waren: Zuerst wurden die Artefakte selbst sichtbar, die sich an die für die damalige Zeit fortgeschrittensten Technologien anhefteten. Wenig später kehrten die Niemandslandstreifen wieder in unser Bewusstsein zurück.«

»Wir sehen die verborgenen Wirklichkeitsaspekte also quasi nur, weil der Akku der Artefakte leer ist«, fragte van Dijk in die Runde.

»So kann man das sagen«, bestätigte Fowler.

»Dann macht mir die Antwort auf die nächste Frage ziemliche Angst: Ist der Prozess inzwischen abgeschlossen, oder müssen wir uns auf weitere Überraschungen einstellen?«

»Das scheint so zu sein. In einer astromischen Fachzeitschrift habe ich kurz vor unserem Abflug nach Tunguska noch einen Artikel gelesen, in dem von einem unerklärlichen Volumenzuwachs aller Planeten des Sonnensystems gesprochen wurde. Das Phänomen der Niemandslandstreifen scheint sich auch auf den anderen Planeten zu wiederholen, nur das dort niemand lebt, dessen Wahrnehmung und Erinnerung beeinflusst worden sein könnte. Immerhin würde der Masse- und Gravitationszuwachs einige Ungereimtheiten bei der Berechnung der solaren Umlaufbahnen erklären. Ich habe vor unserer Abreise darüber leider nicht mehr mit meinen Freunden der astronomischen Gesellschaft sprechen können. – Dieser vermeintliche Zuwachs könnte ebenfalls auf die Artefakte zurückzuführen sein.«

»Unmöglich zu sagen«, antwortete Fowler. »Wenn wir jedoch den linearen Temperaturrückgang in den Artefakten statistisch fortschreiben und davon ausgehen, dass die Energiereserven vollständig verbraucht sind, wenn sie sich der Umgebungstemperatur angeglichen haben, dann müsste es in spätestens zwei Wochen soweit sein.«

»Bin schon gespannt, welche Überraschungen uns bis dahin noch erwarten«, lachte José. Allen anderen war nicht zum Lachen zumute.

Van Dijk, Tellier, Monteiro und José beschlossen, die Höhle selbst in Augenschein zu nehmen und einige Gesteinsproben für spätere Laboruntersuchungen zu sichern. Die Wände der nahezu runden Eingangsröhre waren sehr ebenmäßig geformt und machten den Eindruck von Gestein, das bei sehr hoher Temperatur geschmolzen und geformt wurde. Als sie das Tageslicht hinter sich ließen, schalteten sie ihre sehr leuchtstarken Helmscheinwerfer ein. Monteiro und José trugen zusätzliche Handscheinwerfer, deren Lichtstrahl nicht gebündelt war und die größere Bereiche ausleuchten konnten. Eine Seitenwand kurz hinter dem Anfang der Dunkelzone erregte Monteiros Aufmerksamkeit.

»Seltsam. Das ist feinkristalliner Granit«, und mit Blick auf van Dijk und Tellier fügte er erklärend hinzu, »Granite entstehen durch die Kristallisation von Gesteinsschmelzen, wie wir sie etwa beim Vulkanismus vorfinden. In dieser Gegend gab und gibt es jedoch erdgeschichtlich keinerlei Hinweise auf Vulkanismus. Granite dieser Qualität finden wir normalerweise nicht so nah an der Erdoberfläche, sondern in tieferen erdgeschichtlichen Schichten. Für seine Entstehung sind extrem hohe Druck- und Temperaturbedingungen erforderlich und normalerweise finden wir sie in erstarrten vertikalen Schloten. Hier jedoch ist die Anordnung offenbar horizontal. – Sehr merkwürdig.«

Der Lichtkegel seiner Handlampe fiel auf Tellier und van Dijk bemerkte zahlreiche Schweißtropfen auf ihrer Stirn, obwohl die Temperaturen in der Höhle noch recht angenehm waren. Auch schien sie ihm etwas bleich, aber er war sich nicht sicher, ob dies nicht am Licht der Scheinwerfer lag.

»Alles in Ordnung?« fragte er besorgt.

»Ja, ja, ist schon gut. Es ist nur die Höhle und die Gesteinsmassen, die über uns liegen. Da meldet sich sofort meine Klaustrophobie.«

Monteiro versuchte sie zu beruhigen: »Der Granit der Höhlenwände und Decke ist extrem hart und von gleichmäßiger Struktur. Es sollte mich sehr wundern, wenn uns hier irgendetwas auf den Kopf fiele.«

Tellier versuchte ein Lächeln, was ihr jedoch misslang und folgte der kleinen Gruppe tiefer in die Höhle hinein. Nach einem allmählichen Abstieg von 150 Metern gelangten sie in die eigentliche Höhle: Wie Fowler bereits erläutert hatte bestand sie aus einer elliptoidischen Kaverne mit einer Länge von rund

100 Metern und einer Breite von 60 bis 70 Metern. Die Decke wölbte sich ebenmäßig rund 30 Meter über ihnen. Seitlich an der Decke erkannten sie das Loch, das sie mit ihrem Bohrgestänge gegraben hatten. Wie sie mit ihren Handstrahlern rasch feststellten, gab es keinen weiteren Ausgang und auch keine Hinweise auf eindringendes Wasser. Die Temperatur lag nur geringfügig unter der Außentemperatur. Die ebenmäßige geometrische Form der Höhle verstärkte van Dijks Eindruck, sich in einer künstlich geschaffenen Umgebung zu bewegen. Die Kaverne glich einem rundwandigen Lagerraum, der vollständig leer geräumt war. Auch gab es keine Spuren von Tieren, die in dem Hohlraum eine Bleibe gefunden hätten.

Monteiro und José begnügten sich mit einigen Bruchstücken der Wände, die sie mit erheblichen Mühen aus der Wand schlugen, und verstauten sie in kleineren verschließbaren Behältern, die sie an ihren Gürteln trugen. Anschließend richteten sie ein paar Handlaser aus, mit denen sie die Dimensionen der Höhle genau vermessen konnten. Ihre Ergebnisse bestätigten den Eindruck einer streng geometrischen Struktur.

Nach rund 40 Minuten, in denen sie die perfekt gerundete Wand sorgfältig abschritten und fotografierten, verließen sie die Höhle wieder. Mit Mühe konnten sie einige weitere Proben von den Wänden mit einem elektrischen Stemmeisen abschlagen, die sie mit sich nahmen. Tellier wirkte sichtlich erleichtert, aber auch van Dijk war froh, zurück im Tageslicht zu sein. Schweigend begaben sie sich zurück zum Bohrfahrzeug und ihrer kleinen Zeltstadt, ohne Fowler und seiner Truppe an diesem Tag nochmals zu begegnen.

Kapitel 14: Entzauberung

Van Dijk lauschte den gewohnten Amsterdamer Straßengeräuschen in seinem abgedunkelten Schlafzimmer und dachte über die Ereignisse der vergangenen Tage nach. Von Ferne drang Straßenlärm ins Zimmer und strahlte eine Ruhe und Vertrautheit aus, die er in den vergangenen Tagen und Wochen sehr vermisst hatte. Vor einigen Tagen war er noch in Sibirien gewesen. Hier hatte es sich Tellier zuletzt nicht nehmen lassen, nach den Debatten um den Zusammenhang der Unbihexium-Artefakte und dem Tunguska-Meteoriten oder -flugkörper, die sich bis weit in die Nacht hinzogen, die Höhle am Morgen nach der ersten Begehung nochmals in Augenschein zu nehmen. Gemeinsam mit Fowler, José und van Dijk ging man im Lichtschein heller LED-Bergwerkslampen durch den Tunnel in die Höhle. Fowler hatte alles sehr präzise beschrieben und skizziert: Der Tunnel hatte einen nahezu kreisrunden Querschnitt und einen Durchmesser von rund drei Metern. Die Wände waren glatt und sahen streckenweise aus wie geschmolzenes Glas. Nach rund 300 Metern weitete sich der Tunnel zu der oval geformten Höhle, die sie am Vortag bereits besucht hatten. Abgesehen von geringfügigen Ansätzen der Stalagtit- und Stalagmitbildung, die ihnen am Vortag noch nicht aufgefallen war, gab es einfach Nichts, was der Erwähnung wert gewesen wäre und abgesehen von der geometrischen Form und den sehr ebenmäßigen Wänden keine Anzeichen für irgendetwas Nicht-Natürliches.

So beschloss man unter den Forschern, sich auf den Heimweg zu machen. Getrennt voneinander bereiteten die beiden Gruppen den Abbruch der Lager vor. Das Geld aus Prijodkins Aktenkoffer wurde nach dem vereinbarten Schlüssel zwischen van Dijk, Tellier und Monteiro aufgeteilt.

Der Abschied fiel kurz und wenig emotional aus. Man versprach sich jedoch, nach der Ankunft in Kontakt zu bleiben und einander über neue Erkenntnisse zu informieren.

Die Fahrt von Tunguska nach Krasnojarsk war ebenso unbequem und langweilig wie die Hinfahrt. Lediglich das russische Bohrteam schien guter Dinge zu sein. Für sie ging es einfach nur »nach Hause«. Der Posten an der Grenze zum Niemandsland war personell deutlich aufgestockt worden, aber man winkte das Bohrfahrzeug, das das Sperrgebiet verließ, einfach durch.

Bei den Sicherheitskontrollen am Flughafen von Krasnojarsk fuhr dem übermüdeten van Dijk noch ein großer Schrecken in die Glieder: Nachdem er seinen Geldkoffer auf das Durchleuchtungsband gelegt hatte, wurde er von einem uniformierten und missmutig dreinblickenden Zöllner mit Gesten aufgefordert, die Schnappverschlüsse zu öffnen. Erst jetzt fielen ihm die vielen Dollarnoten in seinem Inneren ein, und er hatte nicht die leiseste Idee, wie er plausibel erklären sollte, weshalb er so viel Bargeld bei sich trug. Gerade hatte er begonnen, sich gedanklich eine Erklärung zurecht zu legen, als von hinten ein großer Mann in einem dunklen Anzug nach vorne trat, seine Hand auf den Koffer legte und den Uniformierten ernst ansah. Als der Zöllner einen Schritt zurückwich gab er van Dijk mit einem Kopfnicken zu verstehen, dass er weitergehen sollte. »Prijodkin«, dachte van Dijk kurz und setzte seinen Weg zur Wartehalle fort.

Vom Flughafen in Krasnojarsk konnten Tellier und van Dijk einen Linienflug nach Neu Delhi bekommen, während Monteiro und José auf eine Privatmaschine des russischen Oligarchen warteten, die sie und ihre Ausrüstung zurück nach Tokio bringen sollte.

Im Transitbereich des Flughafens von Neu Delhi trennten sich schließlich auch die Wege von Tellier und van Dijk. Einerseits spürte er nach dem gemeinsam Erlebten eine leichte

Wehmut, andererseits genoss er die Ruhe und fehlende Unrast und Anspannung, die vor allem von Tellier ausging. In gewisser Weise fürchtete er sich sogar davor, dass sein Leben nach den turbulenten und aufregenden Ereignissen nun einfach in seine gewohnten Bahnen zurück fallen, die zahlreichen spannenden und offen Fragen unbeantwortet bleiben und alles nur eine Episode bleiben würde.

Das alles war jetzt vier Tage her. Van Dijk erwachte, blickte sich vorsichtig um und sah das rötlich-violette Lichtspiel der Vorhänge an der Schlafzimmerwand. Die Morgensonne gab den Farben eine seltsame Tönung. Es musste noch recht früh sein und er würde sich noch einmal umdrehen können. Wieder und wieder grübelte er schon seit Tagen über die Erkenntnisse seiner Reisen und stellte doch immer nur wieder fest, dass mit jeder gewonnenen Einsicht mindestens zwei neue Fragen in den Vordergrund drängten: Wie und wo waren die Unbihexium-Artefakte entstanden? Welche Prozesse liefern in ihrem Inneren ab? Waren die elektromagnetischen Emissionen natürlichen Ursprungs oder waren sie gesteuert? Im letzteren Fall: Von wem und zu welchem Zweck? Bedeutete ihre ständig sinkende Temperatur, dass die Prozesse im Inneren zu Ende gingen? Und was würde geschehen, wenn die Prozesse in ihrem Inneren völlig zum Stillstand gekommen sind? Und schließlich: Worin bestand der Zusammenhang zwischen den Artefakten und den Niemandslandstreifen, den aufgrund der räumlichen Verteilung von Artefakten und Kugelkeilen niemand ernsthaft in Frage stellte.

Nicht zum ersten Mal spürte van Dijk eine dumpfe Furcht in sich aufsteigen und schaltete zur Ablenkung das Radio ein, das auf seinem Nachttisch stand. Mit sonorer und gleichförmiger Stimme berichtete eine vertraute Sprecherstimme von den jüngsten Ereignissen der unterschiedlichen Krisenherde rund um die Niemandslandstreifen. Trotz der beunruhigenden Berichte über militärische Eskalationen im Sudan und Korea übte der klangvolle Tonfall eine beruhigende Wirkung auf van Dijk aus, auch wenn der nordkoreanische Machthaber immer massiver mit dem Einsatz von Atomwaffen drohte, falls der südkoreanische Nachbar an seinen Gebietsansprüchen auf das Niemandsland festhielt.

Insgesamt konzentrierte sich die gesamte mediale Aufmerksamkeit auf die Niemandslandstreifen, die die Unbihexium-Artefakte fast vollständig in den Hintergrund und aus dem öffentlichen Bewusstsein drängten. Über das neue Element wurde nur noch in speziellen Wissenschaftsforen diskutiert, aus denen van Dijk bei seinen Recherchen im Internet immerhin entnehmen konnte, dass es noch keinen Fortschritt bei der Analyse der Artefakte gab. Diese Meldung basierte natürlich nur auf den Artefakten, die in öffentlich-universitären Instituten untersucht wurden. Von den Unbihexium-Artefakten, die in privaten Einrichtungen und Laboren analysiert wurden, wie etwa dem Artefakt, das van Dijk dem russischen Oligarchen Prijodkin überlassen hatte, erfuhr man erwartungsgemäß nichts. Auch um die Exemplare, die den Geheimdiensten zur Verfügung standen, blieb es still.

Immerhin war van Dijk seit dem Verkauf seines Artefakts um eine knappe Million US-Dollar reicher. Den Rest des Kaufpreises hatte man zu gleichen Teilen zwischen Telliers musealem Etat und Monteiros Institut aufgeteilt. – Van Dijk war sich nicht mehr sicher, richtig gehandelt zu haben, als er Prijodkin sein Artefakt überlassen hatte. Immerhin schien es sich um eine äußerst komplexe Technologie zu handeln, über deren Tragweite und Auswirkungen man nicht einmal vage spekulieren konnte. Ihm fiel auf, dass in den Medien noch immer an keiner Stelle ein Zusammenhang zwischen den Artefakten und den Niemandslandstreifen hergestellt wurde. Offenbar war die Erkenntnis, dass beide Phänomene miteinander in Beziehung standen, bei den Geheimdiensten noch sicher verwahrt. Lange ließ sich der elektromagnetische ,Tarnmantel', der die neuen

Gebiete vor den Menschen verborgen hatte, jedoch sicher nicht mehr geheim halten.

Nach einer kurzen Musikeinspielung hörte van Dijk im Radio eine Reportage über eine sich rasch ausbreitende Sekte, mit dem Namen ‚New Eden'. Ihre Mitglieder betrachteten das Niemandsland offenbar als einen zweiten Paradiesgarten und eine Gabe Gottes, mit der die Menschheit einen weiteren Schritt in Richtung Erlösung machen konnte. Schon seit Wochen schlossen sich ihr immer mehr Menschen an, darunter auch prominente Schauspieler und sogar Politiker in hohen Staatsämtern. Insbesondere in dem langen Streifen quer durch den indischen Subkontinent entstanden unkoordiniert in rascher Folge neue Siedlungen dieser Sekte, deren Versorgung mit dem Lebensnotwendigen immer problematischer wurde. Ein Sprecher der Sekte äußerte sich über die fraglose Heiligkeit der unerwartet aufgetauchten Landstriche und dankte dem Schöpfer für das neue Paradies. Sein Tonfall schwankte dabei zwischen haltloser Euphorie und missionarischem Eifer. Der Radiomoderator schloss seine Reportage augenzwinkernd mit dem Hinweis darauf, dass in den Niemandslandstreifen in Alaska und Nordkanada deutlich weniger Siedlungen der Sekte zu finden wären.

Van Dijk schaltete sein Radio ab und richtete sich auf. Er lauschte noch einen Moment den vertrauten Straßengeräuschen, die durch das leicht geöffnete Fenster zu ihm heraufdrangen. Gewohnheitsgemäß ging er zunächst in die Küche, um die Kaffeemaschine einzuschalten, bevor er im Badezimmer verschwand, um sich zu waschen und zu rasieren. Sein Rasierpinsel und die Seife standen an ihrem üblichen Platz und er begann damit, sich die untere Gesichtshälfte einzuseifen. Ein kurzer Kontrollblick in den Spiegel zeigte ihm, dass alle relevanten Gesichtspartien mit weißem Schaum bedeckt waren. Mit wenigen Zügen hatte die scharfe Klinge ihn mitsamt den dunklen Stoppeln nahezu vollständig entfernt. Van Dijk senkte den

Kopf, um den restlichen Schaum abzuwaschen. Als er ihn wieder hob, um in den Spiegel zu schauen, fuhr ihm der Schreck in alle Glieder und er trat unwillkürlich einen Schritt zurück: Aus dem Spiegel blickte ihm ein Gesicht entgegen, dass nur entfernt an van Dijk erinnerte. Zwar waren Schädelform und Frisur nahezu unverändert, doch war seine Nase deutlich schmaler und der Mund fast rund mit leicht aufgewölbten Lippen. Am fremdesten jedoch erschien ihm die Augenpartie: Dort, wo zuvor Iris und Pupille zu sehen waren, spannte sich nunmehr eine Art Haut über die sich deutlich darunter bewegenden Augäpfel. Van Dijk schüttelte unweigerlich den Kopf und tastete mit der Hand vorsichtig über Augenpartie und Wangen. Im ersten Moment glaubte er, dass ihm der Rasierschaum in die Augen geraten war und ihm einen Streich spielte. Er spürte jedoch kein Brennen und sein Spiegelbild verriet ihm, dass er den Schaum gründlich entfernt hatte. Besonders verwirrend war, dass es so aussah, als ob er die Augen geschlossen hatte. Die Haut verdeckte die Augäpfel vollkommen. Aber wie konnte er sich selbst mit geschlossenen Augen sehen? Es war so, als ob er sich in einem Film und nicht in einem Spiegel betrachtete. Am erschreckendsten jedoch war der Umstand, dass er keine Augenlider oder Wimpern erkennen konnte. Auch die Augenbrauen waren nicht mehr vorhanden. Seine Augäpfel schienen komplett und permanent von dieser Haut bedeckt zu sein. Ein neuerlicher tastender Griff über Nasenrücken und Augenhaut bestätigte seinen visuellen Eindruck. Unwillkürlich versuchte er die Augen zu schließen, doch es gelang ihm nicht, die Bilder durch die Dunkelheit gesenkter Lider zu ersetzen. Es schien ihm, als würde er irgendwie durch die Augenhaut hindurch blicken und dass es keine Möglichkeit gab, die optischen Informationen auszublenden. Eine tiefe Angst erfasste ihn. Es war die Furcht, seine Augen nie mehr schließen zu können und fortwährend optischen Eindrücken ausgesetzt zu sein.

Eine Weile stand er stumm und schockiert vor seinem veränderten Spiegelbild und betrachtete sein Gesicht und den Oberkörper von allen Seiten. Allmählich wich seine Angst der Neugierde, und er untersuchte systematisch seinen gesamten Körper. Bis auf die Veränderungen von Augen, Nase und Mund konnte er jedoch keine weiteren Anomalien feststellen. Somit ging er ins Schlafzimmer zurück, um sich anzukleiden. Auch hier hatte sich etwas verändert, er konnte jedoch nicht sagen, was es war. Erst als er die Vorhänge aufzog, bemerkte er, dass es auf der Straße vor seinem Haus sehr still geworden und auch der Hintergrundlärm fahrender Autos nahezu verstummt war. Ein Blick aus dem Fenster bestätigte seinen Eindruck. Auf der normalerweise stark befahrenen Straße war nur ein einzelner langsam fahrender Transporter zu sehen und an der Haltestelle der Straßenbahn stand ein einzelner Zug, in dem sich nur sehr wenige Menschen aufzuhalten schienen. Sehr deutlich war hingegen das Zwitschern der Vögel zu hören, die sich auf der menschenleeren Straße tummelten. Die ganze Szenerie hatte etwas Befremdliches, aber nichts Furchteinflößendes. Van Dijk blickte in die andere Richtung der Straße, an der nach wenigen hundert Metern ein kleiner Stadtpark lag. Er konnte nicht sicher sagen, was genau ihm fremd vorkam, doch als er die Bäume in der Ferne erblickte, erkannte er, dass ihre Kronen eine unnatürliche Färbung hatten, die ihm zuvor noch nie aufgefallen war. Mehr noch, er konnte ihre Farbe noch nicht einmal sicher benennen.

Erneut griff van Dijk nach seinem Radio und schaltete es ein. Er hörte eine Stimme, die nicht von einem bekannten Rundfunksprecher stammte, sondern eindeutig von einem Mann, der es nicht gewohnt war, vor einem größeren Publikum zu sprechen, und ungelenke Sprechpausen machte:

»... solange nicht geklärt ist, was die ... Transformationen herbeigeführt hat, bittet die Regierung die Bevölkerung dringend darum, in den Wohnungen zu bleiben und alle Wege vor das Haus ... auf das Nötigste zu beschränken. Bisher ist nicht bekannt geworden, dass jemand ... zu Schaden gekommen ist. Es gibt also keinen Grund zur Panik. Polizei und Militär fahren verstärkt Streife. Im Notfall wenden Sie sich bitte an Ihre ... lokale Polizeidienststelle. Ich wiederhole: Es gibt keinen Grund zur Panik. Die Sicherheitskräfte haben die Situation unter ... Kontrolle. Die Regierung analysiert die Situation und wird sich bald mit ersten Ergebnissen ... an die Öffentlich wenden. Bitte lassen Sie Radio oder Fernsehen ...«

An dieser Stelle klingelte van Dijks Mobiltelefon. Er ging zur Kommode und erkannte rasch am Display, dass sich Tellier bei ihm meldete. Seit ihrer Rückkehr aus Tunguska hatten sie nicht mehr miteinander gesprochen. Angesichts der jüngsten Entwicklungen war er jedoch auch nicht überrascht von ihrem Anruf.

»Hallo«, meldete er sich, »Sie rufen sicher wegen der ...« er suchte nach passenden Worten, »´Transformationen´ an.« Dabei wunderte er sich über den veränderten Tonfall seiner Stimme, die insbesondere bei Reibelauten seltsam weich klang.

»Das sind keine Transformationen«, antwortete sie – wie üblich grußlos – mit hörbar erregter und ebenfalls veränderter Stimme, »ich habe gerade mit Monteiro telefoniert. Das Phänomen ist offensichtlich globaler Natur. Er berichtet von denselben Veränderungen, die auch uns betreffen und sagt, dass die Temperatur seines Unbihexium-Artefakts plötzlich auf Raumtemperatur gefallen ist, und dass es auch keine elektromagnetischen Wellen mehr aussendet. Was wir jetzt sehen, ist die eigentliche, von den Artefakten unbeeinflusste Realität.«

»Sie meinen, jetzt sehen wir unsere wirklichen Gesichtszüge, und alles was wir zuvor kannten, war eine Manipulation unserer Sinneseindrücke?«

»Genau so ist es. Und glauben Sie mir: Ich gefalle mir ganz und gar nicht.«

»Die Puzzleteile passen zumindest zusammen, auch wenn davon noch immer nichts in den Nachrichten zu hören ist.«

Tellier reagierte lauter als erforderlich: »Das ist doch kein Wunder. Die Geheimdienste versuchen, ihre Erkenntnisse weiterhin unter der Decke zu halten. Das dürfte von ihnen aber nicht mehr lange durchzuhalten sein. Es wissen einfach schon zu viele Menschen davon.«

»Halten Sie es für möglich, dass vielleicht Prijodkin oder andere Privatpersonen mit Zugang zum Unbihexium weltweit eine gezielte Manipulation gestartet haben?«

»Unwahrscheinlich. Dazu müssten sie erst einmal die Technik vollständig verstanden haben und zweitens ein bestimmtes Interesse damit verknüpfen. Ich kann beim besten Willen kein Interesse darin erkennen, unsere Augen, Nasen und Münder zu verformen.«

Telliers Logik war wie immer messerscharf, dachte van Dijk bei sich.

»Wir sollten uns dennoch schnellstmöglich mit Monteiro und Fowler treffen, um die veränderte Lage zu erörtern. Ich bin vor zwei Tagen von hohen Regierungsbeamten in ein Expertenteam berufen worden und habe mir erlaubt, Sie ebenfalls als Experten zu benennen. Ich gehe davon aus, das man sich schon sehr bald mit Ihnen in Verbindung setzen und ein schnelles Transportmittel bereitstellen wird.«

Van Dijk gab ein zustimmendes Geräusch von sich, obgleich er keine Ahnung hatte, was Tellier mit ‚schnellem Transportmitteln' meinte. Wie gewohnt legte sie einfach auf, ohne sich zu verabschieden. Van Dijk machte sich auf den Weg zurück in sein Schlafzimmer, um ein paar Sachen zusammen zu packen. Bei seinem letzten Aufbruch nach Paris hatte er deutlich zu wenig Hemden und Unterwäsche eingepackt. Er hatte ja auch nicht mit einer Weltreise gerechnet. Dieses Mal wollte er besser vorbereitet sein.

Auf seinem Weg zum Kleiderschrank passierte er den großen Wandspiegel. Ganz unwillkürlich stellte er seinen Koffer ab und betrachtete sich ein weiteres Mal ausführlich selbst. Er konnte alles klar erkennen, obwohl sich eine dünne Haut über beide Augäpfel spannte, die ihm ganz undurchsichtig erschien. Ein Lid oder eine lidartige Öffnung war weiterhin nicht zu erkennen. Er fragte sich, wie er durch dieses Lid hindurch sehen konnte. Erneut fiel ihm ein, dass er ebenfalls keine Ahnung hatte, wie er seine Augen schließen konnte und versuchte, seinen Gesichtsmuskeln das Kommando zum Zuklappen der Augenlider zu geben, aber es funktionierte nicht. Wie sollte er mit offenen Augen schlafen? Es gelang ihm, die aufsteigende Panik im Zaum zu halten und sich auf andere Fragen zu konzentrieren. Beim Blick in seinen Kleiderschrank kamen ihm seine Sachen ganz fremd vor. Ihre Farben waren im Spektrum deutlich verschoben und einzelne Farben konnte er nicht sicher benennen. Anhand der Muster einzelner Hemden konnte er rekonstruieren, wie sich die Farben ‚verschoben' hatten: Sein schmal gestreiftes Hemd war zuvor mit blauen und grauen Streifen bedruckt. Jetzt schienen ihm die Farben dunkel violett und tiefrot. Er hatte es immer gern getragen, jetzt jedoch kam es ihm vor wie eine farbige Zumutung.

»Modische Fragen sind aktuell wohl das kleinste meiner Probleme«, sagte er zu sich selbst und legte das Hemd zu den anderen Sachen in seinem Koffer. Als er fertig war und den Koffer verschlossen hatte, zog es ihn erneut zum Fenster und er schaute auf die Straße, bis hinunter zum kleinen Park mit den Bänken, die allesamt verwaist waren. Das Sonnenlicht erschien ihm ungewöhnlich intensiv und die Farben kamen ihm sehr eigentümlich vor, ohne dass er zu sagen vermochte, was sich konkret verändert hatte. Einige PKW waren von derselben eigentümlichen Farbe, für die ihm noch immer kein Name einfiel. Die wenigen Fußgänger auf den Bürgersteigen hielten ungewohnt viel Abstand voneinander und vermieden es ganz offensichtlich, einander ins Gesicht zu blicken. Auffallend viele Polizeiwagen patrouillierten in langsamem Tempo durch die Straßen.

In diesem Augenblick klingelte es an seiner Wohnungstür. Mit wenigen Schritten erreichte er sie. Als er öffnete blickte er auf die hautbedeckten Augäpfel eines uniformierten Soldaten, der ihn in englischer Sprache mit französischem Akzent ansprach:

»Guten Tag. Sie sind Jan van Dijk. Richtig?«

Van Dijk war irritiert von dem Mann, wohl auch deshalb, weil er ohne Augenkontakt und dem nahezu runden Mund mit den wulstigen Lippen seine Mimik nicht einschätzen konnte. Aber welches Mienenspiel sollte ein Soldat, der dabei war, seine Befehle auszuführen, schon an den Tag legen? Also bejahte er einfach die Frage, und der Mann eröffnete ihm, dass er den Auftrag habe, ihn im Auftrag einer Madame Elodie Tellier zum Flughafen Schiphol zu bringen, wo eine Maschine auf ihn wartete. Van Dijk nickte, der Soldat nahm ihm seinen Koffer ab und beide gingen durch das Treppenhaus nach unten. Im Erdgeschoss öffnete sich plötzlich die Tür seiner Nachbarin, die schon seit einigen Jahren Hausmeisteraufgaben wahrnahm, und die keinesfalls für ihr Desinteresse am Tun und Treiben der Nachbarschaft bekannt war.

»Herr van Dijk, Herr van Dijk«, rief sie ihm aufgeregt hinterher. Unwillkürlich hielt er inne und drehte sich zu ihr um. Sie war mit einem asiatisch wirkenden Morgenmantel und Hausschuhen bekleidet. Als sie in sein Gesicht sah, stutzte sie kurz:

»Also hat es Sie auch erwischt! Wie furchtbar wir jetzt alle aussehen. Womit haben wir das verdient, dass wir so bestraft werden? Sie haben Mut, dass Sie sich unter diesen Bedingungen nach draußen trauen. Ich würde das Haus auf keinen Fall verlassen…«

Van Dijk fiel auch bei ihr auf, dass sich ihre Aussprache leicht verändert hatte, aber er konnte die Veränderung nicht in Worten beschreiben. Er führte es aber auf die rundere Form des Mundes und die wulstigeren Lippen zurück.

»Immerhin ist doch noch niemand wirklich zu Schaden gekommen«, versuchte er sie zu beruhigen. »Und wer weiß schon, ob die äußerliche Veränderung von Dauer ist. Vielleicht ist der Spuk ja bald schon wieder vorbei...«

»Meinen Sie wirklich?« fragte die völlig verunsicherte Frau zurück und versuchte erkennbar, ihre Augen zusammenzukneifen, was ihr nicht gelang. Der Soldat drängte van Dijk mit einer Geste zur Eile.

»Ich muss jetzt leider los. Warten wir doch erst einmal ab, welche Erklärung die Wissenschaftler für das Phänomen haben. Es wird sicher bereits weltweit daran gearbeitet.«

Ohne eine Antwort abzuwarten, stürzte er dem Soldaten nach. Als er vor das Haus in das Sonnenlicht trat, wurden ihm die farblichen Verschiebungen besonders deutlich bewusst. Es machte den Eindruck, als ob sich das Spektrum des Sonnenlichts verschoben hätte. Und wieder war er sich nicht sicher, wie er einzelne Farben benennen sollte, was besonders befremdlich war.

Er nahm im Fond eines zivilen Militärfahrzeugs Platz. Ein zweiter Soldat saß bereits hinter dem Lenkrad während der erste auf dem Beifahrersitz Platz nahm und die Türe schloss. Auf den Straßen herrschte nur wenig Verkehr und die Limousine fuhr mit hoher Geschwindigkeit Richtung Schiphol. Die beiden Soldaten sprachen kein Wort. Hin und wieder bemerkte van Dijk, dass der Soldat am Steuer ihn über den Rückspiegel musterte. Wahrscheinlich war er gerade dabei, sich an das neue Aussehen seiner Mitmenschen zu gewöhnen. Van Dijk tat so, als bemerke er es nicht. Auf seine Nachfrage, wohin die Maschine ihn bringen werde, versicherte ihm der Soldat auf dem Beifahrersitz, dass er es nicht wisse, sondern lediglich den

Auftrag habe, ihn nach Schiphol zu bringen. Wohl oder übel gab sich van Dijk mit der Antwort zufrieden und blickte weiter aus dem Fenster.

Zügig näherten sie sich Schiphol, den sie sich über eine Seiten- und Versorgungseinfahrt erreichten. Nach einer kurzen Kontrolle wurden sie auf das Flughafengelände durchgewunken und näherten sich einer kleineren Militärmaschine auf dem Vorfeld. Beim Aussteigen bemerkte van Dijk die französischen Hoheitszeichen am Heck der Maschine. Über eine kleine Gangway wurde er in die Maschine geleitet. Sein Koffer wurde ihm in die Kabine getragen und mit Gurten gesichert.

Im Inneren der Maschine war es nicht besonders luxuriös und die Lehne des Passagiersessels begann bereits zu schmerzen, kurz nachdem er Platz genommen hatte. Die beiden Soldaten aus dem Fahrzeug hatten die Maschine inzwischen verlassen und irgendjemand hatte die Tür der Maschine von innen geschlossen. Van Dijk hatte die Person nicht bemerkt. Über seinem Knopf knackte einer der Bordlautsprecher: »Guten Morgen Herr van Dijk. Mein Name ist Major Delfour und ich fliege Sie gleich nach Paris, Le Bourget. Der zivile Flugverkehr in Zentraleuropa ist weitgehend eingestellt, so dass wir in Kürze starten können. Der Flug wird weniger als eine Stunde dauern. Ich möchte Sie jetzt bitten, sich anzuschnallen und bitte um Verständnis dafür, dass wir auf den Bordservice und den Verkauf zollfreier Waren heute ausnahmsweise verzichten. Ich wünsche Ihnen einen angenehmen Flug.«

»Humor hat er schon mal«, dachte van Dijk bei sich, als die Maschine zur Startbahn rollte. Der Flug war kurz und ohne nennenswerte Ereignisse. Van Dijk war allein in der kleinen Kabine und hatte Gelegenheit, sich die Welt von oben durch große Wolkenlücken anzuschauen. Von hier aus sah alles aus wie immer. Er konnte Wälder und Wiesen erkennen, dazwischen immer wieder Seen, die ihm wie glänzende Einsprengsel erschienen. Obwohl die Situation als einziger Fluggast in einer französischen Militärmaschine hoch über den Wolken alles andere als gewöhnlich war, spürte van Dijk, wie er doch allmählich zur Ruhe kam. Er wäre sehr gern einfach immer so weiter geflogen und hätte sich der Illusion von Normalität hingegeben, aber die Motoren der Maschine veränderten bereits ihre Frequenz, und die Maschine machte deutliche Anstalten in den Sinkflug überzugehen. Van Dijk reagierte mit den üblichen Pfropfen in den Ohren, gegen die er mehrfach kräftig anschlucken musste. »Immerhin scheint sich an den Gehörorganen keine organische Transformation vollzogen zu haben«, sagte er beruhigend zu sich selbst.

Als sich die Maschine im Landeanflug auf Le Bourget befand, kehrte das Bewusstsein der Absonderlichkeit seiner Situation aufdringlich zurück: Die Straßen waren verlassen und es gab kaum Anzeichen von menschlicher Aktivität. Die Welt unter ihm machte den Eindruck, sich furchtsam in alle möglichen Verstecke zurückgezogen zu haben. Einen Augenblick lang fürchtete van Dijk, der einzige Mensch an Bord der Maschine, ja, auf der ganzen Welt zu sein. Eine neue Ansage Major Delfours vertrieb rasch diese Gedanken. Bis zur Landung waren es nur wenige Minuten.

Als die Maschine auf dem Vorfeld ausgerollt war, sah van Dijk durch das kleine Seitenfenster bereits einige Geländefahrzeuge auf ihn zurollen. Ein hochgewachsener französischer Offizier, der seine Augen hinter einer dunklen Sonnenbrille versteckte, begleitete ihn in eines der Fahrzeuge und sie fuhren zu einer bunkerähnlichen Anlage am Rande des Flughafens. Hier standen schon eine ganze Reihe militärischer und ziviler Fahrzeuge, deren Fahrer an die Kotflügel gelehnt miteinander plauderten. Kleine Gruppen bewaffneter Soldaten standen über das Gelände verstreut und blickten nervös um sich. Van Dijk ergriff seinen Koffer und wurde durch ein schweres Stahltor geführt, das offenbar zu einem Gebäudekomplex gehörte, der weitgehend unterirdisch lag.

»Sie werden bereits erwartet«, raunte ihm der Offizier mit der Sonnenbrille zu. »Am besten überlassen Sie mir Ihren Koffer und begeben sich gleich in den Konferenzraum 2 im ersten Untergeschoss, gleich am Ende dieser Treppe.« Er wies mit der Hand auf eine schmucklose Betontreppe mit einem stählernen Handlauf. An den Wänden gab es nichts außer Markierungen, die Hinweise auf das Stockwerk und die Position des Betrachters gaben. Daneben befand sich der immer gleiche schematische Übersichtsplan der Stockwerke, mit dem sich van Dijk aktuell nicht befassen konnte. Immerhin schien die Anlage eine beachtliche Größe zu haben. Der Konferenzraum 2 war leicht zu finden. Er befand sich direkt am Fußende der Treppe und die Tür war angelehnt. Der Raum war weitgehend schmucklos eingerichtet. An einer Seite war ein großes Fenster zu sehen. Van Dijk stutzte, denn er befand sich ja im Keller des Gebäudes. Es musste sich also um eine Projektion handeln, die allerdings täuschend echt wirkte. »Was für ein Aufwand« dachte van Dijk bei sich selbst. Der Konferenzsaal bot bestimmt 40 Personen Platz. Die spartanisch-soliden Stühle waren im Viereck angeordnet. An einer der Seiten war die Oberfläche eines Präsentationsprogramms in enormer Größe an die Wand projiziert. Sie war jedoch noch leer und zeigte nur ein Firmenlogo. An einer Seite ca. 20 Meter von ihm entfernt stand eine Gruppe von vielleicht sieben Personen. Eine bekannte Stimme war deutlich vor allen anderen zu vernehmen, die er schneller zuordnen konnte als das Äußere. Zielsicher ging er auf die Person zu, die er als Elodie Tellier zu erkennen glaubte. Irritierend war nicht nur ihr durch die Augenhäute und die veränderte Mund- und Nasenpartie stark verändertes Gesicht, sondern auch ihre Garderobe. Er war ihr in den letzten Wochen immer nur in wetterfester Outdoor-Kleidung begegnet, hier trug sie ein elegantes blaues Kostüm mit passendem Jackett und hatte sich obendrein noch mit einer kunstvoll hochgesteckten Frisur zurecht gemacht, die sie deutlich größer erschienen ließ. Als sie ihn bemerkte stutzte sie kurz. Auch sie hatte offenbar Schwierigkeiten, ihn sicher wieder zu erkennen. Sie nickte ihm zu kurz zu und sprach weiter mit den Umstehenden.

Van Dijk war gleich doppelt verunsichert: Erstes hatte er große Mühe, den Gesichtsausdruck der Menschen, die mit ihm im Saal waren, zu interpretieren. Zu fremd war das Mienenspiel mit Augenhäuten und gerundetem Mund. Zweitens hatte er keine Vorstellung, was er tun sollte bzw. was von ihm erwartet wurde. Er schätzte die anderen Anwesenden als Politiker, Wissenschaftler und Verwaltungsfachleute ein und fühlte sich als Antiquitätenhändler stark deplatziert. Ohne die Intervention von Tellier wäre er sicher nie zu dieser Konferenz eingeladen worden. Nach kurzem Zögern beschloss er, in der Mitte einer Reihe mit seitlichem Blick auf die noch ungenutzte Projektionsfläche Platz zu nehmen. Vor ihm stand eine Auswahl von Getränken, von denen er einen Orangensaft wählte. In den nächsten Minuten füllte sich der Raum mit weiteren Personen. Einige kamen ihm irgendwie bekannt vor, doch aufgrund der veränderten Gesichtszüge war er sich nicht sicher, um wen es sich handelte. Lediglich bei Steve Fowler, den er umringt von einer Gruppe von Männern in kostspieligen Maßanzügen entdeckte, bestand für ihn kein Zweifel. Aufgrund ihrer Kleidung und ihrem Habitus meinte er, einzelne Personen als politische Funktionsträger zu erkennen bzw. Vertretern der Wirtschaft und Wissenschaft zuordnen zu können. Er war froh, dass ihn niemand auf seine Qualifikation und seine Funktion im Rahmen der Konferenz ansprach, zugleich bemerkte er aber auch, dass die meisten der Anwesenden – wohl nicht zuletzt wegen ihres veränderten Äußeren – ebenfalls etwas hilflos wirkten.

Eine ebenfalls elegant gekleidete Frau mit dunkler Brille trat entschlossen an den Tisch und bat die Anwesenden mit klar akzentuierter Stimme und französischem Akzent in englischer Sprache, Platz zu nehmen. Sie stellte sich als französische Gesundheitsministerin vor und erklärte, dass man gemäß einem vertraulichen europäischen Notfall- und Krisenplan europäische und amerikanische Fachleute, Politiker und Wirtschaftsvertreter eingeladen habe, um gesundheitliche Konsequenzen der aktuellen physischen Transformation zu diskutieren und mögliche Gegenmaßnahmen zu erörtern. Sie bat alle Teilnehmenden darum, sich vor einem Redebeitrag kurz vorzustellen und gab das Wort zunächst an Edouard Pastré vom Pariser Hôpital des Quinze-Vingts, das sich auf Erforschung und Behandlung von Augenerkrankungen spezialisiert hat.

Ein fülliger Mann Mitte vierzig trat an das Mikrofon und warf das Portrait eines jungen Mannes an die Leinwand, der die Transformation offensichtlich durchlaufen hatte.

»Meine Damen und Herren. Ich zeige Ihnen hier das heute früh erstellte Foto eines transformierten Mannes, der die uns allen bekannten Veränderungen geradezu mustergültig aufweist. Wie Sie sehen können, sind die ehedem horizontal getrennten Augenlider zusammengewachsen, so dass der Augapfel vollkommen verdeckt ist. Bei eingehender Analyse ist es nicht möglich, so etwas wie eine Nahtstelle, Bruchkante oder sonstige Trennlinie zu finden, die die Grenze der Augenlider markieren würde. Der darunter liegende Augapfel scheint unbeschädigt und seltsamerweise in seiner Funktionalität nicht eingeschränkt zu sein. Besonders bemerkenswert ist die Tatsache, dass die Augenhaut nach wie vor nicht transparent ist, wir aber trotzdem weiterhin sehen können. Momentan gehen wir davon aus, dass die Augenhäute mit lichtempfindlichen Sensoren gespickt sind, die unserem Gehirn ein ähnliches Bild übermitteln, wie dies zuvor über Linse, Netzhaut und Sehnerven geschehen ist. Zu diesem Phänomen laufen in diesem Moment weitere Untersuchungen. Dazu kommen noch physiognomische Veränderungen von Nase und Mund, um die wir uns in der Kürze der Zeit nicht kümmern konnten. Wie schon gesagt, und wie Sie ja an sich selbst bemerken, bedeutet der hautbedeckte

Augapfel keine Einschränkung des Gesichtsfelds. Eher im Gegenteil.«

Die Präsentation sprang zum nächsten Bild und zeigte eine bunte Grafik des physikalischen Lichtspektrums.

»Wie Sie ja wissen kann das menschliche Auge durchschnittlich Farben im Wellenspektrum zwischen 400 und 700 Nanometern erkennen. Kürzere Wellenlängen gehen in den Bereich des ultravioletten Lichts, längere in den Bereich des Infrarots. Beide Bereiche sind bislang für unsere Augen unsichtbar gewesen. Ein paar Tests, die wir heute früh im Krankenhaus durchgeführt haben, zeigen uns allerdings, dass sich unser visuelles Wahrnehmungsspektrum in beide Richtungen erweitert hat. Bestimmt haben Sie selbst heute Morgen eine Verschiebung im Farbenspektrum bemerkt. Insbesondere in den violetten und roten Farbbereichen nehmen wir zumindest intensiver wahr als zuvor.«

Im Saal erhob sich ein allgemeines Gemurmel. Mehrere Teilnehmer erhoben sich und blickten automatisch zu der Projektion, die einen Blick aus dem Fenster simulierte, weil sich der Effekt im Sonnenlicht deutlicher zeigte als in der künstlichen Beleuchtung des Saales. Offenbar fanden alle den von Edouard Pastré beschriebenen Effekt bestätigt und nahmen nickend wieder Platz.

»Zur Ermittlung der Ursachen der beschriebenen Effekte brauchen wir noch mehr Zeit. Sobald weitere Ergebnisse vorliegen, werden wir Sie umgehend informieren.«

Pastré bedankte sich und nahm neben der Gesundheitsministerin Platz. Diese zog das Mikrofon zu sich heran, um Elodie Tellier vom Musée des Arts et Métiers anzukündigen, die eine plausible Ursachenerklärung für das offenbar weltweite Phänomen gefunden habe.

Mit der van Dijk nur zu bekannten Selbstsicherheit erhob sich Tellier von ihrem Platz, blickte kurz in die Runde und begann ihre Rede. Die Blicke des ganzen Saals waren auf sie gerichtet, was sie erkennbar genoss.

»Meine Damen und Herren. Die sogenannte ‚Transformation', die wir seit heute früh erleben, muss in einen größeren Kontext gestellt werden, ohne den wir ihre Ursache nicht verstehen können. – Seit nunmehr rund vier Wochen sind an verschiedenen Plätzen rund um den Erdball mehr als 320 Artefakte aus dem Element Unbihexium aufgetaucht. Ein Material, das wir im 21. Jahrhundert nicht künstlich herstellen können und das – wie ich hier aus Zeitgründen nicht darlegen kann – auch nicht natürlichen Ursprungs sein kann. Diese Artefakte, deren Alter inzwischen gesichert auf 400 Jahre bestimmt werden konnte, senden Wellen auf einer Frequenz, die weitgehend mit unseren Gehirnwellen übereinstimmt. Wir wissen weder, wie dies geschieht, noch können wir mit Bestimmtheit sagen, wie sich dies auf uns auswirkt. Allerdings wissen wir inzwischen, dass die Wellen immer schwächer werden und seit einigen Stunden vollständig ausbleiben. Der unbekannte Mechanismus hat seine Arbeit offenbar eingestellt.«

An dieser Stelle ging ein Raunen durch die Reihen, das Tellier zu einem gedankenschweren Rundumblick nutzte, um ihren Worten zusätzliches Gewicht zu verleihen.

»Im Zuge dieses allmählichen Funktionsverlusts werden unserer Wahrnehmung immer mehr Dinge offenbar, die von den Artefakten irgendwie blockiert wurden: Da sind zunächst die Artefakte selbst, die scheinbar wie aus dem Nichts auftauchen. Dann die erdumspannenden Kugelkeile, deren Oberflächen wir mangels besserer Begriffe Niemandslandstreifen nennen und schließlich, …« sie machte eine bedeutungsschwere Pause, »… unsere physiognomischen Veränderungen, die wir seit heute früh weltweit beobachten können.«

Das neuerliche Raunen im Publikum wuchs deutlich an. Einige Zuhörer ließen sich zu lautstarken Protestrufen hinreißen: »So ein Unsinn!«, »Das können Sie nicht beweisen.«

»Haltlose Spekulation!« hallte es aus verschiedenen Ecken durch den Konferenzraum.

»Mit anderen Worten, ...« Tellier verschaffte sich erneut Gehör, »unsere aktuelle Physiognomie ist keineswegs das Ergebnis einer Transformation, sondern unser eigentliches Aussehen, das uns bis heute verhüllt gewesen ist.«

Jetzt gab es im Saal kein Halten mehr. Telliers Stimme ging im allgemeinen Geschrei unter. Van Dijk konnte nur noch Satzfetzen verstehen, die von »Verwechslung von Ursache und Wirkung« über »wilde Spekulationen« bis hin zu »dummes Gerede« reichten. Von den Türen drangen uniformierte Ordnungskräfte in den Saal, die vergeblich versuchten, die Ordnung wieder herzustellen und der Gesundministerin erneut Gelegenheit zu geben, das Wort zu ergreifen. Einer ihrer Assistenten flüsterte ihr von der Seite etwas ins Ohr. Sie riss den Kopf herum und erbleichte. Mit dem Saalmikrofon gelang es ihr schließlich, die aufgebrachten Wissenschaftler und Politiker zu beruhigen.

»Meine Damen und Herren. Ich möchte Sie bitten, dem Direktor des Louvre, Herrn du Carée, Ihre Aufmerksamkeit zu schenken, der in dieser Sache einen klärenden Beitrag machen möchte.« Die Ankündigung eines Kunsthistorikers provozierte ein überraschtes Raunen unter den zumeist naturwissenschaftlichen Teilnehmerinnen und Teilnehmern der Konferenz. Etwas umständlich machte sich ein Mitte Fünfzigjähriger hagerer Mann auf den Weg zum Mikrofon und sortierte dabei einen Stapel Papiere. Offenbar unterdrückte er mühsam seine Aufregung, denn einige Papiere fielen immer wieder zu Boden, so dass er sich mehrfach bücken und sie aufheben musste. Als er schließlich den Tisch mit dem Saalmikrofon erreichte, stellte er überwiegend mit Gesten Blickkontakt mit einem Mitarbeiter am anderen Ende des Saales her und wandte sich nach dessen Kopfnicken an das noch immer unruhige Saalpublikum. Ohne

Vorrede begann er mit leicht zitternder Stimme zum Thema zu sprechen:

»Was die These von Frau Tellier so fragwürdig erscheinen lässt, ist die Implikation, dass wir seit heute Morgen die Welt und uns selbst korrekt sehen, während wir zuvor einer Täuschung, oder sagen wir vorsichtiger Manipulation aufgesessen sind. Unsere unbekannte Physiognomie und das veränderte Farbensehen passen nicht zu unseren Erinnerungen, die in sich homogen scheinen.« Hier machte er eine bedeutungsschwere Sprechpause und sah sich im Saal um.

»Als Direktor eines der größten Kunstmuseen der Welt gehöre ich zu einer Art Verwahrern des kollektiven Gedächtnisses. In der bildenden Kunst dokumentiert sich die historische Wahrnehmung der Menschen und gibt Aufschluss über das Natur- und Menschenbild früherer Generationen. In diesem Zusammenhang möchte ich Ihnen ein paar Beispiele dessen zeigen, was wir heute Morgen im Louvre vorgefunden haben.«

Er gab seinem Assistenten im hinteren Teil des Konferenzsaals ein Zeichen. Die Darstellung des Projektors wechselte vom Schaubild des physikalischen Lichtspektrums zu einem der berühmtesten Gemälde der Welt, das sofort von allen Anwesenden als Leonardos Bildnis der Mona Lisa identifiziert wurde. Sekundenbruchteile später ertönten spitze Schreie, einige Teilnehmer verließen schluchzend und in Tränen den Saal, die meisten saßen in ungläubigem Staunen vor der Projektion: Das Bildnis ‚La Gioconde' – wie es im Original heißt – zeigte hautbedeckte Augäpfel, eine schmale flache Nase und einen runden Mund, der kaum mehr den Ansatz des berühmten Lächelns zeigen konnte. Auch van Dijk war schockiert, denn sein erster Gedanke war eine Verunstaltung des berühmten Gemäldes. Stumm verfolgte er den weiteren Verlauf der Präsentation: Übergangslos blendete der Assistent Delacroix' Gemälde ‚Die Freiheit führt das Volk' ein. Auch hier trug die barbusige Frau neben der Trikolore auch die physiognomischen

Züge, die die Anwesenden bisher als Physiognomie neuesten Datums eingeschätzt hatten. Schließlich wurde noch kurz ein Foto der antiken Venus von Milo an die Wand geworden, deren Gesichtszüge ebenso fremd erschienen, wie die der Menschen im Konferenzsaal.

Die Gesundheitsministerin unterbrach die Sitzung für 15 Minuten, um allen Teilnehmern Gelegenheit zu geben, sich wieder zu fassen. Die meisten blieben auf ihren Plätzen sitzen und starrten vor sich hin. Einige wenige umringten du Carée und überschütteten ihn mit Fragen. Van Dijk spürte ein unbändiges Verlangen nach einer Tasse Kaffee und erinnerte sich an einen Automaten, der ihm vor dem Betreten des Konferenzsaals am Treppenabsatz aufgefallen war. Eine Person stand bereits davor: Elodie Tellier. Um sie nicht zu erschrecken und sich bemerkbar zu machen, sprach er sie mit ruhiger Stimme von hinten an:

»Machen Sie sich nichts daraus. Es ist für uns alle nicht leicht.«

Als sie sich umdrehte und van Dijk erkannte, fragte sie zurück:

»Was meinen Sie? Unsere Physiognomie oder das wir unser Leben lang einer Täuschung aufgesessen sind?«

»Beides.«

»Es ist nicht erstaunlich, dass einfältige Menschen größere Schwierigkeiten haben, sich an veränderte Gegebenheiten anzupassen. Das sind die üblichen Reaktionen.«

Van Dijk wiegte nachdenklich seinen Kopf: »Es fällt mir, ehrlich gesagt, auch nicht leicht, mich an all das hier zu gewöhnen.«

»Dabei sollten wir doch allmählich etwas Übung haben. Ich meine, es ist doch immer das gleiche Prinzip. Denken Sie an Ihre Überraschung, als Sie das Artefakt an Ihrer Schreibmaschine entdeckt haben. Oder erinnern Sie sich an Josés Gesichtsausdruck, als er entdecken musste, dass die Landschaft hinter der Straßenbiegung nach Sigchos ganz anders aussah, als noch wenige Tage zuvor. Unser verändertes Konterfei ist da nur ein weiterer Schritt.«

»Dennoch werden die überraschenden Einschläge und Verunsicherungen vermeintlicher Gewissheiten immer stärker und sind damit auch schwieriger zu verarbeiten. – Seien Sie etwas nachsichtig.«

Tellier reagierte unerwartet heftig und erwiderte mit unnötiger Lautstärke:

»Nachsicht ist gerade unter Wissenschaftlern nicht angebracht. Wir haben keine Ahnung, was hier eigentlich vor sich geht und können damit auch nicht sagen, ob uns in globalem Maßstab Gefahr droht, und wenn ja, wie groß sie ist. Unter diesen Bedingungen müssen wir kühlen Kopf bewahren, die Fakten analysieren, Schlussfolgerungen ziehen. Wer das nicht schafft, soll zumindest nicht im Wege stehen.« Sie spielte nervös mit ihrem Kaffeebecher.

»Und wie kühl würden Sie sich selbst gerade einschätzen?« fragte Van Dijk zurück. Tellier blickte ihn verständnislos an, sprach dann allerdings in deutlich leiserem und ruhigerem Tonfall weiter:

»Es scheint mittlerweile klar, dass die Emissionen der Unbihexium-Artefakte auf das menschliche Gehirn zielen und unsere Wahrnehmungen ebenso wie unser Gedächtnis in unterschiedlichsten Hinsichten manipulieren. Die dahinter stehende Technologie muss angesichts der Vielfalt von Wahrnehmungen und Erinnerungen einen Grad von Komplexität haben, den wir uns kaum vorstellen können.«

»Da haben Sie sehr recht«, erklang eine Stimme unmittelbar hinter ihnen. Als sie sich umdrehten, erblickten sie du Carée, der sich ebenfalls dem Kaffeeautomaten genähert hatte und eine Münze in den Schlitz warf.

»Was ich bei meinen Ausführungen bisher noch nicht sagen konnte: Es scheinen nicht alle künstlerischen Darstellun-

gen betroffen zu sein. Die alten Meister zeigen überraschender-
weise unsere jetzigen Gesichtszüge mit Augenhäuten und
rundem Mund. Hingegen bilden realistische Portraits des 20.
und 21. Jahrhunderts die uns bis heute vertrauten Physiognomien ab, von denen Sie sagen, dass es sich um Täuschungen
handelt.«

»Lassen Sie mich raten«, unterbrach ihn van Dijk. »Der
Stichtag für die veränderte Darstellung ist der 30. Juni 1908.
Richtig?«

Verblüfft ließ du Carée seinen Kaffeebecher sinken und
schaute van Dijk unverwandt an:

»Das könnte stimmen... Woher wissen Sie das?« fragte
er mit tonloser Stimme.

Van Dijk und Tellier berichteten von ihren Reisen nach
Quito und Tunguska sowie dem Ausbleiben der Artefakt-Emis-
sionen seit dem frühen Morgen.

Du Carée schaute skeptisch: »Und Sie glauben wirklich,
dass die Artefakte gezielt die menschliche Wahrnehmung und
das Gedächtnis manipulieren? Bedenken Sie, welch fortge-
schrittene Technologie und welchen gigantischen Aufwand dies
bedeuten würde. Es müssten eine unfassbar große Anzahl
individueller Blickwinkel simultan und kontinuierlich verändert
werden. Von den Gedächtnismanipulationen ganz zu schweigen.«

»Mit den Niemandslandstreifen hat es ja scheinbar auch
funktioniert. Als Menschen konnten wir sie schlicht nicht wahrnehmen. Zumindest scheinen Tiere nicht beeinflusst zu sein«,
setzte Tellier fort. »In den Niemandslandstreifen konnten wir
Vogelnester und Brutstätten aus unterschiedlichen Perioden
entdecken, die auf eine kontinuierliche Nutzung als Lebens-
raum hinweisen. Den Tieren scheinen die Niemandslandstreifen also zu keiner Zeit verborgen gewesen zu sein. Für sie
waren es eher Rückzugsgebiete.«

»Das deutet in der Tat auf eine selektive Manipulation hin. Aber wie soll so etwas funktionieren. Es setzt, wie gesagt, einen gigantischen technischen Aufwand voraus, der für uns Menschen unerreichbar zu sein scheint«, wandte du Carée ein.

»Ebenso unerreichbar wie das Unbihexium, das es gar nicht geben dürfte, das jedoch zweifellos existiert und dessen Alter wir auf rund 400 Jahre festlegen können«, gab Tellier zurück.

Du Carée rührte nachdenklich in seinem Kaffee. Im Saal nebenan ertönte inzwischen ein Klingelzeichen, das die Teilnehmerinnen und Teilnehmer der Konferenz an ihre Plätze zurückrief. Tellier, du Carée und van Dijk zogen es jedoch vor, am Kaffeeautomaten weiter zu diskutieren.

»Kommen wir zurück auf das Jahr 1908 und den von Ihnen genannten Stichtag«, schlug du Carée vor.

»Tatsächlich ist das Jahr 1908 als einer der großen Wendepunkte in der Geschichte der modernen bildenden Kunst bekannt. Denken Sie zum Beispiel an die Entwicklung des Expressionismus: Exakt im Jahr 1908 gründeten u.a. Kandinsky und Macke die ‚Neue Künstlervereinigung München‘, die Ihnen vielleicht unter der Abkürzung N.K.V.M. bekannt ist. Sie wandten sich von der traditionellen realistischen Darstellung ab und propagierten die Aufhebung zeitlicher und räumlicher Zusammenhänge in ihrer Kunst. Aus ihr gingen wenige Jahre später die Künstlergruppen ‚Der blaue Reiter‘ und ‚Die Brücke‘ hervor, die sich dem vollständigen Verzicht auf Perspektive und einer ‚emotionalen Wahrheit‘ verschrieben haben. – Ganz ähnlich verhält es sich mit dem Kubismus, zu dem etwa Pablo Picasso ebenfalls im Jahr 1908 stieß. Der Kubismus propagierte die systematische Zerlegung der Form und orientierte sich in seinen Darstellungen an dem, was er das Seinsbild nannte. Dieses stellte er dem Erscheinungsbild der Welt gegenüber. Auch zahlreiche andere Künstlergruppen entwickelten genau um diese Zeit ein tiefes Misstrauen gegenüber traditionellen Wahrnehmungs- und Darstellungsmustern und suchten nach neuen Abbildungsformen. Denken Sie nur an Marinetti, der 1909 in seinem ‚Futuristischen Manifest' nach neuen Wegen der Realitätsabbildung suchte und sich der sogenannten Simultaneitätsdarstellung verschrieb. Gerade auch in der Porträtkunst zeigen sich besonders krasse Veränderungen. Neben der Auflösung der Perspektiven tauchen überall fremdartige Kombinationen von Gesichtselementen wie Augen, Nase und Mund auf. Auch die Kolorierung und Intensität der Verwendung von Farben und Pinselstrichen gewinnt in der Nachfolge des Fauvismus eine ganz neue Qualität, die sich vollständig von alten Sehgewohnheiten löst. Die Liste ließe sich beinahe beliebig erweitern. Allen gemeinsam ist die Abkehr vom traditionellen Wirklichkeitsverständnis, die ihren Niederschlag in neuartigen Darstellungsverfahren fand, mit denen um das Jahr 1908 herum experimentiert wurde. Der zeitliche Zusammenhang mit dem Tunguskaereignis ist interessant und ist in dieser Form meines Wissens nach noch nie thematisiert worden. Aber es scheint sich tatsächlich ein Puzzleteil ins andere zu fügen.«

In seine Sprechpause hinein meldete sich Van Dijk zu Wort:

»Wäre es möglich, die abrupten Veränderungen in der bildenden Kunst um das Jahr 1908 herum als Reaktion auf die Manipulation unserer Wahrnehmung und Erinnerung durch die Unbihexium-Artefakte zu interpretieren? Ich meine: Vielleicht haben einzelne Individuen, d.h. Künstler, eine höhere Sensibilität, mit der sie die plötzlichen Veränderungen unserer Wirklichkeit dunkel wahrnahmen, misstrauisch wurden und mit veränderten Gestaltungsprinzipien reagierten?«

Hier schaltete sich Tellier ein:

»Das Ganze ist natürlich im Augenblick hochgradig spekulativ. Aber es passt zeitlich perfekt zusammen und thematisch liefert die Auflösung traditioneller Realitätsprinzipen und

186

der damit einhergehenden Verunsicherung bei den Künstlern ein stimmiges Erklärungsmodell.«

Zeitgleich und ohne dass sie sich abgesprochen hatten, steuerten Van Dijk, Tellier und du Carée wieder auf den Sitzungssaal zu. Sie nahmen wortlos auf den hinteren Bänken Platz und hörten nur halb dem Sprecher zu, der sich mit der neuartigen Sicherheitslage und der Notwendigkeit zur Ausgabe neuer Personalpapiere beschäftigte.

Man verabredete die Bildung von Arbeitsgruppen zu den Themen ‚Sicherheitsfragen‘, ‚Wirtschaftstransformation‘, ‚Psychische- und Sozialbegleitung‘, die ab dem nächsten Morgen die Arbeit aufnehmen sollten. Die Gruppen setzten sich aus Fachleuten, Juristen und Politikern zusammen, die neue Krisenpotentiale identifizieren und Maßnahmen zur schnellen Bewältigung festlegen sollten. Es war ganz offensichtlich die Stunde von Verwaltungsexperten und Politikern. Antiquitätenhändler und Museumsdirektoren wurden in keine der Kommissionen berufen, so dass van Dijk, Tellier und du Carée rasch klar wurde, wie deplatziert sie in den kommenden Tagen in den Arbeitsgruppen sein würden. Tatsächlich tauchten sie auf keiner Expertenliste auf, die ab dem späten Nachmittag im Konferenzkomplex die Runde machte. Statt dessen wurde ihnen von einer uniformierten Frau in freundlichem aber bestimmtem Ton mitgeteilt, dass sie die kommende Nacht noch in den für sie vorgesehenen Zimmern des unterirdischen Komplexes verbleiben konnten, anschließend jedoch erwartet wurde, dass sie die Rückreise selbstorganisiert antraten. Tellier stutzte einen Moment und machte einen Augenblick lang Anstalten, zu protestieren, besann sich dann jedoch eines Besseren und nickte schweigend. Bevor das Trio auseinander ging tauschte man noch die privaten Telefonnummern aus und versprach, miteinander in Verbindung zu bleiben.

Van Dijk verbrachte eine unruhige Nacht im abgeschirmten unterirdischen Komplex, obwohl oder vielleicht gerade weil es abgesehen vom leisen Rauschen der Klimaanlage nicht das leiseste Geräusch gab. – Am Morgen fand er ein spartanisches in Kunststofffolie verpacktes Frühstückstablett vor seiner Zimmertür, aß eine Kleinigkeit und machte sich auf den Weg, das Gelände zu verlassen und den Weg zur Schnellbahn Richtung der Gare du Nord einzuschlagen.

Kapitel 15: Neuer Alltag

Die physische Transformation hatte für die Mehrheit der Bevölkerung ganz offensichtlich sehr viel tiefere Konsequenzen als das unvermittelte Erscheinen der Unbihexium-Artefakte, die ohnehin nur eine kleine Gruppe von Fachleuten tangierte, oder das Auftauchen der Niemandslandstreifen, die zwar territoriale Ansprüche von Staaten provozierte und damit die Kriegsgefahr in unterschiedlichen Teilen der Welt erhöhte, das Alltagsleben der Menschen jedoch zumindest im Moment noch weitgehend unbeeinflusst ließ. Bei der sogenannten ‚Transformation' war dies vollkommen anders: Die hervorgerufene Verunsicherung betraf jeden Einzelnen direkt und persönlich. Das fremdartige Aussehen der eigenen Person bewirkte in vielen Menschen eine mentale Starre, so dass sogar die vereinzelten militärischen Scharmützel in Korea oder im Sudan zum Erliegen kamen. Wer konnte, blieb zuhause und begab sich so wenig wie möglich in die Öffentlichkeit. Man verbarg das eigene Gesicht so gut es ging hinter verspiegelten Brillen und Tüchern, die man um Kopf und Gesicht wickelte und vermied alle direkten Sozialkontakte so gut es ging. Die Verbindung zu Freunden und Verwandten hielten die meisten Menschen über das Telefon und Textnachrichten aufrecht, die einen regelrechten Boom erlebten und die Telefonnetze an ihre Belastungsgrenzen führten.

Ein fraglos positiver Aspekt der sogenannten Transformation war der Umstand, dass sich die Physiognomien der Menschen annäherten, wodurch rassistischer Diskriminierung praktisch der Boden entzogen wurde. Die vollständige Bedeckung der Augen mit einem durchgängigen Lid, der extrem schlanke Nasenrücken und die nahezu kreisrunde Mundöffnung mit schmalen Lippen sowie die Annäherung der Hauttönung im Zuge des erweiterten Farbenspektrums erzeugten eine größere

Ähnlichkeit unter Menschen aus aller Herren Länder, die Rassisten verstummen ließ. Die gerundete Mundöffnung führte zudem dazu, dass sprachliches Lokalkolorit kaum mehr unterscheidbar war, so dass oftmals nur noch Vor- und Familiennamen einen Hinweis auf die regionale Herkunft eines Menschen geben konnten.

Insgesamt stand die Bevölkerung jedoch unter Schock: Die Selbstsicherheit der eigenen Existenz wurde von der Transformation massiv in Frage gestellt, und mit ihr ging auch die Gewissheit der Weltwahrnehmung verloren. Jedermann stellte sich die Frage, ob man die Person war, die man im Spiegel sah, oder die, die durch die persönlichen Erinnerungen spukte. Alte Fotos und Bilder halfen hier nicht weiter, weil auf ihnen die transformierte Physiognomie abgebildet war, die sie fremd und unwirklich erscheinen ließen. Als Folge zogen sich die meisten Menschen soweit wie möglich in ihren privaten Bereich zurück. Unterstützt wurde dieser Rückzug durch administrative Maßnahmen wie der Absage zahlreicher Großveranstaltungen und der Schließung vieler öffentlicher Einrichtungen wie Museen und Behörden, von denen man allerdings betonte, dass sie nur vorübergehend sei. Solange die Unsicherheiten hinsichtlich der Identität von Personen bestanden, wollte man verhindern, dass sich Kriminelle ungesetzliche Vorteile verschafften.

Die mehrtägige Konferenz in dem unterirdischen Tagungszentrum in Le Bourget wurde mit zahlreichen Beschlüssen und Beschlussvorschlägen auf europäischer Ebene beendet, die überwiegend administrativer Natur waren. Unter anderem wurde die Einführung neuer Ausweisdokumente in sämtlichen EU-Ländern beschlossen, die der veränderten Physiognomie Rechnung tragen sollten. So wurde beispielsweise auf Einträge wie Augenfarbe verzichtet, die angesichts der Lidhaut nicht mehr zu erkennen war. Auch die mittlerweile weit verbreiteten biometrischen Verfahren der Identitätsbestätigung wie das Scannen der Iris, Gesichtserkennung oder der akustische

Stimmabdruck funktioniert gar nicht mehr oder nur sehr einge-schränkt, weil die die Stimmencharakteristik durch die verän-derte Mundform nur bedingt kompatibel zu den hinterlegten Stimmabdrücken war. Stattdessen erlebte der traditionelle Fin-gerabdruck einen neuen Höhenflug bei den biometrischen Iden-tifikationsverfahren.

Van Dijks Rückreise nach Amsterdam gestaltete sich schwieriger als erwartet, denn im Zuge der Einschränkungen des öffentlichen Lebens fielen nicht nur zahlreiche Flugverbin-dungen, sondern auch Zugverbindungen ohne Angabe von Gründen aus. Erst nach Stunden vergeblicher Telefonate und langen Warteschlangen an Bahnhofsschaltern gelang es van Dijk, ein Zugticket für einen außerplanmäßigen Nachmittagszug nach Den Haag zu bekommen, der mit erheblicher Verspätung von der Gare du Nord abfuhr. Erstaunlicherweise war der Zug bei weitem nicht so ausgelastet, wie van Dijk dies erwartet hatte. Von Den Haag aus ging es nach unerwartet kurzem Aufenthalt in einem Reisebus weiter nach Amsterdam. Im Un-terschied zu Tellier, die vor der Transformation durch zahlreiche Auftritte in den Medien einen gewissen Bekanntheitsgrad er-langt hatte, war van Dijk öffentlich so gut wie nicht in Erschei-nung getreten und wurde von niemandem erkannt.

In den ersten Tagen nach van Dijks Rückkehr nach Amsterdam füllten sich die Straßen allmählich wieder, auch wenn die Touristen weitgehend ausblieben. Zu den frühen Anzeichen einer Normalisierung zählten erste Karikaturen und Witze im Internet, die sich um das neue Aussehen der Men-schen drehten. Bis zur vollständigen Wiederherstellung des Soziallebens war es jedoch noch ein weiter Weg. Van Dijk spürte dies deutlich an seinem geschäftlichen Umsatz: Nur selten verirrten sich potentielle Kunden in seinen Laden. Und noch seltener wurden ihm Dinge zum Kauf angeboten. Ohne das finanzielle Polster, das ihm der Verkauf seines Artefakts an Prijodkin eingebracht hatte, hätte er sich allmählich Sorgen machen müssen. Die Underwood 5 stand mit ausgesägter Seitenwand unbeachtet im Durchgang zu seinem kleinen Lager, und van Dijk hatte große Zweifel, ob er sie in diesem beschädigten Zustand jemals würde verkaufen können. Ja er konnte noch nicht einmal sagen, ob er dies überhaupt wollte. Manchmal hielt er vor ihr inne und betrachtete sie nachdenklich, ohne dass er in seinen Gedanken nennenswert weiterkam. – Auch bei einigen Ölgemälden aus dem Biedermeyer und dem Neo-Klassizismus, die er in seinem Geschäft anbot, hatte er den Eindruck, sie zum ersten Mal zu sehen. Da gab es eine Reihe Portraits wohlhabender Bürger, die von ihrem erhöhten Standort aus durch verschlossene Augenlider auf den Betrachter herabblickten. Auch die romantischen Landschaftsbilder, die van Dijk über kurz oder lang von einem Experten reinigen lassen wollte, erschienen durch das ins rötliche verschobene Farbspektrum noch stärker verschmutzt und viele Details waren an manchen Stellen kaum noch erkennbar.

An einem späteren Vormittag betrat ein elegant gekleideter Mann mittleren Alters das Antiquitätengeschäft und bot van Dijk ein Unbihexium-Artefakt an. Als er es aus einem Samtsäckchen hervorholte erkannte van Dijk am fehlenden Gewicht, der unregelmäßigen Oberfläche und dem ungleichmäßigen Farbenspiel sofort, dass es sich um eine Fälschung handelte. Lange genug hatte er vor Wochen sein Artefakt betrachtet und sich dessen Aussehen und Eigenschaften eingeprägt. Auf Nachfrage erklärte der Mann, dass er es in seinem Schuppen an einer alten Kohlenschaufel entdeckt habe. Auch durch diese Aussage war das Angebot leicht als Betrugsversuch zu erkennen, weil alle gesichert identifizierten Artefakte an den mechanisch fortgeschrittensten Produkten des Jahres 1908 zu finden waren. Eine Kohlenschaufel zählte sicher nicht dazu. Der Mann nannte einen vierstelligen Eurobetrag als Preis, was nach allgemeinem Hörensagen und der Seltenheit des Materials ein lächerlich geringer Betrag war. Van Dijk riet dem Mann, seine

Betrugsversuche einzustellen und drohte damit, die Polizei einzuschalten, woraufhin dieser sein Objekt rasch im Samtsäckchen verschwinden ließ und grußlos dem Ausgang zustrebte.

Nach der Hektik der vergangenen Wochen war eine unvertraute Ruhe in van Dijks Leben zurückgekehrt. Den meisten Menschen ging es wie ihm: Kaum jemand wollte die scheinbare Sicherheit seiner gewohnten Umgebung verlassen, so dass alle Reisetätigkeit weitgehend zum Erliegen kam. Aber auch im lokalen Bereich des eigenen Stadtviertels vermied man Sozialkontakte und beschränkte sich auf unbedingt notwendige Gänge wie Einkäufe oder Arztbesuche. Bei einigen wenigen Produkten kam es zu kurzzeitigen Lieferschwierigkeiten. Nicht dazu gehörten starke Sonnenbrillen oder Brillen mit verspiegelten Gläsern, die sich zu Kassenschlagern bei Optikern und in Drogeriemärkten mauserten. Auch van Dijk trug seit kurzem eine Sonnenbrille, wann immer er das Haus verließ.

Beim Besuch seines angestammten Supermarkts fielen ihm einmal zwei junge Mädchen auf, die ohne Sonnenbrille unterwegs waren und – er glaubte zunächst seinen Augen kaum – das Angebot in den Regalen mit den vertrauten Augäpfeln musterten. Der immer noch gewohnte Anblick von Iris und Augenlidern irritierte ihn zutiefst. Auch andere Kunden waren auf die beiden aufmerksam geworden und warfen immer wieder verstohlene Blicke in ihre Richtung. Er suchte die Rückseite des Verkaufsregals auf und beobachtete die beiden durch die Lücken zwischen Waschmittelkartons hindurch. Dabei kam ihm zunächst das stechende Blau der Iris seltsam vor. Als nächstes fiel ihm auf, dass die Iris starr blieb, auch wenn die Kopfneigung einen umherschweifenden Blick andeutete. Schließlich wurde ihm klar, dass er keine wirklichen Augäpfel sah, sondern lediglich tätowierte Augenhäute. Am Abend sah er in den Lokalnachrichten dann einen Beitrag über Tattoostudios, die ein neues Geschäftsfeld für sich entdeckt hatten. In dem Beitrag wurde aber auch davor gewarnt, sich die Augenlider tätowieren zu lassen, da ein negativer Einfluss auf das Sehvermögen nicht ausgeschlossen werden konnte.

Es gab aber noch drastischere Versuche, dem neuen Erscheinungsbild zu entrinnen. Schon wenige Tage nach der sogenannten ‚Transformation‘ versuchten vereinzelte Menschen, sich die geschlossenen Lider mit Hilfe von Chirurgen, die ebenfalls ein einträgliches Geschäft witterten, auftrennen zu lassen, Wimpern zu implantieren und so ihr gewohntes Erscheinungsbild wieder herzustellen. Tatsächlich ähnelte die auf diese Weise wieder sichtbare Iris dem Augapfel, den die Personen vor der ‚Transformation‘ kannten, doch war dieser besonders lichtempfindlich, so dass sie ohne die schützende Lidhaut kaum etwas erkennen konnten und auf äußerst starke Sonnenbrillen angewiesen waren. Die meisten Betroffenen versuchten daraufhin, die Operation rückgängig zu machen, bezahlten dies jedoch mit einer durch Narben eingeschränkten Sehfähigkeit.

Medizinische Untersuchungen hatten inzwischen bestätigt, dass das Sehvermögen des menschlichen Auges ab dem Zeitpunkt der Transformation tatsächlich größer geworden war. Die beiden neuen Farben an den Rändern des bisherigen Farbspektrums wurden international weitgehend einheitlich als ‚Unbi‘ und ‚Hexa‘ bezeichnet, da kaum jemand den Zusammenhang zwischen der veränderten Wahrnehmung und den Unbihexium-Artefakten mehr in Zweifel zog. Van Dijk begrüßte es, dass die neuen Farben, die er bislang nicht einmal benennen konnte, endlich einen Namen hatten.

Die neuen ungewohnten Farben wirkten interessant und anziehend auf viele Menschen. Sie wirkten sich besonders deutlich in der Bekleidungsindustrie aus, wo sie schnell zu den Mode- bzw. Trendfarben der Saison aufstiegen. Kaum ein Bekleidungsgeschäft, das seine Schaufenster nicht mit Waren in den Farben Unbi und Hexa schmückte, gerne auch mit einer Kombination der beiden, die eigentlich gar nicht gut zueinander passten. Betroffen war Leibwäsche ebenso wie Hemden, Pullover, Hosen und Jacken. Einzelne übertrieben deutlich mit der Lust an den neuen, bislang unbekannten und deshalb interessanten Farben und kleideten sich von Kopf bis Fuß mit ihnen ein, was zu einer gewissen Uniformität nicht nur im Amsterdamer Straßenbild führte. Van Dijk war sich sehr sicher, dass die Welle sehr rasch nachlassen und das altvertraute Farbspektrum seinen Platz im alltäglichen Straßenbild zurückerobern würde.

Auch die Kosmetik- und Accessoireindustrie stellte sich rasch auf das neue Erscheinungsbild ein. Zuerst brach der Markt an Wimpertusche ein, weil es keine Wimpern mehr gab, die man optimieren konnte. Die schmaleren Nasen kamen den gängigen Schönheitsidealen durchaus entgegen. Dennoch versuchten zahlreiche Frauen, mit dem Einsatz von kräftigen Rouge-Tönen, den Effekt abzumildern. – Besonders kreativ wurde die Kosmetikindustrie jedoch hinsichtlich der kleineren und nahezu runden Mundöffnung. Zwar waren die transformierten Lippen leicht wulstig, doch war die Mundöffnung nach gängigen Schönheitsidealen zu klein. Prompt wurden spezielle cremeartige Lippenstifte in unglaublicher Zahl und Varianten produziert, mit denen man seinen Mund optisch vergrößern konnte. Sie wurden schnell populär, auch wenn die Haltbarkeit ihre Grenzen oft schon in der nächsten Mahlzeit fand.

Auch die Lebensmittelindustrie zeigte sich kreativ und erkannte rasch, dass große Bissen mit der vergleichsweise kleinen Mundöffnung schwer zu konsumieren waren und warf eine ganze Palette neuer Snacks auf den Markt, die allesamt der neuen Mundform angepasst waren. Natürlich war dies vollkommen überflüssig, da sich ja nur die Wahrnehmung des Mundes verändert hatte, seine Form aber tatsächlich gleich geblieben war. Die Umsätze für diese neuen Produkte schnellte dennoch in die Höhe: So wurde der Markt mit einer Fülle von Snacks in den unterschiedlichsten Geschmacksrichtungen geflutet, deren Gemeinsamkeit in der schmalen zylindrischen Form bestand, die der engen Lippenform optimal angepasst war. Sie wurden neben der Möglichkeit eines eleganten Verzehrs vor allem mit ihrer Nährstoffzusammensetzung beworben, die den »neuen Körperbedürfnissen nach der Transformation« angepasst sein sollten. Worin diese neuen Bedürfnisse bestehen sollten, blieb freilich das Geheimnis der Herstellerfirmen, und auch ein Blick auf die Nährwerttabellen zeigte so gut wie keine Veränderungen zu traditionellen Schokoriegeln oder herkömmlichem Salzgebäck. – Auch medizinische Studien hatten binnen weniger Tage nachgewiesen, dass sich der menschliche Energie- und Nährstoffhaushalt nach der Transformation nicht verändert hatte.

»Kunststück«, dachte van Dijk bei sich, »schließlich war unser bisheriges Körperbild doch nichts anderes, als eine durch die Artefakte hervorgerufene kollektive Illusion. Tatsächlich war das menschliche Erscheinungsbild stets unverändert geblieben.«

Die weltweit betriebenen Forschungen zum Unbihexium traten weiterhin auf der Stelle, und es gab noch immer keine Antworten auf die Frage nach der Art der ehemals abgegebenen Strahlung und der Funktionsweise der als massiv eingestuften Artefakte, die keinerlei Mechanik, innere Strukturen oder gar bewegliche Teile erkennen ließen. Weder den staatlichen - noch den privaten Forschungseinrichtungen, die im Besitz eines der weltweit mittlerweile über 400 Unbihexium-Artefakte waren, war es gelungen, ins Innere eines Artefakts zu blicken. Nach allen verwendeten Messmethoden wirkten sie massiv und wiesen keinerlei Anteile an anderen Elementen oder mechanischen Teilen auf. Das Material erwies sich als äußerst hart und reaktionsschwach gegenüber allen anderen Elementen, wie man dies auf Basis der chemischen Periodentafel der Elemente schon lange vorhergesagt hatte. Insbesondere die scheinbar massive Struktur stellte die Forscher vor ein Rätsel. Man suchte auch auf Nanoebene, für den Fall, dass extrem miniaturisierte Technologien zum Einsatz gekommen waren, doch auch hier konnte kein Erkenntnisfortschritt erzielt werden. Ebenso mysteriös blieb die Energiequelle, die die Artefakte ehemals erhitzte und zur Abstrahlung elektromagnetischer Wellen anregte. Die zivilen und militärischen Geheimdienste, die sich ebenfalls an den Artefakten abarbeiteten, schwiegen sich gewohnheitsmäßig aus, aber niemand glaubte, dass es bei ihnen zu irgendwelchen Durchbrüchen gekommen war.

Stephen Fowler und Elodie Tellier waren von Zeit zu Zeit Gäste in den internationalen Medien, und dies nicht nur, weil sie eloquent über die Artefakte, die es eigentlich gar nicht geben dürfte, referieren konnten, sondern auch, weil sie die ersten waren, die auf den Zusammenhang der von ihnen emittierten Gehirnwellenmuster und der sogenannten Transformation hingewiesen hatten. Unter Wissenschaftlern war dies im Übrigen rasch Konsens geworden. Außerdem gehörten sie zu den wenigen Personen, die den inzwischen von Russland hermetisch abgeriegelten Krater in Tunguska, an der Schnittstelle der Niemandslandstreifen in der nördlichen Hemisphäre, besucht hatten. – Das Interesse an ihnen ließ jedoch in genau dem Umfang nach, in dem der Öffentlichkeit bewusst wurde, dass auch sie keine neuen Erkenntnisse besaßen.

Der Tristesse und dem Stillstand auf Seiten der wissenschaftlichen Analyse standen äußerst lebhafte Spekulationen und Diskussionen in einschlägigen Foren hinsichtlich des Ursprungs und der Aufgabe der Artefakte gegenüber: Abgesehen von einer Welle von Verschwörungstheorien, die den Schöpfer der Unbihexium-Artefakte mal in einer geheimen Weltregierung sah, mal als Beweis für die Anwesenheit von Außerirdischen anführte – freilich ohne stichhalte Beweise zu liefern – gab es natürlich auch seriöse Wissenschaftsseiten und Printpublikationen. Aber auch in diesen gab es nur geringfügigen Konsens: Unstrittig war ihr mehrhundertjähriges Alter, doch ob sie auf der

Erde oder jenseits des Sonnensystems auf dem Tunguska-Asteroiden entstanden waren, blieb reine Spekulation.

Einmal verfolgte van Dijk eine Diskussion zum Ursprung des Unbihexiums, in der zwei Spezialisten miteinander zum Thema stritten. Der erste war ein Geologe aus der Schweiz, der die These vertrat, dass Eruptionen des Erdkerns kurzfristig sehr wohl die erforderlichen Temperaturen und den Druck zur Entstehung von Unbihexium erzeugen können, weshalb es sich um ein rein irdisches Phänomen handeln müsse. Er blieb jedoch eine Antwort auf die Frage des Moderators schuldig, wie das so entstandene Unbihexium nicht nur an die Erdoberfläche gelangt sei, sondern sich außerdem an mechanischen Erzeugnissen wie Dampfmaschinen oder benzinbetriebenen Fahrzeugen festsetzen konnte. – Ihm widersprach heftig ein Astrophysiker aus den Vereinigten Staaten, der felsenfest davon überzeugt war, dass das Unbihexium weit entfernt von der Erde im interstellaren Raum entstanden sein müsse, weil die hierzu erforderlichen Energien so groß wären, dass man sie auf der Erde auch vor 400 Jahren mit bloßem Auge hätte erkennen können, wenn der Entstehungsort der Erde näher gewesen wäre. Aber auch er machte keinen sonderlich überzeugenden Eindruck, als er auf die Frage, woher die hierzu erforderlichen Energien im materiearmen interstellaren Raum stammen sollten, keine Antwort wusste.

Beide Möglichkeiten schienen gleichermaßen ausgeschlossen: Hier wie dort fehlte es an der erforderlichen Energie, um Unbihexium-Atome zu erzeugen. Damit eng verbunden war die Frage, ob sie natürlichen oder künstlichen Ursprungs waren. Bei den Vertretern der ersten Annahme konzentrierten sich die Spekulationen auf die Frage nach den Bedingungen, vor allem Temperaturen und Druck, die für seine Entstehung gegeben sein müssen. Aus ihrer Sicht waren die Wahrnehmungsveränderungen der Menschen nur zufälliges Beiwerk eines ungerichteten natürlichen Prozesses.

Die Anhänger der zweiten Hypothese eines künstlichen Ursprungs konzentrierten sich hingegen auf die Ursachen und Absichten, die mit der Produktion von Unbihexium verbunden gewesen sein könnten. Nur wenige Anhänger dieser zweiten Hypothese gingen von einem Unfall aus, bei dem ungewollt und unkontrolliert Unbihexium produziert wurde. Die Mehrheit ihrer Vertreter vermutete eine Absicht hinter dem Auftauchen des Unbihexiums auf der Erde. Sie deuteten die Emission der Gehirnwellenstrahlung als gezielte Manipulation der menschlichen Spezies und spekulierten wild über die dahinter liegenden Absichten und Ziele. Ihr Antwortspektrum reichte von einem gezielten Angriff über ein fehlgeschlagenes Experiment bis hin zu einer wohlmeinenden Unterstützung zwischen intelligenten Lebewesen. Keine der Gruppen konnte jedoch hinreichend plausibel erklären, welche Intention der potentielle Angriff, das hypothetische Experiment oder die solidarische Unterstützung gehabt haben sollte, und warum sie zeitlich begrenzt war. Mit dem Funktionsverlust der Artefakte waren die Wahrnehmung und das Leben der Menschen in den bisherigen Bahnen wieder hergestellt, ohne dass eine signifikante Beeinflussung im globalen Maßstab nachweisbar wäre, wenn man von einer Verunsicherung der Menschen absah, die allmählich nachließ.

Das grundsätzliche Problem aller Interpretationen bestand darin, dass die zur Herstellung von Unbihexium erforderlichen Energiemengen in keinen historischen Schriften auch nur im Ansatz dokumentiert waren. Wäre das Unbihexium auf der Erde entstanden, hätte es einer so gewaltigen Energieentladung bedurft, dass es in globalem Maßstab zu Erdbeben und Lichterscheinungen hätte kommen müssen. Und angesichts der weltweit über 400 nachgewiesenen Artefakte war die Frage angebracht, ob der Planet die hierzu erforderliche energetische Entladung überhaupt überlebt hätte. – Auch bei der zweiten Möglichkeit, einer Entstehung auf dem Tunguska-Asteroiden im Weltall, hätte es Lichterscheinungen am irdischen Himmel geben müssen, die von den damaligen Astronomen mit bloßem Auge hätten erkannt werden können. Auch hier gab es keinerlei dokumentarische Berichte aus der Epoche.

Als Beleg für den Zusammenhang zwischen dem Tunguska-Ereignis und der Manipulation menschlicher Wahrnehmungs- und Gedächtnisleistung dienten vor allem die bildende Kunst und die Fotographien, die zwischen 1908 und dem Tag der Transformation, wie er inzwischen weltweit genannt wurde, entstanden waren. In beiden Kunstmedien dokumentierten sich die abrupten Veränderungen der Lebenswelt, die offenbar niemand aufgefallen waren und die sich nahtlos in alte Erinnerungsmuster einfügten. Nahezu niemand hatte den Bruch vor und nach dem Tunguska-Ereignis bemerkt. Lediglich bei bildenden Künstlern zeigte sich um das Jahr 1908 ein plötzliches Misstrauen in 'realistische' Darstellungstechniken, die sie durch Abstraktion und Verfremdungen ersetzten. Zwar konnte die Verbindung zwischen der Entstehung zahlreicher neuer Mal- und Kunstschulen mit dem Tunguska-Ereignis nie zweifelsfrei bewiesen werden, doch war die zeitliche Nähe zwischen beiden allzu augenfällig.

Für die zeitgenössischen Künstler der Jetztzeit war die Re-Transformation der menschlichen Physiognomie zurück zu ihrer Gestalt vor 1908 ein Schock, von dem sie sich nur schwer erholte. Lediglich die musikalische Komposition blieb hiervon weitgehend unbeeinflusst. Das grundsätzliche Misstrauen in die sinnliche Wahrnehmung stellte insbesondere für die bildenden Künstler eine Zäsur dar, die sich in einem deutlichen Rückgang der Produktion neuer Werke zeigte. Wie konnte man Gemälde oder Skulpturen schaffen, wenn alle optischen Eindrücke prinzipiell fragwürdig waren? Das betraf die menschliche Gestalt und Physiognomie ebenso wie die äußere Lebenswelt, die sich im Lichte des erweiterten sinnlichen Farbspektrums fremd anfühlte. Wer konnte garantieren, dass die aktuelle Wahrnehmung und Erinnerung der Menschen nicht wieder nur ein Trugbild war, das sich jederzeit als Täuschung erweisen konnte? Der Verlust zahlreicher Gewissheiten ließ sich in statischer Kunst kaum mehr einfangen. Dafür erlebte die Videokunst einen wahren Boom: In immer neuen Anläufen, und häufig durch Künstliche Intelligenz unterstützt, wurden wandelbare Portraits und Landschaften dargestellt, die manchmal langsam und häufig abrupt ineinander übergingen oder sich in einem diffusen Farbchaos auflösten. – In kunstwissenschaftlichen Fachzeitschriften und ästhetischen Publikationen, an denen auch du Carée beteiligt war, wurden die Tendenzen bereits unter dem Begriff des Post-Transformationalismus zusammengefasst.

Insgesamt blieben die Ereignisse der vergangenen Wochen ein großes Rätsel. Wenn sie denn durch einen bestimmten Zweck miteinander verbunden waren, blieb dieser dunkel und unerkennbar. Seitdem die Unbihexium-Artefakte weltweit auf Umgebungstemperatur zurückgefallen waren, hatte es keine nennenswerten Ereignisse auf globaler Ebene mehr gegeben, so dass die Menschen begannen, sich in ihrer neuen Lebenswirklichkeit, die ja in Wirklichkeit ihre alte war, einzurichten. Das Rätsel um die Unbihexium-Artefakte blieb weiterhin eine Herausforderung, die sich allerdings verstärkt in die Labore und Hinterzimmer der Universitäten zurückzog. Eine wirtschaftliche Nutzung zeichnete sich durch die fehlende Bearbeitbarkeit des widerständigen Materials nicht ab. Die befürchteten großen militärischen Auseinandersetzungen um die Niemandslandstreifen waren ausgeblieben und wurden an diversen Verhandlungstischen rund um den Globus verhandelt. Die neue menschliche Physiognomie warf, abgesehen von vereinzelten psychischen Problemen bei der Umgewöhnung, keine nennenswerten gesundheitlichen Probleme auf. Neue Überraschungen waren durch die Abkühlung der Artefakte, die offensichtlich abgeschlossen war, nicht mehr zu erwarten. Das nächste verstörende Ereignis kam aus einer ganz anderen Richtung.

Kapitel 16: Die Annäherung

Weitere vier Wochen waren vergangen und mittlerweile näherte sich der Sommer seinen ersten Höhepunkten. In den ersten heißen Amsterdamer Nächten dieses Jahres schlief van Dijk bei offener Terrassentür und blickte von seinem Bett aus in das kleine Stück großstädtischen Nachthimmels, der nur wenige Sterne für ihn bereit hielt. Immer wieder zupfte er sich die dünne Sommerdecke zurecht. Er fand jedoch weder die richtige Temperatur noch eine günstige Liegeposition, um einschlafen zu können. Gegen Mitternacht setzte er sich auf und zog seinen Laptop zu sich herüber. Er war nicht mehr das jüngste Modell und so dauerte es eine Weile, bis er vollständig hochgefahren war. Van Dijk nutzte die Zeit, um sich ein Glas Wasser aus der Küche zu holen. Als er zurückkam hörte er schon im Türrahmen das vertraute Earcon, mit dem der Rechner den Empfang neuer E-Mails ankündigte. Dabei hatte van Dijk noch vor dem Zubettgehen sein Emailkonto überprüft.

»Sicher wieder Werbung«, dachte er bei sich, »wer sollte mir schon mitten in der Nacht schreiben«. So hatte er es gar nicht eilig, auf das Display zu schauen und verfolgte stattdessen vom Wohnzimmerfenster aus mit den Augen ein kleines Hausboot, das auf der Gracht hinter dem Haus vorüberfuhr und schließlich hinter einer Brücke verschwand. Wenn er sich nicht sehr täuschte, hatte sich mit dem erweiterten Farbspektrum nach der Transformation auch die Nachtsichtfähigkeit der Menschen verbessert. So erkannte er Details an dem Boot, die ihm früher sicher entgangen wären. Gerade als das Boot seinem Blick entschwunden war, ertönte das Earcon von neuem und kündigte eine weitere E-Mail an.

Neugierig geworden ging van Dijk ins Schlafzimmer zurück, zog seinen Laptop zu sich herüber und sah zwei Mails von derselben Adresse: Sie stammten von José und waren als

‚Wichtig' gekennzeichnet. Van Dijk war einigermaßen überrascht, weil er schon seit einigen Wochen nichts mehr von
seinen Mitreisenden nach Tunguska gehört hatte. In der Be-
treffzeile las er ‚Cassiopeia' und ‚Cassiopeia Detail'. Seltsam.
Er lehnte sich zurück und öffnete die erste Mail:

»Hallo Mister van Dijk. Unsere Tunguskareise liegt nun
schon einige Wochen zurück. Leider hat sie nur wenig zur
Beantwortung unserer Fragen beigetragen und wurde mittlerweile durch die jüngsten Entwicklungen überrollt. Dennoch hat
sie mich als Hobbyastronom nicht losgelassen. Gemeinsam mit
ein paar Kollegen aus meiner Astronomiegruppe, die hauptbe-
ruflich Informatiker sind, haben wir ein Programm entwickelt,
mit dem es möglich ist, die Flugbahnen historischer Meteoriten
aus dem Zeitpunkt ihres Einschlags, ihrer geschätzten Masse
und des Einschlagswinkels zu berechnen. Dabei mussten wir
natürlich auch die vergrößerte Masse der Erde zugrundelegen,
die wir seit dem Tunguskaereignis offensichtlich immer zu gering angesetzt hatten. Mit der Vielzahl von Variablen hat das
Programm eine ganze Weile zu rechnen gehabt. Schließlich hat
es aber die Flugbahn des damaligen Meteoriten mit einem
relativ überschaubaren Unsicherheitsfaktor ermittelt: Die Flugbahn des Tunguska-Meteoriten lässt sich demnach leicht oberhalb der Ekliptik in Richtung des Sternbilds Cassiopeia zurück-
verfolgen. Er stammt somit definitiv nicht aus dem Asteroiden-
gürtel unseres Sonnensystems und auch nicht aus der Oortschen Wolke, sondern muss von sehr viel weiter weg durch den
interstellaren Raum zu uns gekommen sein.«

Van Dijk blickte für einen Moment vom Laptop auf und
überlegte, dass sich das gemessene Alter der Unbihexium-Artefakte kaum mit dieser Information in Einklang bringen ließ,
denn 400 Jahre waren für eine Reise durch den interstellaren
Raum viel zu wenig, um einen plausiblen Ausgangspunkt festlegen zu können. Es sei denn, sie wären während der Reise

entstanden, was allerdings ganz neue Fragen aufwerfen würde. Van Dijk las weiter:

»Nachdem das Ergebnis vorlag, habe ich mein kleines Teleskop auf die errechneten Koordinaten ausgerichtet und dabei ein überraschendes Foto gemacht. Sie finden es im Anhang zu dieser Mail.«

Van Dijk startete den Download des Fotos. Es musste eine überraschend hohe Auflösung haben, denn es dauerte ein paar Sekunden, bis er einen Ausschnitt des Sternenhimmels sah. Fünf Sterne waren mit einer Zickzack-Linie verbunden, die wie ein verrutschtes ‚W‘ aussah. Er erinnerte sich an die Astronomie-AG, die er während seines Studiums an der Universität eine Zeit lang besucht hatte. Damals hatten sie gelernt, dass Cassiopeia von der Erde aus als äußerst sternenreiches Gebiet erschien, weil ein Spiralarm der Milchstraße vor der weit entfernten Konstellation lag. Nur wenig rechts daneben war ein schwach leuchtender Punkt mit einem Kreis umrahmt. Van Dijk wandte sich erneut der Mail zu:

»Zur besseren Orientierung habe ich das Himmels-W der Cassiopeia auf dem Foto markiert. In dem Kreis daneben sehen Sie ein schwach leuchtendes Objekt, das ich auf keiner gängigen Sternenkarte verzeichnet finde. Zuerst bin ich von einem kleinen erdnahen Flugkörper in großer Höhe, etwa einem vorüberziehenden Satelliten ausgegangen, doch blieb das Objekt auch auf späteren Fotos an exakt derselben Stelle. Dann dachte ich an eine Sonne, doch dafür ist das Objekt zu lichtschwach. Schließlich bin ich von einer weit entfernten Galaxie oder einem Nebel ausgegangen, doch dafür erscheint das Objekt zu klar konturiert. Wir werden versuchen, das Teleskop der Universitätssternwarte in Quito auf das Objekt auszurichten. Ich melde mich sobald ich Näheres weiß.«

Van Dijk klickte zurück auf das Foto und heftete seinen Blick auf den Fleck in der Kreismarkierung. Er schien tatsächlich flächig zu sein, doch war die Auflösung zu gering, um dies mit Sicherheit feststellen zu können. Also kehrte er zu seinem Mailprogramm zurück und öffnete die zweite Mail, die ihn zuletzt erreicht hatte. Auch sie hatte einen Anhang, der noch größer war, als der der ersten Mail. Van Dijk las:

»Hallo Mister van Dijk. Zusammen mit meinen Bekannten aus der Astronomiegruppe konnten wir das große Teleskop der Universitätssternwarte mit 11 Metern Brennweite schneller als erwartet auf die Koordinaten in der Nähe von Cassiopeia ausrichten und ein Foto in weit höherer Auflösung machen. Ich füge den relevanten Bildausschnitt dieser Mail bei.«

Neugierig geworden startete van Dijk erneut den Download, der diesmal noch länger dauerte, als beim ersten Foto, obwohl – wie José angemerkt hatte – es sich nur um einen Bildschirmausschnitt handelte. Schließlich sah er erneut einen Sternenhimmel vor sich. Es fehlte die Markierung der Cassiopeia-Sterne, dafür gab es aber erneut eine Kreismarkierung, deren Durchmesser etwas größer war als auf dem ersten Bild. Van Dijk ging mit dem Gesicht so nahe an den Monitor heran, dass seine Nase fast die Oberfläche berührte. Mehr als einen hellgrauen Fleck mit einem klar begrenzten Rand konnte er jedoch auch dadurch nicht ausmachen. Also kehrte er zur Mail zurück.

»Es ist einfach unglaublich: Die Existenz des Objekts ist mit dem Sternwarten-Bild klar bestätigt, doch haben wir keine Ahnung, worum es sich dabei handelt. Auch wissen wir nicht, warum es auf den aktuellen Sternkarten nicht erscheint. Wir haben schon in Erwägung gezogen, ob es sich um eine weitere Wahrnehmungsmanipulation durch die Unbihexium-Artefakte gehandelt hat, die es vor unseren Blicken verborgen haben. – Es kann weder eine Sonne noch eine Galaxie oder ein Nebel sein, da es zu lichtschwach bzw. zu klar konturiert ist. Alles steht oder fällt mit der Frage, wie weit es entfernt sein mag. Meine Kollegen haben das Bild mit allen relevanten Daten bereits an das Space Telescope Science Institut nach Maryland,

Baltimore geschickt mit der Bitte, das Hubble und das James Web Teleskop auf die Koordinaten auszurichten. Wir haben auf den vermuteten Zusammenhang mit Tunguska und die Unbihexium-Artefakte hingewiesen und hoffen, dass wir uns mit dem Wunsch nicht ganz hinten in der Warteschlange anstellen müssen.«

Fasziniert starrte van Dijk wieder auf das zweite Bild, das er auf seinem Laptopmonitor auf die größtmögliche Auflösung hochzog. Der umkreiste helle Fleck wurde dadurch zwar größer, jedoch wurden erwartungsgemäß keine weiteren Details erkennbar. Van Dijk bedankte sich bei José für die Nachrichten und bat darum, über neue Erkenntnisse auf dem Laufenden gehalten zu werden. José saß augenscheinlich gerade vor seinem Rechner sandte postwendend ein Thumbs up Icon zurück.

Die Reaktion sollte sehr viel schneller kommen und nicht in der Weise, mit der van Dijk gerechnet hatte: Drei Tage nach dem Mailaustausch mit José klingelte die Türglocke über dem Eingang zu van Dijks Geschäft. Er reinigte gerade eine kleine Pferdestatue aus Bronze, die er kurz zuvor von einem älteren Herrn erworben hatte. Gefällige Tierdarstellungen in handlichem Format blieben zumeist nicht lange im Regal und konnten mit ansehnlichem Gewinn verkauft werden. Sobald er aus seinem kleinen Werkstatt-Büro in den Ladenbereich trat, sah er drei Uniformierte, von denen ihm einer bekannt vorkam, der das Wort an ihn richtete. Sofort erkannte er den französischen Akzent:

»Mister van Dijk. Wir haben uns bereits vor einigen Wochen kennen gelernt, als ich Sie im Auftrag von Madame Tellier zum Flughafen Schiphol eskortiert habe.«

»Ja, ich erinnere mich. Muss ich etwa schon wieder meine Koffer packen? «

»Das wird nicht nötig sein«, antwortete der Uniformierte, ohne dabei eine erkennbare Regung zu zeigen, während die beiden anderen Uniformierten sich zu beiden Seiten der Eingangstür positionierten. Beide beobachteten die Straße vor dem Geschäft und waren ganz offensichtlich entschlossen, niemanden in den Laden zu lassen.

»Gibt es hier einen Platz, wo Sie ungestört und nicht einsehbar an einer Videokonferenz teilnehmen können?«

Einen Augenblick dachte van Dijk darüber nach, gegen diesen überfallartigen Besuch zu protestieren. Aber schließlich kannte er seinen Gesprächspartner ja bereits und war außerdem zu neugierig, worum es bei diesem neuerlichen Besuch ging. »Darf ich erfahren in wessen Auftrag Sie mich heute besuchen?« fragte van Dijk zurück und wies mit der Hand auf sein kleines Hinterzimmer. Der Uniformierte folgte ihm dicht auf. Offenbar stand er unter großem zeitlichem Druck.

»Im Auftrag der ESA und der Europäischen Kommission. Sie werden freundlich gebeten, an einer streng vertraulichen Videokonferenz teilzunehmen. Sie soll übrigens in zehn Minuten beginnen.«

»Dann muss ich meinen Rechner hochfahren«, erwiderte van Dijk während er die Statue vom Schreibtisch auf den Boden stellte, um Platz zu schaffen.

»Wir werden besser dieses Gerät verwenden«, wehrte der Uniformierte ab. Erst jetzt fiel van Dijk auf, dass er einen schwarzen Laptopkoffer trug, der mit einem auffälligen Zahlenschloss gesichert war. Nachdem der Rechner auf dem Schreibtisch platziert war, fielen van Dijk mindestens drei Zusatzkarten in der Seite auf, die er in einer Fernsehdokumentation schon einmal als Sicherheits- oder Identifikationskarten gesehen hatte. Jedoch niemals drei Stück zugleich. Das Hochfahren des Betriebssystems nahm mehrere Minuten in Anspruch und dauerte länger als van Dijk es von seinem alten Rechner her gewohnt war, obwohl es sich um ein sehr modernes Modell zu handeln schien. Immer wieder musste der Uniformierte Eingaben über die Tastatur eintippen oder mit dem Finger Figuren auf den Touchscreen zeichnen. Schließlich stand er auf und bot van Dijk dessen eigenen Platz vor dem Gerät und ein paar Kopfhörer an.

Van Dijk zog sich den Kopfhörer über und erblickte zunächst nur ein ihm unbekanntes hellgraues Logo auf dunkelgrauem Grund. Die Form war so einfach und unauffällig, dass sie keinen Hinweis auf die dahinter liegende Einrichtung oder Unternehmung gab. Nach einigen Sekunden knackte es im Kopfhörer und es erschien das Portraitbild eines mittelalten Mannes mit graumelierten Haaren, der sich an einer Tastatur zu schaffen machte und nicht in die Kamera oder auf seinen Monitor blickte. Nur wenige Sekunden später wechselte die Darstellung und der zuvor gezeigte Mann nahm nur noch den halben Monitor ein. Auf der anderen Hälfte erschienen ca. zehn kleinere Darstellungen von unterschiedlichen Personen. Van Dijk musterte eine nach der anderen und erkannte zunächst José, der sich an seinem Kopfhörer zu schaffen machte und schließlich Elodie Tellier, die – wie er – ihren Blick über den Monitor schweifen ließ. Sicher hatte sie ihn ebenfalls bereits erkannt. Alle übrigen Gesichter waren van Dijk fremd. Trotz der immer noch ungewohnten Physiognomie hatte van Dijk den Eindruck, dass viele einen überraschten Gesichtsausdruck teilten, und van Dijk ging davon aus, dass sie – wie er – unerwarteten uniformierten Besuch erhalten hatten. Der graumelierte Mann blickte jetzt in seine Kamera und stellte sich als Tony Krysztoph von der European Space Agency (ESA) vor:

»Ich möchte mich zunächst für die ungewöhnlichen Umstände dieser Telefonkonferenz bei Ihnen entschuldigen und hoffe, dass sie Ihnen nicht allzu viele Unannehmlichkeiten bereitet. In jedem Fall bedanke ich mich schon jetzt für Ihre Aufmerksamkeit und möchte darauf hinweisen, dass alle Fakten und Daten, die Sie gleich hören werden, strengster Geheimhaltung unterliegen. Ich muss Sie dringend und unter Androhung von Zwangsmaßnahmen ersuchen, mit Niemandem über das hier Gehörte zu reden. Dies gilt zumindest für die nächsten Tage und Wochen. Länger wird der Sachverhalt, über den ich zu Ihnen sprechen werde, sich ohnehin kaum mehr geheim halten lassen.«

Van Dijk sah in die sehr klein dargestellten Gesichter von Tellier und José, die keineswegs überrascht aussahen. Die übrigen Teilnehmer zeigten durchaus Anzeichen von Verunsicherung, was erklärbar war, wenn sie – wie er – von mehreren Uniformierten heimgesucht wurden, die sie unvorbereitet vor einen Monitor mit einer Videokonferenz setzten.

»Sie alle wurden zu dieser Konferenz gebeten, weil man sich von Ihnen Erklärungen oder Anregungen erhofft, die zur Aufklärung eines Phänomens beitragen können, von dessen Existenz wir erst seit zwei Tagen wissen.«

Der Mann, der sich als Vertreter der ESA vorgestellt hatte, lehnte sich zurück und dachte offensichtlich kurz darüber nach, wie er seine Ausführungen beginnen sollte.

»Aber lassen Sie mich von vorn beginnen. Vor einigen Tagen erhielt die NASA von einem Amateurastronom Fotos und Koordinaten von einem astronomischen Objekt mit seltsamen Eigenschaften. Die ESA, die aktuell das James Webb Teleskop steuert, beschloss daraufhin spontan, die Beobachtungspläne zu ändern und das Weltraumteleskop auf das Sternbild Cassiopeia auszurichten. Die ersten Bilder des Objekts sehen Sie hier.«

Auf dem Bildschirm erschien ein runder blaugrauer Kreis mit klar umgrenzten Linien und einer unregelmäßigen Textur aus Linien und Kurven. Die Position des Objekts auf dem Bildschirm wechselte mehrfach, ohne dass man jedoch zusätzliche Details ersehen konnte.

Nach kurzer Pause sprach Tony Krysztoph ruhig weiter:

»Die Existenz des Objekts ist unstrittig und wurde unter anderem vom Hubble-Teleskop bestätigt. Es stellen sich nun vor allem drei Fragen: 1. Worum handelt es sich? 2. Wo genau befindet es sich? Und 3. In welche Richtung bewegt es sich?«

Wieder machte er eine Sprechpause, um die Fragen erst einmal auf sein Publikum wirken zu lassen. Dann setze er seine Rede fort:

»Fangen wir mit der ersten Frage an und halten zunächst einmal fest, was es *nicht* ist: Es handelt sich um keinen selbstleuchtenden Himmelskörper, das heißt es ist keine Sonne oder ein anderes Objekt, das Strahlung emittiert. Dafür ist es bei weitem nicht hell genug. Bedenken Sie, dass die Aufnahme, die Sie gerade sehen, ohne Neutraldichtefilter bzw. Graufilter aufgenommen wurde. Es reflektiert vielmehr das Licht anderer Himmelkörper und zeigt eine unregelmäßige Licht-Schatten-Textur an seiner Oberfläche, die sich allmählich verändert. – Es ist aber auch kein Nebel oder gasförmiges Objekt, denn hier hätten wir keine so klare Kontur bzw. Helldunkelgrenze. Aus demselben Grund kann es sich auch nicht um eine entfernte Galaxie handeln. Am wahrscheinlichsten ist deshalb ein planetarer Körper, der eine exakte Kugelform ausgebildet hat.«

Beinahe automatisch bewegte van Dijk seinen Kopf noch näher an den Monitor heran, konnte dadurch aber nichts Genaueres erkennen. Er war sich sicher, dass die übrigen Teilnehmer dasselbe taten.

»Punkt zwei«, setzte Tony Krysztoph seine Rede fort. »Wo genau befindet es sich? Die Vermessung hat ergeben, dass es sich in Richtung des Sternbilds Cassiopeia, nur wenige Grade nördlich der Ekliptik unseres Sonnensystems befindet. Die Frage nach seiner Entfernung hängt unmittelbar mit der Frage nach seiner Größe zusammen. Wir sind zuerst davon ausgegangen, dass das Objekt sich unweit der Oortschen Wolke außerhalb unseres Sonnensystems befindet. Damit hätte es mindestens zehn Jupitermassen, und es stellte sich die Frage, wieso es uns erst jetzt aufgefallen ist. Nachdem es jedoch von mehreren Teleskopen an unterschiedlichen Plätzen der Welt angepeilt wurde, konnten wir auf dem Weg der Triangulation ermitteln, dass sich das Objekt weit außerhalb der Milchstraße im interstellaren Raum befindet und rund 16 Lichtjahre entfernt ist.«

Ohne dass er es verhindern konnte, stellte van Dijk leise die Frage:»Und was bedeutet das hinsichtlich seiner Größe?« Er war sich nicht sicher, ob Tony Krysztoph und der anderen Teilnehmer seine Frage wirklich hören konnten, oder ob alle auf ‚stumm' geschaltet waren. Er beantwortete die Frage jedoch prompt:

»Das Objekt ist damit rund 151.368 Milliarden Kilometer entfernt, was, wie eben gesagt, 16 Lichtjahren entspricht. Es hätte damit einen Durchmesser von 4,5 Milliarden Kilometern, was ungefähr dem Abstand Sonne – Neptun gleichkommt.«

Wieder machte Tony Krysztoph eine Pause, um seine Worte nachwirken zu lassen.

»Die Daten wurden inzwischen mehrfach überprüft und konnten jedes Mal bestätigt werden. – Damit stehen wir jedoch vor einem Rätsel. Denn mit seiner Größe übertrifft das Objekt nicht nur alle singulären Strukturen, die wir bislang im All finden konnten, sondern es müsste eigentlich unter seiner eigenen Masse zusammenbrechen und entweder ein Sonnenfeuer zünden oder zu einem Schwarzen Loch kollabieren. Wie Sie unschwer erkennen können, ist beides nicht der Fall. Aber selbst wenn die ungeheure Masse das Sonnenfusionsfeuer zünden würde, wäre es mit Abstand die größte Sonne, die wir jemals gesehen hätten.«

Unter den Teilnehmern der Konferenz machte sich Unruhe breit. Die Mikrofone der Anwesenden waren also eingeschaltet. Bislang hatten aber alle Teilnehmerinnen und Teilnehmer geschwiegen. Jetzt redeten mindestens vier Teilnehmer, die van Dijk nicht kannte, durcheinander, bis Tony Krysztoph alle Besucher auf ‚stumm' schaltete und hinzufügte:

»Wir können natürlich auch einfach mal annehmen, dass das Objekt nicht massiv ist, sondern einen gigantischen Hohlraum enthält. Das würde das Masseproblem lösen. Es wäre dann vielleicht so etwas wie eine Art Dyson-Sphäre. – Falls Ihnen das nichts sagt: Unter einer Dyson-Sphäre, die nach dem Physiker Freeman Dyson benannt ist, versteht man eine gigantische Kugelkonstruktion im Weltraum, in deren Zentrum sich eine Sonne oder ein Schwarzes Loch befindet, welches als Energiequelle ausgebeutet wird. Es versteht sich von selbst, dass es sich dabei um ein rein hypothetisches Konstrukt handelt, das von der Menschheit nicht einmal im Ansatz realisiert werden könnte. Wir haben weder das Wissen noch die Mittel, um eine solche Sphäre zu bauen. Es spricht jedoch einiges dafür, dass wir es bei dem Objekt mit einer solchen Sphäre zu tun haben könnten.«

Van Dijk konnte erkennen, dass einzelne Teilnehmer der Videokonferenz wild gestikulierten und sichtlich erregt in ihre Mikrofone sprachen. Zu hören war jedoch nichts. Tellier und José verhielten sich ruhig und folgten aufmerksam den Ausführungen.

»Bevor ich die Diskussion eröffne, möchte ich noch auf die dritte Frage eingehen: In welche Richtung bewegt es sich? Werfen wir dazu noch einen Blick auf das Bild, das ich Ihnen eingangs gezeigt habe.«

Die Darstellung wechselte wieder auf Foto mit dem blaugrauen Kreis und der unregelmäßigen Textur aus Linien und Kurven.

»In den zweiundsiebzig Stunden, in denen wir das Objekt bislang beobachten, konnten wir keine relative Positionsveränderung vor dem Hintergrund des Fixsternhimmels und der benachbarten stellaren Objekte feststellen. – Was uns allerdings Sorgen bereitet, ist die Farbe des Objekts. Auch nach zahlreichen Feinjustierungen des Weißabgleichs bleibt die Farbe des Objekts – wie Sie auf Ihren Monitoren hoffentlich erkennen können – in einem bläulichen Grau. In der Astrophysik kennen wir dieses Phänomen als Blauverschiebung, die im Gegensatz zur Rotverschiebung steht: Demnach verschiebt sich das Licht von Körpern, die sich von uns wegbewegen, in das langwellige rote Spektrum; Objekte, die hingegen auf uns zukommen, erscheinen uns durch die Verkürzung der Lichtwellen, bläulich verschoben.«

Wieder setzte Tony Krysztoph einen Pausenakzent und ließ die Aussage auf sein Publikum wirken.

»Bei dem Objekt, das wir auf diesem Bild sehen, liegt eindeutig eine Blauverschiebung vor, das heißt, es rast ziemlich genau auf uns zu. Aufgrund der spektralen Messungen, die wir mit anderen Objekten, vornehmlich Asteroiden und fernen Galaxien sammeln konnten, schätzen wir sein Tempo auf 80% der Lichtgeschwindigkeit, was für ein singuläres Objekt dieser Größe unfassbar schnell ist. Da es im interstellaren Raum keine uns bekannten Gravitationskräfte gibt, die seinen Kurs verändern können, gehen wir aktuell davon aus, dass es ungebremst in ziemlich genau 20 Jahren in unserem Sonnensystem eintreffen wird.«

Die Monitordarstellung wechselte wieder auf die Teilnehmer der Konferenz, die sich alle inzwischen wieder beruhigt hatten und nachdenklich in ihre Kameras blickten.

Van Dijk bemerkte Josés Wortmeldung in dem Moment, in dem sein Mikro von Tony Krysztoph freigeschaltet wurde. José stellte sich vor und gab sich als der Entdecker des Objekts zu erkennen. Er erläuterte, wie ihn die berechnete Flugbahn des Tunguska-Meteoriten auf den Himmelsausschnitt nahe Cassiopeia aufmerksam machte und führte fort:

»Es scheint offensichtlich zu sein, dass die Unbihexium-Artefakte, die uns nun schon seit mehreren Monaten vor immer neue Überraschungen und Rätsel stellen, mit dem Tunguska-Meteoriten auf die Erde gekommen sind. Sowohl ihre Existenz als auch ihre Funktion und systematische Verteilung über den gesamten Planeten deutet auf ein planvolles Handeln hin, auch wenn wir den Zweck dieses Handelns bislang nicht ermitteln können. – Die Tatsache, dass das neue Objekt sich auf derselben Flugbahn nähert, halte ich für keinen Zufall, sondern um eine Fortsetzung des wie auch immer gearteten Plans, der mit der Entsendung der Unbihexium-Artefakte begonnen hat. Ich stelle mir in diesem Zusammenhang vor allem drei Fragen: Erstens: Lässt sich ermitteln woher genau das Objekt stammt? Gibt es einen Startpunkt? Zweitens: Existiert das Objekt überhaupt? Wir alle haben mit den Artefakten die Erfahrung gemacht, wie stark unsere Wahrnehmungen und Erinnerungen manipuliert werden können. Drittens: Falls es existiert: Was geschieht in 20 Jahren, wenn das Objekt in unserem Sonnensystem eintrifft?«

Es meldete sich ein bärtiger Astrophysiker aus Deutschland, der über eine zwei Jahre alte Weitwinkelaufnahme der fraglichen Himmelsregion verfügte, auf der das Objekt noch nicht zu erkennen war, dafür jedoch ein Hauptreihenstern der Leuchtkraftklasse 5 vom Typ unserer Sonne, dessen periodische Lichtschwankungen auf die Existenz mehrerer Planeten hinweisen. Sein Antrag, das System von Hubble und James Webb näher untersuchen zu lassen, war bereits positiv beschieden worden. Ein Termin stand jedoch noch nicht fest.

»Jetzt ist es eh zu spät«, dachte van Dijk im Stillen. »Der Blick ist durch das Objekt versperrt.« In diesem Augenblick meldete sich Elodie Tellier zu Wort.

»Zur Frage, ob das Objekt real ist oder wir erneut einer kollektiven Täuschung erliegen: Seit dem Erscheinen der Unbihexium-Artefakte mussten wir erkennen, dass unsere Realität sich drastisch verändert hat: Da sind zum einen die Artefakte selbst, die lange vor uns verborgen blieben, dann die Niemandslandstreifen, die sich um den gesamten Globus spannen und schließlich wir selbst, die wir mit einer veränderten Physiognomie und Wahrnehmung zurechtkommen müssen. Alle diese

Phänomene waren zeitlich begrenzt und hingen scheinbar mit den elektromagnetischen Emissionen der Artefakte zusammen, die zusammen mit der Wärmeabstrahlung immer schwächer wurden und schließlich ganz zum Erliegen kamen. Der Umstand, dass wir in vielfältiger Hinsicht an den Erfahrungshorizont des Jahres 1908 anknüpfen, deutet darauf hin, dass unsere heutige Wahrnehmung wieder authentisch ist. In diesem Sinne ist es nicht verwunderlich, dass wir das astronomische Objekt, das auf uns zukommt, erst jetzt bemerken. Es könnte zuvor vor uns verborgen gewesen sein. Wenn das stimmt, heißt es aber auch, dass es real ist und Kurs auf uns hat. Und es deutet alles darauf hin, dass die Artefakte ebenso wie das Objekt, das sich uns nähert, nicht-natürlichen Ursprungs sind.«

Tony Krysztoph fasste die Beiträge zusammen:

»Erstens: Der Ursprungsort der Artefakte und des Objekts scheint ein Planetensystem im Sternbild Cassiopeia zu sein. Zweitens: Das Objekt scheint real und nicht-natürlichen Ursprungs zu sein, was sowohl hinsichtlich seiner Größe als auch seiner Geschwindigkeit für uns kaum vorstellbar ist. Bleibt noch die dritte Frage: Was wird geschehen, wenn es in unserem Sonnensystem eintrifft?«

Wieder meldete sich der Astrophysiker aus Deutschland zu Wort:

»Das hängt wesentlich von der Beschaffenheit des Objekts ab: Wenn es wirklich künstlich ist, stellt sich die Frage nach seiner Beschaffenheit: Hat es einen Antrieb und ist es steuerbar? Ganz wesentlich ist ferner die Frage nach seiner Masse: Handelt es sich um einen Hohlkörper oder ist es gar massiv? Wenn es sich tatsächlich um eine Dyson-Sphäre handelt, könnten wir hoffen, dass es über einen künstlichen Antrieb und auch die Möglichkeit verfügt, abzubremsen. – Sollte das Objekt hingegen massiv sein, sehe ich bei seinen Dimensionen physikalisch keine Chance, es von seinem Kurs abzulenken oder es gar zu stoppen. Es gehört damit neben den schwarzen

Löchern zu den massereichsten Objekten im Universum. Damit wäre die Frage allein, ob es uns in 20 Jahren direkt trifft oder in welchem räumlichen Abstand es unser Sonnensystem passiert. Aber selbst im günstigsten Fall, dass es uns im Abstand von mehreren astronomischen Einheiten verfehlt, würde es aufgrund seiner Gravitation, zumindest die Gesteinsplaneten aus ihren Bahnen um die Sonne werfen. Vom heutigen Kenntnisstand aus lässt sich nicht sagen, ob sie miteinander kollidieren oder ganz aus der Ekliptik geschleudert würden. In beiden Fällen wäre es um die Erde geschehen: Im Falle einer Planetenkollision würde die Erde sofort sterilisiert, im Falle einer zunehmenden Abstandsvergrößerung zur Sonne würde alles Leben auf der Erde erfrieren.«

Mehrere andere Teilnehmer der Konferenz diskutierten über Flugbahnvektoren, Massenanziehungen und Trägheitsmomente und kamen dabei zu dem Schluss, dass man frühestens in fünf Jahren einigermaßen gesicherte Aussagen über mögliche Endzeitszenarios für die Erde treffen könne. Schließlich meldete sich Tony Krysztoph wieder zu Wort:

»Ich danke Ihnen für Ihre Beiträge und möchte Sie aus sicherlich nachvollziehbaren Gründen bitten, absolutes Stillschweigen über unsere heutige Diskussion zu bewahren. Es wird ohnehin nur eine Frage von Tagen, bestenfalls Wochen sein, bis eine breitere Öffentlichkeit Kenntnis von der Existenz des Objekts bekommen wird. Es wird dann darauf ankommen, mögliche Paniken zu vermeiden. Für den Fall, dass jemand von Ihnen zu neuen Erkenntnissen gelangt, finden Sie meine Mailadresse in Ihren privaten Email-Accounts vor. Ich möchte Sie bitten, im Interesse der Geheimhaltung auf unnötige Kontaktaufnahmen zu verzichten. Damit erkläre ich diese Konferenz für beendet.«

Wenige Augenblicke später betrat der Uniformierte das Hinterzimmer von van Dijks Laden. Wahrscheinlich hatte er ein Signal über das Ende der Konferenz erhalten. Wortlos baute er das Laptop zusammen und verstaute es wieder in dem Koffer. Danach nickte er van Dijk zu und verlies grußlos zusammen mit den beiden Soldaten, die sich bis dahin an der Tür postiert hatten, das Geschäft.

Van Dijk saß noch immer vor seinem Schreibtisch und blickte schweigend in die Richtung, in der noch vor kurzem das eigentümliche Notebook aufgebaut gewesen war.

Kapitel 17: Traumbegegnung

Noch völlig unter dem Eindruck der Videokonferenz blieb van Dijk noch einige Minuten an seinem Hinterzimmerschreibtisch sitzen und dachte über das Gehörte nach. Eigentlich müsste die Aussicht, dass ein unbekanntes gigantisches Objekt mit 0,8facher Lichtgeschwindigkeit in knapp 20 Jahren auf die Erde treffen würde, ihn in eine gewisse Panik versetzen. Immerhin ging es hierbei um das Fortbestehen der ganzen Menschheit innerhalb eines Zeitfensters, das er selbst mit einiger Sicherheit noch erleben würde. Dennoch war er ganz ruhig und fand seine Gedanken selbst vollkommen klar und folgerichtig. Viele der Fragen, die in der Videokonferenz erörtert wurden, waren hinsichtlich der akuten Bedrohungslage eigentlich bedeutungslos: Ob das Objekt nun massiv oder hohl war, änderte nichts an der endzeitlichen Wucht des Aufpralls, mit dem zu rechnen war. Hingegen war die Frage, ob das Objekt gesteuert oder überhaupt in irgendeiner Weise manövrierfähig war, für das Überleben des Sonnensystems in seiner bisherigen Form durchaus relevant. Schließlich war auch das Thema, ob es sich bei den kosmischen Dimensionen des Objekts um ein natürliches Phänomen oder ein künstliches Konstrukt handelte, für die Bestimmung seines Gefahrenpotentials ohne Bedeutung. – Es stellte sich selbst die Frage, wie er angesichts der astronomischen Bedrohung so ruhig bleiben konnte. Er beschloss, seinen Laden für den Rest des Tages zu schließen, und einen ausführlichen Spaziergang durch die Grachten und Parks Amsterdams zu unternehmen.

Das schöne Frühsommerwetter und das allmählich wieder erwachende Leben in den Straßen und Parks von Amsterdam standen in einem seltsamen Kontrast zu den verheeren-

218

den Zukunftsaussichten, die in der Videokonferenz geäußert wurden. Etliche Einheimische versammelten sich ahnungslos in den Cafés und Kneipen der Stadt, die wegen des immer noch schwachen Touristenandrangs viele freie Plätze boten. Familien trafen sich zu Picknicks in den Parks und nutzten die angenehme Nachmittagssonne zu Ballspielen und Unterhaltungen. Mancherorts wurde auch mit Gitarren- oder Tambourinbegleitung gesungen. Van Dijk nahm auf einer Bank an einem Seeufer Platz, spürte gedankenverloren die warmen Sonnenstrahlen auf seinen Unterarmen und lauschte dem bunten Treiben um ihn herum. Er wäre gern noch lange so sitzen geblieben, wenn nicht sein Magen mit einem deutlichen Hungergefühl nach seinem Recht verlangt und ihn in seine Wohnung gezwungen hätte.

Zuhause angekommen bereitete er sich ein Risotto zu, das er dann bei geöffnetem Fenster mit Genuss verspeiste. Zum Tagesabschluss schaltete er noch einmal den Fernseher ein, um Nachrichten zu sehen. Erwartungsgemäß gab es keine Nachricht von der NASA, der ESA oder den einschlägigen astronomischen Wissenschaftsorganisationen. Im Wesentlichen ging es um die Friedensverhandlungen, die in nahezu allen Krisengebieten um die Niemandslandstreifen in vollem Gange waren. Anschließend widmete sich ein Beitrag dem Stand der Einführung neuer Sicherheitsstandard bei den europäischen Personalausweisen und Reisepässen, die angesichts der veränderten Gesichtsbiometrie von Grund auf neu erarbeitet werden mussten. Im Feuilleton schließlich ging es um die Neubewertung alter Meister in der Porträtkunst, die aufgrund der unvertrauten Physiognomie teilweise erhebliche Werteinbußen hinnehmen mussten. Experten waren sich jedoch einig, dass diese Phase nur von kurzer Dauer wäre und die Dürer, da Vincis und Rembrandts dieser Welt schon sehr bald ihren alten Wert zurück erlangen würden. Experten empfahlen sogar die

Anschaffung klassischer Porträtbilder als gute Anlageinvestition.

Abgelenkt von den erschreckenden Erkenntnissen der Videokonferenz und erschöpft von den Eindrücken seines Spaziergangs beließ es van Dijk bei einer Katzenwäsche und einem kurzen Zähneputzen. In seinem Bett fand er anschließend trotz starker Müdigkeit zunächst nicht in den Schlaf und wälzte sich unruhig hin und her. Irgendwann musste ihn der Schlummer dann doch überwältigt haben, denn er fand sich in einer eigentümlichen Szenerie wieder: Zunächst erblickte er nur eine graue und eine schwarze Fläche, die von einer horizontal verlaufenden Linie scharf getrennt waren. Nur langsam wurde er sich bewusst, dass er aufrecht auf der grauen Fläche stand und eine schwarze Ausbuchtung sich über ihm wölbte. Genau genommen war die Fläche auch nicht einfach schwarz, sondern mit einer großen Zahl unregelmäßig verteilter leuchtender Punkte besetzt, die schnell an Schärfe und Kontur gewannen. Die Fläche, auf der er stand, war wie ein ungleichmäßiges Relief aufgebaut, auf dessen matter Farbe im ihn umgebenden Zwielicht keinerlei Schatten erkennbar war. Die Fläche schien riesig zu sein und in unbestimmbarer Ferne mit der schwarzen Wölbung zusammen zu stoßen, die inzwischen klar als Sternenhimmel zu erkennen war. Ohne besondere Merkmale oder Fixpunkte, an denen sich die Augen festhalten konnten, war es unmöglich, Entfernungen oder Größenverhältnisse abzuschätzen. Fasziniert beobachtete van Dijk das Blinken der zahllosen Sterne, er war jedoch nicht imstande, auch nur ein Sternbild zu identifizieren. Die teilweise markanten Stern- und Galaxienhaufen waren ihm allesamt vollkommen unbekannt. Die Temperatur war angenehm und es war vollkommen windstill und ruhig um ihn herum. Alles fühlte sich fremd und doch seltsam real an. Als er an sich selbst herabsah, erkannte er den dunkelblau gestreiften Schlafanzug, mit dem er sich wenige Stunden zuvor zu Bett gelegt hatte. Es war einfach sehr offensichtlich, wie die intensiven Eindrücke und Gedanken des vergangenen Tages ihn bis in den Schlaf verfolgten. Seine Gedanken erschienen ihm selbst logisch und aufgeräumt: Er träumte offensichtlich davon, sich auf der Oberfläche des riesigen astronomischen Objekts durch den interstellaren Raum zu bewegen. Die ganze Szenerie wirkte – wohl aufgrund der gigantischen Leere des interstellaren Raums – vollkommen bewegungslos. Langsam beugte er sich nach unten und berührte mit seiner Hand die matt-graue Oberfläche, die geringfügig wärmer als seine Haut und von stumpfer Textur war. Er richtete sich erneut auf und ging ein paar Schritte in eine beliebige Richtung. Die Schwerkraft schien der der Erde zu entsprechen, doch ohne irgendwelche Orientierungspunkte im Raum konnte er unmöglich abschätzen, wie weit und ob er sich überhaupt bewegt hatte.

Van Dijk hatte nicht den geringsten Zweifel, dass er tief und fest schlief. Wie sollte er auch zu dem fast zwanzig Lichtjahre von der Erde entferntem Objekt gelangt sein. Auch hätte er in der Kälte des Alls kaum länger als wenige Sekunden überlebt. Ganz zu schweigen von dem Vakuum, das ihn umgeben müsste. – Seltsam für einen Traum war jedoch, dass er sich seiner Situation auf eine klare Weise bewusst war, und dennoch immer nur zu dem Ergebnis kam, dass es sich um einen Traum handeln musste. So blies er sich in die Hände und spürte seinen Hauch auf den Handinnenflächen. Erst jetzt fiel ihm auf, dass er die ganze Zeit ruhig und gleichmäßig atmete. Wie zur Bestätigung atmete er einmal tief durch und spürte beruhigt, wie sich seine Lungenflügel blähten.

»Natürlich«, meinte er ironisch zu sich selbst, »Luft oder zumindest Sauerstoff im interplanetaren Raum. Selbstverständlich wohltemperiert...« Er musste über seine Traumphantasien lächeln. »Fehlt eigentlich nur noch, dass ich fliegen kann...« Kaum hatte er den Gedanken gedacht, lösten sich seine bloßen Füße von der Oberfläche und er begann, in unbestimmter Höhe zu schweben. Noch immer war es ihm nicht möglich, Entfernungen abzuschätzen. Auch seine Höhe über dem Grund hätte einen oder hundert Meter betragen können. Mit einem Schwung seiner Arme versetzte er sich in eine langsame Drehbewegung, die er durch die scheinbare Rotation des Sternenhimmels besser abschätzen konnte. Unter sich bemerkte er einen Schatten, der sich anscheinend auf der Oberfläche in seine Richtung bewegte. Wenn seine Vermutung, dass es sich dabei um eine menschliche Silhouette handelte, zutraf, musste er sich ungefähr in fünfzehn bis zwanzig Metern Höhe befinden. Zu hoch, um Details erkennen oder die Person gar identifizieren zu können. Sofort verlor er wieder an Höhe und setzte sanft auf dem immer noch warmen Boden auf. Die Silhouette war noch rund zwanzig Meter von ihm entfernt und näherte sich im langsamen Schritttempo.

Wenige Augenblicke später konnte er das Gesicht erkennen. Er war nicht verwundert, im Traum die bekannte Gestalt Elodie Telliers zu erblicken, die mit ihrer gewohnt gehetzten und zweifelnden Mimik unmittelbar vor ihm zum Stehen kam.

»Jetzt verfolgen Sie mich schon in meinen Träumen«, hörte van Dijk sich selbst mit gespielter Empörung sagen. Tellier, die lustigerweise ebenso wie er mit einem Pyjama bekleidet und barfuß war, schwieg und ging mit prüfenden Blicken um ihn herum.

»Was macht Sie so sicher, dass es sich um Ihren Traum handelt?« entgegnete sie in der schroffen Art, die sie immer an den Tag legte, wenn sie verunsichert war.

»Es ist doch offensichtlich, dass ich uns auf das interstellare Objekt geträumt habe, das uns heute in der Präsentation vorgestellt wurde. Hier kann ich sogar fliegen, wie Sie vielleicht bemerkt haben.«

»Wie haben Sie das mit dem Fliegen gemacht?« wollte Tellier wissen.

»Eigentlich hatte ich nur den Wunsch, meine Umgebung von höherer Warte aus zu betrachten, da haben sich meine Füße vom Boden gelöst.«

»Das habe ich gesehen, aber ist Ihnen vielleicht auch aufgefallen, dass wir zwei an den Dingen, die wir hier sehen, zweifeln? In einer Traumwelt erscheinen doch die sonderbarsten Erfahrungen als vollkommen normal.«

Van Dijk stutzte. Da hatte Tellier recht: Alles was er hier erlebte, erschien ihm sonderbar und er beurteilte seine Umgebung mit scheinbar wachem Verstand. Er hatte früher schon des Öfteren von sogenannten Klarträumen gelesen, in denen der Träumende sich vollkommen im Klaren darüber ist, dass er träumt und dennoch ganz bewusst nach eigenem Entschluss handeln kann. Seine momentane Situation schien genau diesem Modell zu entsprechen. So etwas hatte er zuvor zwar noch nie erlebt, aber es gibt für alles schließlich ein erstes Mal.

Tellier schien dieselbe Idee gehabt zu haben. Sie drehte ruckartig den Kopf in van Dijks Richtung und sagte:

»Ich möchte da mal etwas ausprobieren: Erlauben Sie, dass wir uns die Hände schütteln und uns dabei leicht auf die Schultern klopfen?«

»Wenn es sein muss«, erwiderte van Dijk und streckte seine rechte Hand aus. Tellier ergriff sie und beide klopften sich mit der anderen Hand leicht auf die Schultern. Sowohl der Händedruck als auch die Berührungen an der Schulter waren deutlich spürbar.

»Erfolgreiche Kommunikation, koordiniertes Handeln und spürbare Erfolgskontrolle. Das alles erscheint mir sehr untypisch für eine Traumsituation. – Wessen Idee ist das mit dem Händedruck eben gewesen?«

»Wie meinen Sie das?« fragte van Dijk verblüfft zurück, aber im selben Moment verstand er, worauf Tellier hinaus wollte.

»Es war Ihre Idee und Sie haben mich damit überrascht. Das klingt ganz und gar nicht danach, dass ich mich in einem Klartraum befinde. – Ich bin mir überhaupt nicht sicher, ob wir dies alles wirklich träumen. Ich meine: Natürlich ist das hier alles physikalisch unmöglich, einschließlich meiner Flugkünste, dennoch fühlt es sich verblüffend real an.«

»Hm«, raunte Tellier und fingerte grübelnd an ihrem Kinn. »Dann könnte ich doch auch mal etwas ausprobieren: Die vertraute Schwerkraft deutet darauf hin, dass wir uns auf einem Hohlkörper befinden. Wäre er massiv, würden wir von seiner Gravitation zerquetscht werden. Richtig?«

»Das ist richtig« stimmte van Dijk zu und war erneut von der Logik ihrer Gedankengänge in einer vermeintlichen Traumsituation überrascht.

»Dann lassen Sie uns doch mal einen Blick ins Innere werfen. Was soll uns schon passieren? Da wir uns sicher sind, zu träumen, wachen wir im schlimmsten Fall wohl einfach auf.«

Van Dijk hatte den Eindruck, dass Tellier langsam kleiner wurde. Als er den Blick nach unten richtete, sah er, dass ihre Beine schon bis zu den Knien im Boden versanken, der sich an dieser Stelle zu verflüssigen schien. Mit gleichmütigem Gesichtsausdruck blickte sie zu van Dijk hinauf. Schließlich verschwand sie ganz im Boden, der erneut eine feste Struktur mit der bekannten Textur annahm.

Van Dijk war nun wieder allein auf der Oberfläche und beschloss, noch etwas zu warten, bis er Tellier zu folgen versuchte. Die endlose Monotonie um ihn herum, an der sich sein Blick nirgendwo festmachen konnte, bedrückte ihn nach Telliers Versinken noch stärker als zuvor. Nach ungefähr einer Minute konzentrierte er sich auf den Boden und ließ seiner Neugier auf das, was er verbarg, freien Lauf. Sofort veränderte sich auch seine Position. Sein Körper wurde scheinbar kleiner und versank schließlich im verflüssigten Boden. Der Himmel mit den unbekannten Sternbildern über ihm verschwand, und für eine kurze Weile erblickte er nur ungestalte graue Flächen um sich herum. Ganz unwillkürlich hielt er den Atem an, obwohl dies gar nicht erforderlich zu sein schien. Schließlich wurden die Flächen heller und er erblickte über sich einen hellen Fleck, den er mit seinen Augen nicht direkt fixieren konnte. Die grauen Flächen erschienen erneut, diesmal jedoch in unterschiedlichen Abschattungen: Die weiter entfernten Flächen waren deutlich dunkler als der Boden direkt unter seinen Füßen. Der Eindruck war eindeutig: Er stand auf der Innenseite eines gigantischen Hohlkörpers, der von Innen von einer Sonne oder einer riesigen künstlichen Lichtquelle erhellt wurde. Daneben konnte er mindestens drei kleinere Objekte ausfindig machen, die die Sonne zu umkreisen schienen und sich mehr oder weniger deutlich vor der grauen Innenseite der Hohlkugel abhoben. Fasziniert blickte van Dijk um sich herum und entdeckte wenige Meter entfernt Elodie Tellier. Und sie war nicht allein.

Van Dijk erkannte sofort die ausholende Gestik von Steve Fowler, der – mit einem altmodischen Pyjama bekleidet – aufgeregt auf Elodie Tellier einsprach. Als er sich den beiden von der Seite näherte, blickte Tellier ihn vorwurfsvoll an und fragte mit empörter Stimme:

»Da sind Sie ja endlich. Wo haben Sie denn so lange gesteckt?«

Van Dijk verstand nicht, worauf Tellier hinaus wollte und verteidigte sich:

»Ich habe höchstens eine Minute gewartet, um zu sehen, ob Sie vielleicht zurückkehren.«

Tellier ließ seinen Einwand nicht gelten: »Wir warten hier mindestens seit zwanzig Minuten auf Sie. Aber egal, Steven hat eine interessante Theorie.«

Van Dijk und Fowler nickten sich gegenseitig zu und Fowler murmelte kaum hörbar:

»Bemerkenswert. Sieht nach einer Zeitdilatation aus…« und blickte einen Augenblick stumm vor sich hin, was Tellier erkennbar ungeduldig von einem Bein auf das andere treten ließ. Fowler ließ sich nicht irritieren:

»Sei's drum. Es ist nicht ganz einfach, zu beschreiben, in welcher Situation wir uns hier befinden. Das letzte, an was wir uns vor unserer Zusammenkunft erinnern, ist, dass wir uns in unseren Betten schlafen gelegt hatten. Demnach wäre das hier ein Traum und der Ort, an den wir uns träumen, ist das astronomische Objekt, mit dessen Existenz wir heute konfrontiert wurden und das unsere Gedanken seitdem beschäftigt hat. Die physikalischen Gesetze dieses Orts können wir offensichtlich gedanklich frei manipulieren. Elodie Tellier berichtete mir von Ihren Flugkünsten und wir alle drei haben es ja auch geschafft, im Boden zu versinken und auf der Innenseite des Objekts zu erscheinen. Soweit für einen Traum nichts Ungewöhnliches, jedoch ...« Fowler zögerte erneut, worauf Tellier ihren nervösen Wechselschritt wieder aufnahm, »... gibt es hier einige Phänomene, die traumuntypisch sind und eher darauf hindeuten, dass wir uns in der Realität befinden: Da ist zunächst unsere Bekleidung, die exakt dem entspricht, was wir trugen, als wir uns schlafen gelegt haben. Obwohl die physikalischen Gesetze hier zumindest teilweise außer Kraft gesetzt sind, ist unser Erfahrungsapparat ganz offenbar intakt, denn wir sehen, hören und fühlen genauso, wie wir dies vor dem Einschlafen getan haben.

Ein anderer Punkt ist die offenbare Koordination unserer Erfahrungen: Wir können uns hier argumentativ miteinander auseinandersetzen und folgen in unserem Gespräch einer diskursiven Logik, die wir miteinander teilen, was in individuellen Traumwelten sehr ungewöhnlich ist.«

»Wie meinen Sie das?«, fragte van Dijk.

»Normalerweise folgen Traumereignisse einem einfachen Verkettungsschema im Sinne von ‚Erst geschieht das, dann das, dann das, usw. Dabei kann es durchaus zu Wiederholungen kommen, was jedoch entfällt, sind Handlungsalternativen, also Entscheidungen, die wir mit freiem Willen treffen können. Genau das erleben wir jedoch hier, etwa bei unseren Entschlüssen, ins Innere des Objekts zu versinken, oder in der Diskussion Argumente auszutauschen.«

»Stimmt«, entgegnete van Dijk. »Ich habe nicht das Gefühl, dass ich als Träumender das beeinflussen kann, was Sie sagen, oder wie Sie sich verhalten.«

Tellier verzog ihre Miene und machte ein gequältes Gesicht: »Sie wollen doch nicht im Ernst sagen, dass wir uns wirklich viele Lichtjahre von der Erde entfernt auf einem astronomischen Objekt befinden, auf dem physikalische Gesetze nur begrenzte Geltung haben?«

»Um das herauszufinden, müssen wir eigentlich nur etwas warten.«

»Warten, worauf?« fragte van Dijk verblüfft zurück.

»Wenn das hier alles wirklich die Realität ist, dann müssten wir nach dem Erwachen die Erinnerungen an unser Gespräch teilen. Wenn dies zutreffen sollte, müssen wir davon ausgehen, dass wir uns in einem gemeinsamen Erfahrungsraum befinden, was in einer Traumwelt ausgeschlossen ist.«

Beide blickten nachdenklich in Telliers Richtung. Sie war verschwunden.

Fowler kommentierte: »Aha. Aufstehenszeit.«

Kapitel 18: Erwachen

Zwielicht. Verschwommene Schatten huschten mal schneller mal langsamer kreuz und quer durch sein verwaschenes Sichtfeld. Dazu hörte van Dijk ein rhythmisches Brummen, das ihm irgendwie bekannt vorkam. Er bewegte seine Beine und zog damit die wärmende Decke von seinem Oberkörper. Kühle Luft umfing ihn und ließ ihn schaudern. Langsam kehrte die Erinnerung zurück. Er war mit Elodie Tellier und Steve Fowler in dem astronomischen Objekt gewesen, und sie hatten über den Realitätsgehalt ihrer Erfahrungen spekuliert. Schon wieder dieses nervtötende Brummen, aber immerhin sein Sichtfeld klärte sich allmählich. Er erkannte die Vorhänge seines Schlafzimmers, die durch Zugluft des halb geöffneten Fensters bewegt wurden. Er war zweifellos wieder zuhause und jetzt konnte er auch das Brummen zuordnen: Es war sein Smartphone, das offenbar schon eine ganze Weile vor sich hin schnarrte. Er warf einen Blick auf seinen Wecker. Es war sieben Uhr dreißig.

»Da ist aber jemand besonders hartnäckig«, sagte er zu sich selbst und tastete nach dem scheinbar immer dringlicher brummenden Gerät. Ungezielt wischte er über den Bildschirm, legte das Handy ans Ohr und ließ sich zurück auf sein Kissen plumpsen.

»Van Dijk«, meldete er sich und war über seine Reibeisenstimme überrascht.

»Na endlich!« hörte er die vorwurfsvolle Stimme der aufgeregten Elodie Tellier, »ich versuche schon seit mehr als fünf Minuten Sie zu erreichen. Hatten Sie Ihr Telefon verlegt?«

»Es tut mir Leid, aber ich war wohl noch im Tiefschlaf und komme von ziemlich weit her. Ich muss mich erst mal orientieren.«

»Genau das ist das Stichwort«, fiel Tellier ihm ins Wort. »Hatten Sie heute Nacht auch einen Traum?«

»Da muss ich kurz nachdenken...« erwiderte van Dijk, richtete sich auf und hustete sich den belegten Hals frei. »Jetzt erinnere ich mich. Ja, ich hatte einen sehr merkwürdigen Traum und Sie kamen übrigens auch darin vor.«

Noch bevor er weitere Details von sich geben konnte, ergriff Tellier erneut das Wort:

»Wir standen auf dem astronomischen Objekt, Sie schwebten über der Oberfläche. Schließlich sind wir irgendwie ins Innere vorgedrungen und haben dort mit Steve Fowler darüber gesprochen, ob wir alles das wirklich erleben oder nur träumen.«

»Richtig« stotterte van Dijk verblüfft. »Dann hatten wir genau denselben Traum. Aber wie ist das möglich?«

Tellier reagierte – wie so oft – nicht auf das, was er sagte, sondern ergriff sofort die Initiative und lenkte das Gespräch in eine ganz andere Richtung:

»Warten Sie einen Moment. Ich versuche, eine Konferenzschaltung mit Steve herzustellen.«

Ohne seine Antwort abzuwarten, unterbrach Tellier das Gespräch. Anstelle ihrer Stimme hörte van Dijk eine grauenhafte elektronische Version von ‚Für Elise‘. Wären sie nicht hinter den Häuten verborgen gewesen, hätte man ihn mit den Augen rollen sehen können. Inzwischen war er halbwegs wach geworden. Er ging mit dem Smartphone am Ohr in die Küche, um sich einen Kaffee zu kochen und hoffentlich klarer denken zu können.

Die Maschine bereitete den Kaffee in weniger als zwei Minuten zu. Kurz nachdem er den ersten Schluck genommen hatte, endete die Wartemusikzumutung und Tellier meldete sich zurück:

»So. Steve ist jetzt auch in der Leitung. Er kann sich ebenfalls an den Traum erinnern, nicht wahr, Steve?«

»Guten Morgen zusammen. Ja, das ist richtig und äußerst bemerkenswert. Ich habe noch nie davon gehört, dass
zwei oder in diesem Fall sogar drei Menschen exakt denselben
Traum teilten. Wenn ich nachdenke, fühlte es sich auch gar
nicht wie ein Traum an. Meine ganze Sensorik glich eher der
Alltagserfahrung und die Fülle der Details, an die ich mich erinnern kann, ist für Träume uncharakteristisch.«

»Genau«, ergänzte Tellier, »Ich erinnere mich zum Beispiel an den dunkelblau gestreiften Schlafanzug, in dem van
Dijk über mir schwebte.«

»Das ist genau der Pyjama, den ich heute Nacht trug.
Der sieht übrigens im Gegensatz zu Ihrem Nachthemd mit dem
bunten Blumenmuster ziemlich traurig aus.«

Tellier ging nicht weiter auf die amüsierten Worte van
Dijks ein. Stattdessen meldete sich Fowler wieder zu Wort:

»Das sind eindeutig zu viele Übereinstimmungen, als
dass sie noch durch Zufall erklärt werden können. Liebe Kollegen: Wir scheinen uns wirklich in der Nacht auf dem Lichtjahre
entfernten Objekt in irgendeiner Form physischer Präsenz getroffen zu haben. Das würde all unsere sinnlichen Wahrnehmungen erklären, die ganz untypisch für Traumerfahrungen
sind. Denken Sie nur an die Umgebungstemperatur und die
gefühlte Schwerkraft auf und in dem Objekt. Auch wenn mir
schleierhaft ist, wie wir an der Oberfläche auf eine atembare
Atmosphäre treffen konnten. Selbst die Chronologie der Ereignisse stimmt in unseren Erinnerungen überein.«

Tellier reagierte hörbar genervt: »Das ist doch Unsinn,
Steve. Wie sollten wir uns in wenigen Stunden über eine Distanz von 16 Lichtjahren bewegt haben. Das würde bedeuten,
dass wir uns mit einem Vielfachen der Lichtgeschwindigkeit
bewegt hätten. Du weißt so gut wie ich, dass das physikalisch
unmöglich ist.«

»Nur wenn es um unsere teilchenphysikalische Existenz
geht, was unsere gedanklich-mentale Existenz betrifft, haben

wir noch keine Erfahrungen, da wir sie nicht von der ersteren lösen können. Außerdem gibt es sehr wohl Möglichkeiten, extreme Distanzen quasi ohne Zeitverlust zu überbrücken. Denk doch nur mal an die quantenmechanische Verschränkung von Elementarteilchen.«

»Du meinst die Wechselwirkung räumlich getrennter Teilchen unabhängig von ihrer physikalischen Distanz? – Aber das funktioniert doch allenfalls mit Photonen und hat keinen Einfluss auf die makrophysikalische Realität.«

»Ganz genau. Aber wenn es doch möglich wäre, uns mit physikalischen Äquivalenten zu verschränken, wären wir quasi in Duplikate unserer Selbst geschlüpft. Wenn das stimmt hätten wir nur noch die offene Frage des gedanklichen Transfers zu klären, was bestimmt keine Kleinigkeit ist. Das müsste dann so eine Art quantenmechanischer Verschränkung auf makrophysikalischer Ebene sein. – Angesichts der Phänomene, mit denen wir uns seit dem Auftreten der Unbihexium-Artefakte konfrontiert sehen, ist das aber noch ein minderschweres Problem.«

Tellier antwortete mit zweifelnder Stimme: »Es spricht vieles gegen die Hypothese, dass wir uns wirklich auf dem astronomischen Objekt befunden haben. Viel wahrscheinlicher ist doch, dass unsere Gehirne erneut manipuliert wurden. Hier haben wir unsere Erfahrungen doch schon hinlänglich gemacht.« Obwohl die drei Gesprächspartner in einer Telefonkonferenz rein akustisch zusammen gekommen waren, konnte man ihr Kopfschütteln förmlich sehen.

Fowler antwortete schnell: »Aber die mentale Manipulation war doch offensichtlich an die Aktivität der Artefakte gebunden. Seit diese nicht mehr strahlen nehmen wir unsere Umwelt doch offenbar wieder authentisch wahr, und unsere Erinnerungen zeigen auch keine Spuren von Einflussnahme. Und bedenken Sie doch bitte auch: Alle Manipulation fand im Wachzustand statt. Jetzt diskutieren wir hingegen Traumerfahrungen. Das scheint mir etwas ganz anderes zu sein.«

»Ok«, ließ sich Elodie Tellier zögernd auf Fowlers Argumente ein, »nehmen wir einmal an, wir sind tatsächlich auf dem astronomischen Objekt gewesen, bleiben dennoch zwei offene Fragen. Erstens: Wieso sind gerade wir drei uns dort begegnet und niemand anderes sonst? Und zweitens: Aus welchem Grund sind wir dorthin gelangt oder gar geschickt worden? – Gibt es irgendeine Verbindung zwischen uns dreien, die wir mit keinem anderen Menschen teilen?«

Nach kurzem Überlegen meldete sich van Dijk zu Wort:

»Die erste Frage ist relativ leicht zu beantworten: Wir sind die einzigen Menschen, die physischen Kontakt mit den Artefakten hatten und außerdem in Tunguska vor Ort waren.«

Man konnte die Verblüffung von Tellier und Fowler durch die Telefonverbindung hindurch spüren.

»Sollte es tatsächlich so einfach sein?«, fragte Tellier mehr sich selbst als in die Runde, fügte dann jedoch hinzu: »Wohl eher nicht, denn beide Kriterien treffen auch auf José und Professor Monteiro zu. Von denen war jedoch in unserem Traum – oder was immer es war – nichts zu sehen.«

»Das ist leicht erklärlich«, erwiderte van Dijk. »Bedenken Sie einfach die unterschiedlichen Zeitzonen. Die temporale Differenz zwischen Quito und der mitteleuropäischen Zeit beträgt minus sechs Stunden. Wahrscheinlich lagen die beiden einfach noch nicht im Bett, so dass wir ihnen auch nicht begegnen konnten.«

»Interessante Hypothese«, rief Fowler, »und obendrein ganz einfach zu überprüfen: Wenn Sie recht haben, müssten sich die beiden ungefähr jetzt auf dem Objekt befinden. Ich werde José in ein paar Stunden anrufen und bin schon sehr auf seine Antworten gespannt.«

»Spannend ist auch die Frage, ob die beiden sich auf der gigantischen Oberfläche des Objekts begegnet sind. Bei den astronomischen Dimensionen, die das Ding hat, kann man sich wohl leicht verpassen. Bei uns dreien war dies offenbar nicht der Fall, aber das muss ja nicht immer zutreffen«, ergänzte Tellier.

»Bedeutend schwieriger ist Ihre zweite Frage zu beantworten«, brachte van Dijk nach einer kurzen Pause hervor.

»Noch zählen wir zu dem kleinen Kreis von Menschen, die Kenntnis von der Existenz des Objekts haben. Gesetzt den Fall, wir waren tatsächlich auf die eine oder andere Weise dort anwesend, haben wir bereits eine ganze Menge über das Objekt erfahren.«

»Was genau meinen Sie?« fragte Steve Fowler interessiert nach.

»Nun, zunächst einmal, dass es sich um eine artifizielle Struktur handelt, die an eine Dyson-Sphäre erinnert, nur, dass hier nicht nur eine Sonne umschlossen und als Energiequelle benutzt wird, sondern ein kleineres Sonnensystem mit mehreren Planeten, die wir im Inneren gesehen haben. – Außerdem haben wir die Erfahrung gemacht, dass die Naturgesetze auf der Oberfläche nur begrenzt gültig sind. Denken Sie etwa an meine kleine Flugeinlage, mit der ich die Schwerkraft überwinden konnte, oder an den Boden, der zunächst fest war – zumindest solange wir uns auf der Außenseite des Objekts befanden – der jedoch in dem Moment durchlässig wurde, als wir begannen, uns für das Innere zu interessieren. Doch trotz der Außerkraftsetzung von Naturgesetzen hat uns das Ding nicht umgebracht. Bedenken Sie: Schwerkraft, Atmosphäre, Temperatur, Druck, alles war exakt auf unsere Bedürfnisse abgestimmt.«

»Und was schlussfolgern Sie daraus?« fragten Tellier und Fowler wie aus einem Munde.

»In der gestrigen Videokonferenz wurde mehrfach ein apokalyptisches Szenario entworfen. Ein Objekt von astronomischen Ausmaßen rast mit einer unvorstellbaren Geschwindigkeit auf die Erde zu und wird sie in weniger als zwanzig Jahren erreichen. Allein der Geheimhaltungswirbel zeigt deutlich, dass man versucht, weltweite Paniken zu vermeiden. Wir haben durch unsere Anwesenheit, Erfahrungen sammeln dürfen, die das Gefahrenpotential des Objekts relativieren: Wir müssen davon ausgehen, dass die artifizielle Struktur von irgendjemandem gebaut wurde, der an der Erde ein spezielles, sagen wir mal, Interesse hat. Denken Sie nur an den Tunguska-Meteoriten, die Unbihexium-Artefakte und jetzt das astronomische Objekt. Alles kam mit an Sicherheit grenzender Wahrscheinlichkeit aus dem Sternbild Cassiopeia und hatte Kurs auf unseren Planeten. Ja, es ist richtig, unsere Wahrnehmung und Erinnerungen wurden durch die Artefakte manipuliert, doch es kam, zumindest soweit wir wissen, nicht ein einziger Mensch zu Schaden. Denken Sie nur an die schlafwandlerische Sicherheit, mit der Menschen seit Jahrzehnten die Niemandslandstreifen durchquerten. Auch unsere Erfahrungen und Erinnerungen haben wir schließlich zurückbekommen. Bei den technisch überlegenen Möglichkeiten der Erbauer, die uns bereits bekannt sind und die wir noch nicht mal ansatzweise verstehen, sollte es für sie ein Leichtes sein, uns zu vernichten, wenn sie dies wollten. Mit dem astronomischen Objekt kommt zum ersten Mal eine Bedrohungslage ins Spiel, und vielleicht will man uns zeigen, dass wir uns nicht zu fürchten brauchen.«

»Eine ziemlich gewagte Hypothese, die auf sehr schwachen Füßen steht«, wandte Tellier ein: »Selbst wenn eine fremde Intelligenz hinter den Phänomenen steht, so ist es doch mehr als fraglich, dass wir ihre Motive nachvollziehen können.«

»Da haben Sie recht, aber haben Sie eine bessere Erklärung?« blaffte van Dijk zurück. Alle schwiegen.

Man beschloss, sich zu vertagen und Tellier übernahm die Aufgabe, alsbald José und Monteiro zu kontaktieren, um sich nach deren Erfahrungen zu erkundigen. Van Dijk war sich unsicher, wie er den Vormittag verbringen sollte. Die Traumerfahrungen der letzten Nacht und die Diskussion mit Tellier und Fowler schwirrten in seinem Kopf herum, und es fiel ihm schwer, sich auf andere Dinge zu konzentrieren. Dennoch beschloss er – auch weil er keine andere Idee hatte – seinen Laden aufzuschließen und sich möglichen Kunden zu widmen. Die lange Abwesenheit durch die Reisen nach Südamerika und Sibirien und auch das nur langsam anlaufende Geschäft nach der Transformation hatten zu erheblichen Einkommenseinbußen geführt, die er möglichst bald ausgleichen wollte.

Wie gewohnt schloss er die Eingangstür auf und zog die immer noch schrill quietschenden Metalljalousien nach oben. Dabei kam es ihm vor, als ob er dazu noch mehr Kraft aufwenden musste als noch im Frühjahr. Er würde in der Mittagspause etwas Öl besorgen, um sie gängig zu machen und es wieder etwas leichter zu haben. Wie gewohnt schien die morgendliche Sommersonne in den Laden und der in der Luft hängende Staub erinnerte ihn daran, dass er die größeren und kleineren Schätze wieder einmal abstauben musste. Also ging er zielsicher in seine hintere Kammer und setzte sich an seinen Schreibtisch. In den Schubladen seines Schreibtisches suchte er nach einem Tuch und einem Staubfeudel, den er für empfindliche und leicht zerbrechliche Objekte gerne verwendete, doch er fand sie nicht am üblichen Ort. Er ließ sich auf den Stuhl zurückfallen und blickte unter den Schreibtisch. Hier lagen noch immer die metallischen Sägespäne aus der Seitenwand der Underwood 5, die er vor Monaten produziert hatte, aber weder Tuch noch Feudel.

»Ach herrjeh! Habe ich so lange schon nicht mehr ausgefegt«, warf er sich selbst vor, als ihn das Tonsignal für Textnachrichten auf seinem Smartphone erschreckte und er mit dem Kopf unter die Tischplatte knallte. Mit einer Hand griff er nach seinem Smartphone während er sich mit der anderen den Hinterkopf rieb. Die Textnachricht stammte von Tellier und war recht kurz:

»José und Monteiro hatten die gleichen Traumerfahrungen wie wir!«

Van Dijks Blick wanderte nervös über seinen Schreibtisch, auf dem sich zahlreiche Papiere, Rechnungen und Anfragen stapelten und blieb schließlich an der Underwood 5 hängen. Irgendetwas irritierte ihn an der Schreibmaschine, doch er konnte zunächst nicht sagen, was es war. Plötzlich stutzte er und drehte sie aufgeregt mit der Seite zu sich hin: Die Wand der Maschine war intakt und gänzlich unbeschädigt.